单枪匹马

陈克海 著

山西出版传媒集团 北岳文艺出版社
BEIYUE LITERATURE & ART PUBLISHING HOUSE
· 太原 ·

图书在版编目(CIP)数据

单枪匹马 / 陈克海著. —太原 : 北岳文艺出版社，2022.1(2023.11重印)

ISBN 978-7-5378-6475-6

Ⅰ. ①单… Ⅱ. ①陈… Ⅲ. ①中篇小说—小说集—中国—当代 Ⅳ. ①I247.5

中国版本图书馆CIP数据核字(2021)第236763号

单枪匹马

陈克海　著

//

出品人

郭文礼

责任编辑

高海霞

书籍设计

张永文

印装监制

郭　勇

出版发行：山西出版传媒集团·北岳文艺出版社

地址：山西省太原市并州南路57号

邮编：030012

电话：0351-5628696(发行部)　0351-5628688(总编室)

传真：0351-5628680

印刷装订：山西人民印刷有限责任公司

开本：787mm ×1092mm　1/32

字数：171千字

印张：8.875

版次：2022年1月第1版

印次：2023年11月山西第2次印刷

书号：ISBN 978-7-5378-6475-6

定价：59.80元

目 录

在柏叶底

ZAI BAI YE DI

一

还没进村，就看见两辆挖掘机在塬上忙活。半个山头已经平掉，黄土溢满路沿。不远处就是高速路，时不时能听见轮胎摩擦路面的声响。王亚楠还以为这热火朝天的景象也跟扶贫相关，腰也绷紧了，一直看着窗外。土黄色的地里，不知道是棵什么树孤零零地蹲着。黄艳还介绍，说，看见那棵柏树没，当年一群北京知青搞水土保持，还在那盖过房子，现在都塌了。王亚楠试图把知青和自己要到的地方联系起来，又走了一截神。

到了村里，队长黄艳没下车，右手往耳后拢了拢头发，左手滑拉着手机。大太阳底下，一个男人穿着短裤，赤着双脚，手里不知为何举着铁链，一瘸一瘸地走过来。离得近了，才见铁链的另一端绑在脚上。时不时有辆三轮车经过。王亚楠扫了眼黄艳，见她好像在凝神想问题，也就没多话。

又等了半个来小时，过来一个肤色黝黑的男人，嘴里一直说着什么。黄艳摇下窗户，才听见男人说，还不到两年，就给我换了三个人，你们也是嫌不够折腾。黄艳说，郝书记，话不能这么讲，都是为了工作。人我给你带来了，你安排个住处就行。又给王亚楠介绍，说这是柏叶底村的支部书记郝明荃。王亚楠见这男人吊着厚眼袋，嘴里仍是埋怨，点了下头，算是招呼，便从后备厢里搬行李。郝明荃说，东西倒是不少，你说你们不在城里好好待着，跑来受这罪干啥？把钱带来，人回去就行，我给你们把活干得漂漂亮亮的。黄艳说，光给钱能解决问题？你以为上面的人没你考虑得清楚？黄艳几句话顶得郝明荃没再吭声。

孩子们清脆的声音从教室里透出来。郝明荃拖着王亚楠的拉杆箱，径直走进学校。房间里两个女老师正在蒸馒头。郝明荃说，先和老师们挤一挤，过些天，活动室修好了，再搬过去。黄艳说，新修的房子一时半会儿干不透，哪能住人？你也不给找个好地方。郝明荃给黄艳递烟，说，条件就是个这。要是都跟你们城里一样，还用你们下来啊。黄艳自己掏出一盒南京，递给郝明荃一支。等郝明荃点燃，她吸了一口，才对王亚楠说，你先在这里住下看看，有什么事和我说，或者找郝书记，我先回村里一趟，说是我定做的黄土牌有机小米包装袋回来了。郝明荃也跟着往外走，说，吃饭的事你不用担心，我给你找户人家。我这阵子正忙着盖饭店，等忙完这一阵，再陪你在村里好好转一转。王亚楠脑子懵懵的，完全没想到工作了十几年，又得睡上下铺。好在老师们热情，问东问西，王亚楠话也多了起来。

女老师一个姓张，一个姓关。关老师择着蒲公英，问她孩子多大了。王亚楠说她还没男朋友呢。一个三十二岁的女人还不结婚，这超出了她们的理解范围。她们问她是不是要求特别高，王亚楠笑了笑。

见她闭口不谈婚姻与孩子，张老师又说，你先前的那个同事待不住，通知村里六点开会，她四点就到了，结果到晚上八点，还没一个人来，一个人在学校里号啕大哭。关老师也笑，说，是真哭，没见过女人哭成那样子的。尽管这事王亚楠也听说过，只是听见她们把这当成笑谈反复讲，还是觉得别扭。王亚楠说，她五十几岁了，又没有农村生活经验，是不容易。王亚楠也没在农村待过，不过她喜欢徒步，喜欢跟着一帮朋友在野外闲走。身在荒山野岭是寂寞，却也能让人平静。又说了阵子闲话，见关老师揭开锅盖盛稀饭，王亚楠起身，说是去村里走一走。关老师说，村里人吃饭晚，先喝碗米汤。王亚楠说，村支书都安排好了，在农户家吃呢。

公路边几个女人蹲着，王亚楠走上前去，问哪里有小卖部。其中一个手里夹着烟，往前指了指。到了大柏树底下，见一平房跟前拿红漆抹了三个大字：门市部。推开铁皮门，不大的房间里，一桌人正挤在一起打牌。烟雾缭绕，王亚楠定了半天神，也没看清有几个人。货架上散乱地堆着烟酒、零食和日用百货。王亚楠买了两个塑料盆，又称了几斤鸡蛋，拿了一提卫生纸。

她端着盆提着卫生纸走在村里的时候，有些不自在。和她想象的完全不一样。她以为条件太差，至少应该有个单间。得知要下乡，她还专门在京东上买了个美的多功能电饭煲。她是准备扎根，好好待一段时间的。现在这么个样子，她哪有融入的心思？还没开始，脑子里就思谋着逃离。她端着盆，看见那几个女人还在那儿说话。等她走过去，她们却站了起来。其中一个女人，脸色黑沉，也不知道是向她告状，还是发牢骚，说，扶了半天扶了个啥？他一年二千九就是贫困户，我起早摸黑挣了三千，就不是了？

王亚楠没什么概念，放下卫生纸和脸盆，掏出烟散给众人。有的接了。见王亚楠说话客客气气的，问她来村里干啥。王亚楠笑了笑，说，我是新来的第一书记，情况还不太熟悉。你们要没事，多来学校坐坐。王亚楠等了一阵子，见没人说话，笑了笑，弯腰端起脸盆提上卫生纸。

路两边的草全拔掉了，有人在喷白石灰，有人在墙上写标语。窑洞本来亮黄的色泽，现在被涂成了整齐划一的白色，远远看去，就像一块新布补在了百衲衣上。

进了学校，一个年轻妈妈抱着个孩子走过来，才知道她也是老师，姓曹，老家不在本县。平时周末别人都回城了，只有她住在学校。她刚结婚两年，老公又是搞建筑的，不是在浙江上海，要么就去云南贵州，一年也聚不了几天。王亚楠想，这婚结得有什么意思呢？太辛苦了。她甚至对曹老师跑到这么偏远的地方来教书也不理解。为了个稳定的工作，最好的年华都消耗在这里了。而曹老师没有别的想法，就是指望熬过了见习期，再过几年，也能像别人那样，调到生活更为方便的县城。想到曹老师一个女人带着孩子在柏叶底都待了四年，王亚楠先前的那些起伏好像又平息了。再说，只要她不嫌折腾，每个周末都可以回麦城。她逗了会儿小孩，又说了几句家常，才回到宿舍。

都不知道多会儿天黑的，听见音乐响起来，出门一看，只见对面教室里两个女人正和男人跳交谊舞。满天繁星，明亮得跟水洗过一样。

她在《民情日志》上写了两行字。她想起黄艳的话。路上她问黄艳，到了乡下，怎么开展工作。黄艳说，一定要留痕，事情杂乱，要把每天干了些什么都记下来，时间一长，或许能形成一篇调研报告。黄艳说完，却也感慨，她是想着为村里办点事的。可惜隔三岔五开会耗掉了她的热情。黄艳说，我年龄大了，提笔忘字，但你年轻，有的是机会。王亚楠拿起笔的时候想着自己的机会，酝酿了半天，却也不知道机会在哪里。她把本子放到一边，又玩开了手机。她没事时爱登陆亚马逊，看看又有什么打折的户外装备。没多久，上眼皮就直掐下眼皮，洗漱了下，就把手机调成静音躺下了。张老师、关老师多会儿回的宿舍，她都不知道。

二

不到五点，她就醒了。铁架床并不牢靠，她没敢翻身，只是听着窗外的麻雀叽叽喳喳地叫。下铺的关老师开始起来和面，王亚楠才探起头，说，这么早就开始做饭啊。关老师笑了笑。王亚楠爬下床，找出哥伦比亚跑鞋。

本是想着在村里走一走，谁知这么早，就有人开着拖拉机下地干活了。她笑着和他们打招呼，开拖拉机的人毫无表情，往前走了老远，还扭过头看她。王亚楠打开双腿，弯了弯腰，压了压腿，小步跑了起来。太阳从远处升起，山岚消散。路边成群的小野鸡慌不择路，要么一头扎进草丛，要么扇着翅膀，摇摇晃晃，飞到斜坡上。她停下来，拍了几张照片，又反转镜头自拍。脖子上沁出一层细汗。她感觉到汗水正顺着脊柱往下走。

趁老师们上课，她才拉上窗帘，把身子快速擦洗了下。

办公的地方就在学校会议室，两个文件柜里摆满了档案盒。她正在那乱翻呢，工作队的人上来十几个，说是上面马上要检查，得完善《扶贫手册》。包柏叶村的是果业局，队长姓武，武贵明。武队长说，王书记，你要是没事，帮我补一补工作日志。王亚楠一开始并没听懂。武贵明却径直递过来本子。王亚楠说，你们做了哪些工作，我根本不清楚啊。武贵明说，没事，没事，你随便写，你看看扶贫政策，就那几项，抄抄文件也行，只是不要写日期。

别人都在那填表，王亚楠也拿着个本子抄省里的市里的县里的扶贫文件，抄着抄着，她对接下来要干的事也有了底。旁边坐的人见她抄得认真，问在写什么。王亚楠老老实实地回答，说是给武队长补工作日志呢。那人就说，哎呀，老武，你还真会抓差，把我们弄来替你干活不算，又找了个秘书。武贵明端着茶杯就在那笑，说，大家都是为了革命工作，我以前就是个炒菜的，没文化，写字真不行。我负责给大家搞好后勤工作。

来了这么久，王亚楠总共也没见过郝明荃几回。倒是副书记吴明堂时不时地和她发牢骚，说这个郝明荃毬事也不干。王亚楠对他们成天骂骂咧咧，把生殖器挂在嘴边特别不适应。有一回包村干部何鹏元来，说每月党员活动日，几个月没开会了，得叫上党员开一次会，把记录补全。郝明荃又在那骂，说是毬事不干，成天就搞些形式主义。何鹏元就说，老郝，你也是党员，党员的义务就是要不断学习，你要是不满，大会上说嘛，给上面反映嘛。郝明荃还在骂，声音却低了下去。

王亚楠通知过郝明荃，叫他组织人开会，郝明荃总说他正忙着盖房子，有事叫副书记吴明堂就行。这回好不容易出现，也只是不停提醒王亚楠多角度拍些照片。甚至还让王亚楠帮他补会议记录。好像她是档案局的，补这些档案完全是她的义务。何鹏元说村里党务资料太少，学习讨论的发言材料一份没有。郝明荃又偏过头来，要她一定得把材料弄妥帖。王亚楠当时就急了，说，造假的事我可不会。

她梗着脖子，气得好几天都没睡好。事后才想起来，她应该说得更直接些。我王亚楠不是来给你们打杂的，你们要摆正自己的位置。你要是不想干了就辞职，成天正事不干一件，把我当什么人了？和母亲说起村里的工作。母亲还叮嘱她要见风使舵，和村干部搞好关系，小心驶得万年船。王亚楠说，这些人太坏了。母亲说，你一个女孩子，哪里斗得过他们，要注意自己的安全。王亚楠倒不担心受到什么伤害。她只是感觉糟糕透顶。

村里的事就是这样，忙起来的时候，一个星期可能连开七八次会。开会也不需要她做什么，签个到，听台上的人传达文件就行。两个月下来，许多不熟悉的词汇开始在她脑海里汇聚成印象。闲下来，可能几个星期也没人来村里。她慢慢明白，这就是农村工作。有事没事，她就在村里转悠，见人就站下来递过去一个笑脸。她随身带着几盒南京，逢人就给。

周围几个人见她年轻，围过来，个个面色激动。其中一个老头站起来，说，评个贫困户吧，也不是人人想当，他要把自己的亲戚塞进去，也能理解，一个巴掌，五个手指头还不一样长，要想做到公平也不容易，只是最初分的地差不多，咱辛辛苦苦，没日没夜地受，光景过得好了，反倒没人说个好，平日里我们都瞧不起的懒汉你们倒爷爷娘娘一样伺候。甚至好多时候他们也不全是懒汉，条件又能比我们差多少？怎么他家就进了贫困户，我就进不了。不就因为我说话直，他不爱听嘛。王亚楠说，评这些贫困户的时候，不是都公示了吗？那妇女就冷笑：公示？他们怎么不公示？自己贴出来，拿上手机拍了照，马上就撕掉，这就算公示了。他们心里要不是有鬼，还能怕我们看见？我们杂家百姓就是好欺负。他们和上面早就狼狈为奸了。

王亚楠笑了起来，在村里这么久，她头一回听人说成语。她笑了笑。那妇女戴着金耳环，王亚楠又看了一眼，才想起来刚进村那天，就是这个中年女人发了半天牢骚。先前说话的老头就是郝明荃的叔叔，和前任交接时，同事专门提起来过，让她留心，意思是这老汉难缠，不好对付。老郝又插了一句，论理我不应该说闲话，吴明堂这两年也做了不少事，你看给村里装了路灯，又要来几十万修了党员活动室，大家也受了不少益。

王亚楠起初没听明白，想着装路灯、修党员活动室都是上级财政拨款，怎么就成了吴明堂的功劳，后来反应过来，村里人就是认为这些事都是吴明堂任上才做成的。王亚楠说，村里的事不都是郝明荃主持吗？那中年妇女又接过话，说，受苦的事都是吴明堂做，捞好处的事都归了郝明荃。老头说，这个郝明荃可不是一般的坏，前两年修高速路，占了村里的地，赔了七八十万，可社员至今没见到一分钱。王亚楠说，他也不害怕？老头说，他有亲戚在县上呢。王亚楠说，这可不是小数字。老头说，他拿钱，我们也能理解，没点好处，谁去做事？问题是他拿了钱，却没给村里做一件正经事。他那个小队，总共五个党员，他们父子俩就占了两个，其余三个都反对他，其中一个告了他，结果他还找人把人打得住了院。王亚楠听得心惊，直说，还有没有王法了。

学校已经放假。她进了校门，把门反锁。洗了把脸，拿起本勒华拉杜里的《蒙塔尤》，一看就是半天。她是想着学学别人怎么做档案研究，也好发挥自己的特长，给村里做点实际的事。往往她看得专心，天色黑了下来，才想起该煮点挂面吃。

三

半夜里听见门外什么东西在挠，王亚楠心底发虚，也没敢出门打望，早上开门一看，一只黑色小奶狗静静卧在台阶上。王亚楠心都快化了。忙抱进宿舍，剪开一袋牛奶就给喂。村里的贫困户来复印资料，见王亚楠抱着个狗，就笑，说这是谁家的小母狗不要了？王亚楠这才知道，当地人不喜欢母狗，一生一窝，难养。

学校开学，校长知道王亚楠养了条狗，就说，学校小孩子多，万一咬到了人，得了狂犬病，麻烦就大了。王亚楠说，这狗是被人抛弃的，老实得很，哪里敢咬人？见校长执意要把狗送走，王亚楠说，实在不行，我另找个住处吧。

档案局在蒙城有五个队员，三女两男，这天几个人在县城聚齐了，准备坐车回麦城。王亚楠起先还在说养了条狗，因为养狗，学校不让她住。说到住的条件差，王亚楠掀起胳膊，说，这鬼地方真是没法儿住，不知道被什么虫子咬的，肿了一大圈。不知情的人还以为我在乡下生活有多好，养上膘了。其他两个女的，也说她们在村里生活如何不方便。夏天还好对付，到了冬天，没有暖气，点个煤炉子在零下二三十度的地方可怎么活。黄艳是队长，说，我都在乡下凑合两年了，真是不想再将就。有人说科技厅、工商局都在县城租房集中居住呢。黄艳说，住在县城也没什么意思，还不如在村里租个窑洞。要不小王你给写个申请。

就这样，在位置相对便利的柏叶底找见了五孔砖窑。按黄艳的设想，还把一孔窑洞改造成了洗手间和厨房，打开就有热水。一间窑洞公用，做成客厅，用旧门板做了两张桌子当茶台。又在窑正中间放了个铸铁壁炉。地板也重新铺上了青砖。收拾了两个月，终于搬进去，先在壁炉里点了一把火。等核桃木噼里啪啦起来，整个窑洞都透着亮光。王亚楠把照片发给朋友，都哇哇惊叹，说这生活也太惬意了，直问她是不是准备在村里找个男人扎根呀。王亚楠就笑，我们不过是苦中作乐，要是天天发负能量的东西，你就不会这样想了。她想起拍照片的时候总是不停选角度，完了还要用美图修改。这么一想，她又有些心慌，想着自己到底不能面对真实生活。她把这些美化的图片发给朋友们，目的是什么呢？让他们嫉妒吗？一想到此，她又有些泄气。

黄艳还把陕西一扶贫女队员和贫困户结婚的新闻发给她。王亚楠先跟着傻乐，后来就有些不自在。她想，在众人的眼中，她的婚姻是个困难户了。只是她自己不甘心，没有勇气承认而已。日常生活，她连找个能好好说话的人都没有。

五个人平时虽说在同一个乡镇，其实几个村子离得也不近，平时早早起来，都回村各忙各的去了。黄艳来得时间长，和其他人关系处理得也不错，又兼着副乡长，分管一村一品一主体，也是挨个村子到处跑。王亚楠反倒成了个闲人，每天睡到自然醒。

这天正坐在看《蒙塔尤》呢，院子里进来一个老人，头发炸得像个狮子，直喊，哎呀，书记，你可是住得美了。王亚楠先没反应过来，以为他也是和时不时闯进院子的人一样，是来参观她们改造好的窑洞，等到戴上眼镜，才看清，不就是隔壁老郝嘛，上一回碰见，还数落了半天郝明荃的不是。老郝问，书记，这些废纸箱都不要了哇？王亚楠说，你都拿走吧。老郝却有些迟疑，说，这么多，书记自己不卖了？王亚楠说，你拿走就是帮了我的大忙。老郝弓着腰，捆扎完纸箱，却也没有要走的意思。王亚楠见了，就说，进来喝茶吧。老郝进了门也不坐，满屋子找了半天，却又掉头去了门外。

黄艳回来，问，怎么这老汉又来了？王亚楠说，什么又？他就在隔壁住。黄艳说，是不是？话音刚落，老郝提了个桶进来，倒扣在地上，一屁股坐了上去。王亚楠说，这是我们队长，也是乡里的副乡长。老郝说，黄乡长，我认识，你不认识了我吧？黄艳说，怎么不认识？你不是郝明荃的叔叔吗？咱们乡里的名人呢。

说到郝明荃，老郝有些激动，说，我哪里有那样的侄儿？上回发面，好多村干部都有，就没我们贫困户的，你说他这么做对不对？黄艳接了句，每回慰问，米面油也没有政策说全部发给贫困户，要是什么都给了贫困户，我们接下来怎么展开工作？老郝却不听黄艳的话，说，就因为个这，我找你们的郝书记反映情况，结果他根本就不搭理我，说跟我是对牛弹琴。我七十二岁的老汉了，不说年长他多少岁，也不论亲戚了，从来没人骂我是牛啊，他竟然说我是牛。黄艳说，郝书记可能是性子急，顺嘴溜出来的话，哪里想到专门去骂你？老郝说，人争一口气，佛争一炉香，他这是门缝里瞧人呢。黄艳说，你们还是亲戚，你不能天天这样找他的麻烦，你要是好好和他说句话，不要动不动就说要告他，他也不会专门跟你过不去。老郝说，我都七十几岁了，什么没见过，之前的事我不说了，反正下一回你们得给我儿子找个营生干，要不然后果不堪设想。经黄艳一提醒，王亚楠才意识到这个老人去年把县里二十几号干部弄得不好过，当时省卫计委主任来调研，问起享受过什么医疗政策没有。老人说甚也没，甚也不知道。好多医疗政策乡里、村里都发了宣传册，只是多数人接了也不看，顺手又不知扔到什么地方去了。黄艳见老郝情绪激动，说，你儿子都成了那样，能干啥？老郝移了下桶，说，你们都是正派人，今天的话到此为止，出了这个门我就不认了，你们坐着，我回家喝米汤啊。

等到老郝走了，黄艳才说，这老汉你要多家访，把他驴毛捋顺了，什么都好说。要不，指不定从嘴里翻出什么话来。上回咱们局长来慰问，他就拦住问了半天，把局长给问火了。

王亚楠说，村里像这么能说会道的人也少见，多数都木讷得很，问半天憋不出一句囫囵话。要是人人都这么关心政策，有主人翁意识，倒也好办。黄艳说，他儿子你见过吧，精神时好时坏。前两年都是用铁链锁在屋里，后来还不是咱们局里想法给拉到南十方住了半年，回到村里，倒是能找到回家的屋了。王亚楠像是想起了什么，想说却又没接话。黄艳还在感慨，说，村干部也不好做，举个简单的例子，以前他们还可以收税，截留一部分办公，现在呢，网络也发达，任何一件事情做得不好，就有可能出问题。没有办公经费，迎来送往，都需要开支，能怎么办？好多时候还得贴着钱干。王亚楠想起刚来不久，村活动室刚盖好，她本是好意，问郝明荃村里有没有什么需要添置的东西，可以从她带的一万块办公经费里走走账。郝明荃说是买个电视，置办些生活必需品，方便你办公。结果从乡财务所支了六千元，就买了两张床，窗帘至今都没挂起来。

有那么一阵子，两人只是坐在茶台前，各自看着手机，没说一句话。黄艳走到院子里，小小黑撒着欢儿撵出来，小短腿蹦来蹦去，像个滚动的肉球。王亚楠见了，对着黄艳的背影拍了几张照片。画面里小狗喜人，她用美图秀秀修改了半天，也没遮掉破败的院子。

四

有事没事，王亚楠习惯点开柏叶底村委信息通知群。这天点开有人发的视频，一个男人被车撞了，半个脑袋稀烂，像砸在水泥地上的西瓜。王亚楠在火车上和同事说起这次车祸，并没有感觉多惊心。等到夜色黑下来，在其他几个村帮扶的同事还没回来，她才有些底虚。打开微信，半天也没找见该和谁视频，忍不住，还是点开了朱东。只听朱东在那头哈哈大笑，说，这么久没消息，你又从哪座墓里冒出来了？当时她没有细想，等挂了电话，看见四壁的青砖，冷清的窑洞，她突然想起电视里见过的墓葬，才意识到自己身处的空间陡然变得诡异。

早上起来，她安安静静地缩在被窝里，不像往日天没亮提上鞋就往村口跑。到底是熬不住，就在院子里进进出出。有一天，她问自己到底害怕什么呢。趁着天还没黑，她走到现场。过去了一个多星期，下了两场雨，红褐色的血迹还印在新铺的柏油路上。王亚楠没狗走近，继续往前慢跑，却见一条肥胖的狗满脸是血地蹲在路边，吓得她倒退了好几步。定下神才看清，那狗戴着铃铛，是郝明荃家的。王亚楠拾起块石头扔过去，那狗才不紧不慢地离开。再往前走，却见她收养的小黑浑身是血。她还以为是被郝明荃家的狗咬伤了，连忙跑过去，这才看清小黑正在那津津有味地吃野鸡呢。

王亚楠只在小时候的课本里读到过，北大荒的野鸡可以飞到锅里来。刚来柏叶底，看见一路上时不时野鸡群飞，她还兴奋得很。时日一长，见路上有野鸡被车碾压，也不再奇怪。她只是没想到这地方刚撞死了人，几条狗就在附近吃野鸡。

好几个晚上她做噩梦。和同事们说起来，都说她是在自己吓自己。她见柏叶底的微信群里还有人关注这件事，死的人就是柏叶底的，他媳妇带着几个孩子去公安局，却也没要得什么赔偿。肇事逃逸的人过了三天才抓到，他家里也没什么钱。王亚楠去死者家里看了看，女人神色哀凄。说了几句劝慰的话，到底无力。她给孩子留下二百块钱，又去门市部买了些香蜡纸烛，走到村口烧了。

当时太阳快掉到塬下去，沟沟壑壑一半金黄，一半灰色。她也不管地上干不干净，轻轻躺在公路上。她想象不出人死后的样子。有那么半天，她看着明亮的天空，想到人真是卑微得不能再卑微的生物。

这天，乡镇通知去县里培训。等黄艳带着她帮扶村的村支书过来，一起坐车往城里走。不知怎么就说到即将举行的换届选举。那村里的支书说，柏叶底有没有什么问题？应该还是郝明荃吧？王亚楠说，郝明荃这样的人，赌博、打人，不好说。对方像是头一回听说，还有这事？王亚楠说，村里老百姓意见大得很，他再干下去，又有什么意思？这人就说，村支书都是选举的呢，他要是真想继续干，提前做工作，就不可能出现落选的情况。王亚楠听得着急，正要说什么，黄艳插嘴道，村里的人事不可能样样周全，现在我们来了，就是要和他们讲规矩，你只要讲程序，讲原则，他们也奈何不了。

到了会场，黑压压全是人，签了到，两人也没进去。王亚楠去端了两杯水，两个人站在门口。王亚楠问黄艳，你真和他们讲原则啊。黄艳就笑，这是个工作技巧。黄艳又说，刚才你当着外人说郝明荃的那些话也不合适，谁知道他们是什么关系，万一传回郝明荃耳里，你在柏叶底怎么待得下去。一定要和村里人搞好关系，要不然在村里待着太难受。再说了，谁没个缺点？要是人不听你的话，没按你说的做，没配合你的工作，就是坏人，那这世上坏人也太多了。重要的是，尽到自己的一份心，把自己分内事做好就好了。王亚楠点着头。黄艳又说，好好做个调研，你想想人为什么会变成这样。我们也算是读到大学，素质也不低了吧？为什么到了这个地方也变得跟他们一样骂骂咧咧，牢骚满腹？他们有缺陷，我们毛病也不少。问题是，光从人性上论断就够了吗？

聊到后来，黄艳又说，我跟你讲这些，其实也没什么意思。我来了这里快两年，谁不想做点成绩？问题是，你想做什么，如果村里的人不支持你，就永远落不了地。要是他们喜欢干什么事，那倒是很快，天天在后面催你。王亚楠说，你不是还给他们策划了个黄土牌有机小米吗？黄艳说，确实，待在档案局太憋屈，这不孩子也读了大学，和老公也早没了要成天黏在一起的新鲜劲儿，到乡下来，总得找点事干吧。王亚楠说，黄处，你太谦虚了，你不知道多少人羡慕你的生活呢。黄艳说，羡慕？让他们到乡下住上一年半载试试。

黄艳的话，有些王亚楠听进去了，有些却也没记住。王亚楠不知怎么总想着把郝明荃的短处都捏在手里，关键时刻参他一本。听黄艳说到后来，王亚楠又有些泄气。她怎么就跟一个村干部较上劲了呢？

培训结束，让第一书记们提建议。有个中年女人，剪发头，头发全白了，站起来话还没出来，先带着哭腔，我是想到村里好好做点事的，这不我把我老母亲都接到村里来住了。可是村里生活太难了，我垒个灶台都找不到人给我搭把手，说起来真是想哭。

黄艳在旁边说，这人去年在全县评为优秀。王亚楠听了，鼻腔泛酸。平日里，几个同事晚上住在一起，也没感觉多苦，只是这回听人说到生活得不自由，一想到还要在这个地方待上两年，用朱东的话说是，等扶完贫回来，你就快四十了，不免心慌。

另一个年轻人，可能是刚结婚不久，说孩子不到半岁，每个星期往麦城跑一回，这些还能克服，怕的就是一到周五通知加班，上面要来人检查，这不我都快一个月没回去了，我媳妇是天天和我吵。媳妇骂我得忍着，在村里贫困户也嫌我们不给他们办实事，成天就是找他们填表签字按手印，我真是希望以后再有这种机会培训，不要再找些人只是读一遍文件，说什么压实责任。也得给我们找个心理辅导老师，帮我们释放下压力。实在不行，给我们一人发个沙包也中。

王亚楠的眼泪没忍住，哗地就流了出来。旁边的人见她流泪，让她也说几句。王亚楠说，别的没什么，我就希望省里给每个第一书记带的十几万块钱，能顺顺利利到账，现在村里路、电、水、网都通了，村里就缺个活动的地方。我想给他们盖个文化活动广场，也能像城里跳跳广场舞，打扑克不用坐在土路上。王亚楠说了半天，也没说到个人的难处。她先前对村里没那么多想法，这回培训了一回，像是真的开了眼，方方面面，但凡能做事情的点上，她都有了计划。

王亚楠回村弄了个意见箱，挂在党员活动室门口。生怕人不知道，还专门在柏叶底微信群里吼了几声。只是平日里百姓牢骚不少，真弄了个意见箱，几个星期了，也没收到一张纸。郝明荃应该知道王亚楠的心思，下回再见面，对王亚楠也客气不少，一口一声王书记，说，王书记，我现在房子也盖好了，你说吧，你想去哪跑，告我一声，我给你当司机。王亚楠见不得人前后态度变化如此之大，不过也鄙视不起来，害得她窝了多日的气，也没绷住。她面无表情，只是说，你叔到底怎么回事啊，成天到处告状，你得把他的事摆平，要不迟早会出问题。郝明荃说，他什么好处都想要，你去村里问问，他为下了几个人？王亚楠说，他是你叔，你得跟他把政策讲清楚，人也不是天生就坏，不过是你们工作方式方法不讲究，一口气顺不过来。郝明荃说，我还有气呢？他有本事告去，看能不能把我的毬咬着。王亚楠见他油盐不进，也懒得再多话。

五

和朱东坐公交去桥头街，半中间上来两个姑娘。

其中一个说，李丽你知道吧，找了个男的，四十来岁，认识到结婚不到半年，男的毛病全出来了。生了孩子，李丽还是受不了，不甘心，闹着离婚，一起贷款买的房子车子全不要，就要男的每个月给点生活费。就这，男的还不情愿，非得李丽追着骂，什么难听的话都骂得出来，男的这才磨磨唧唧给点生活费。她还不是因为着急，都二十八九了，压力也大，凑合结了婚，孩子一生，这下把自己毁了。她才三十一啊，后半辈子那么可咋往下耗。家里也催我，我不管了。凑凑合合结了，万一到时自己痛苦一辈子怎么办？我有个堂妹，之前也相亲，认识个男的，约她出来吃两回饭就消失半年。下回我堂妹问起来，男的还说出差了。堂妹自然知道他还有选择，在约别的姑娘，才会这般三心二意。后来，认识个东北男孩，可能是相亲太多，心灰意冷了，还没见过对方家人，就说要结婚。万一闹了半天，对方家人不愿意，或者是对方家里全是负担，岂不是麻烦？我说过她两回，她也没听，我怕再说，她还以为我嫉妒她结婚。

旁边的姑娘说个不停，朱东一直看着她们。

王亚楠就说，她是不是你喜欢的类型，喜欢就去追哇。

朱东说，什么话，你没听见她这是说给你听的吗？什么都是男人的错，现在吃到苦果了吧？

王亚楠说，明明是说你好不好，三心二意。不过你这个凤凰男真的可以再挑一挑。

两个人有一搭没一搭地说着。王亚楠想起，她和他也有问题，只是年纪都大了，没人捅破那层纸。两个人下了车，她着急找卫生间。等她从卫生间出来，却没见到朱东。她也没想着要给他打电话，转了半天，等到七点，她又走进了新华书店。

又过了两个星期，还是没有他的一点儿信息。王亚楠终于松了一口气。她以为自己解脱了，还想着等到扶贫结束，就要振作起来，换一种生活。

只是这种心劲儿并没有持续多久。回到麦城，她也没心思做别的，总是拿着手机在那儿翻，好像手机里有她想要的生活。她明白自己到底抗不过一个人的煎熬，在期待有人联系她。等到对一切都倦怠了，她才恹恹地爬起来。

有时候一个人坐在窗前，没来由地走神。她在琢磨自己的人生到底在哪一个环节出了问题。大四那年，众人一心复习读研，要么考公务员，她呢，却在横店漂着，一心想着当演员。得闲了，还和一帮朋友组织朗读莎剧。拥挤的出租房里，大家谈论得异常热烈。如果揭开房顶，从天上看下来，她们的做法也谈不上多么与众不同，可能和传销团伙没什么区别。她从来没有怀疑过自己的选择。还建了一个微信群，每夜都有人发语音，朗诵诗歌。就是后来回到麦城，在报社折腾两年，最后听了母亲的话，老老实实考到了档案局，仍会时不时看一眼群里的动态。好像看到曾经相似的一帮人，仍然在坚持，做着自己喜欢的事，好像她身为一个旁观者，也能重获被工作消磨掉的尊严。还能怎样呢，生活不是照样还过得下去吗。她甚至和朋友们分享理查德·耶茨的《革命之路》，好像潜藏着一份欢喜，原来她这样的人早被人写成了小说。

在这被拉长的时间中，她以为自己想明白了，却没料到在一次聚会上，又遇见了朱东。喝了酒，几个人就站在马路边聊天。王亚楠有一搭没一搭地和朱东说着话。结果另外几个人消失了。王亚楠问他们干吗去了。朱东说他们按摩去了。

你们男人结了婚都会背着老婆乱来吗？王亚楠问。

也可能是这话刺激了朱东，他带她喝了咖啡，径直带到了洗浴中心。当时王亚楠完全是震惊，表面上抱着好奇地问这问那，甚至看到他们一个个从楼上慢吞吞地下来，还故作轻松地开玩笑。也是事后她才意识到朱东为了摆脱她，费尽了怎样的心思。

就是那天晚上，王亚楠失眠了，不知怎么就下载了世纪佳缘，还买了个会员。一张一张照片滑过去，她没找到几个顺眼的。倒是有人给她写信，程式化的话，看不出丝毫诚意。后来就下了个陌陌。这上面的人倒是活跃，上来就问她约不约。看见顺眼的，她就敷衍几句，讨厌的直接拉黑。

白天她待在村里，到处串门，和人说着家常，或者发些宣传资料。要么就是去乡镇，或者到县城听会。等到天色暗下来，几个同事在窑洞里吃了饭，大家都仿佛精疲力竭，再也没了交谈的兴致。王亚楠呢，但凡掏出手机，不是登录世纪佳缘，就是上陌陌，看见有意思的，也回复一句。就这样来来回回，拉扯了好几次，聊了十几个男人，没有一个真的约出来过。有时候是她主动提出，对方回避；有时候对方开门见山，她左右权衡。有那么一两次，她甚至都说好了时间地点，等到周末回麦城，她还是朝家里走去。

六

过去人们习以为常的村子，王亚楠却像是有了新的发现，先是把村口不远不近的两块石头拿绿漆涂了，又用红漆画了眼睛，写上龟蛇对峙，村头的那棵柏树，叫成雄鸡迎晓，村口垃圾池上方有时不时渗出些水，刻了“彩带飞瀑”几个大字，村委会办公室一到晚上灯火透明，她在墙上写上“流光溢彩”。发现的景点越多，她越是感到重新命名的快乐。塑形，涂抹，立碑，也没花多少钱。第一书记的经费就够了。离村子不远的水潭边，开发了些烂尾别墅。王亚楠想着但凡这些别墅卖掉，总会有人逛到这里来。在朋友圈发了照片，很快就有同学留言，说，等着，周末就去钓鱼，把烧烤架支起来吧。黄艳的黄土牌小米在省里的农产品展上销得很好，她又想利用身边的资源，在村里搞个房车露营基地。王亚楠就说，黄姐，到时候一定把人也往柏叶底引一引，就是什么都不干，到村里转一圈，好赖也给村里人留点话题，说不定好多年后也会有人提起：就是那个第一书记带来无数房车露营的村子。王亚楠半认真半开玩笑，黄艳也跟着配合，说都是扶贫，资源肯定会共享。

这天中午，武贵明队长来电话，问她在哪里。又说是上级要求入户，提了一包金融扶贫的资料，要挨家挨户发。碰上头，几个人往村巷里走。太阳伞底下，围了一群人在打麻将，武贵明窝着背，递过去烟，他们头都没抬，接上烟就夹到了耳朵后面。王亚楠说，打完这一把，先签几个字。其中一个人说，几年了，给个一星半点实惠和好处也拉毬倒。你们也不嫌麻毬烦，天天就是来按手印，反正是糊弄人，你们没长手，自己按一下不就行了？武贵明赔着笑，说，话也不能这么讲，几千上万的钱没给过，你爸的轮椅不是我们争取过来的？你妈去医院住了半个月院，不也没花一分钱？不是我们工作队的人帮着照应？那人没再吭声。

王亚楠说，现在扶贫不一样了，过去是给钱给物，现在呢，政策多样，只要条件符合，都能行。即便享受不了政策，村里通电通路，还不是全村人得利？那人说，现在政策好是好，就是太烦琐，我们老百姓，能认得几个字？前不久你们来，说只要是贫困户，就能弄大象养殖，等我们把证明材料都复印好了，又开始说这不合适，那也有问题。最后办成的，还是跟干部们有关系的。我也不是对你们有意见，今天话就撂在这里，你们要是一直这么不公平，我迟早要去告你们。

一句话把武贵明点爆了，说，具体给你们贷不贷款，我们说了不算，得银行审核。你们要是信用好，从前贷款没有老赖，银行能卡你们？别说什么公平不公平，这二年给你们改造危房，不是我们天天跑，去各个单位协调，能有这么快？我们水不喝你一口，烟不抽你一根，你们还想告我们。

跟贫困户吵了一架，几个人也没了兴致。又拿着一沓没发两页的宣传材料回到党员活动室。留了两个人值班，王亚楠跟武贵明几个进城，去博文装帧设计工作室打印照片。在路上，几个人说起这一茬，武贵明还是火气难消。见前面一群野鸡旁若无人地走在公路上，武贵明突然猛踩油门冲过去，居然撞飞两只野鸡。王亚楠吓得尖叫。不过，见男人们嘻嘻哈哈下车去捡还在动弹的小野鸡，王亚楠浑身一阵颤栗。车上一人说这鸡和点辣椒炒，是一道好下酒菜。武贵明说，要不给你吧。小野鸡还在动弹，慌得王亚楠直摆手。

另一个人又说，光一道辣子炒野鸡不够吃啊，要不买条狗吧。武贵明说，王书记的小黑就养得挺肥啊。王亚楠说，你们吃个什么不好，非要吃狗肉。车上的人就笑，说，冬天炖狗肉火锅正是时候。王亚楠说，太造孽了。几个人说归说，临下车的时候，却把死野鸡递给王亚楠，吓得她连忙后退。武贵明就说，不是让你吃呢，这么点东西，吃也不够一顿，还不如给你的狗，让它打打牙祭。

到了博文装帧设计工作室，还是整理“一村一品”档案。店里挤满了各个乡镇的人。打字员开始还在帮忙，后来有人叫，就给别人忙活去了。武贵明等得着急，就问到底是谁负责。老板娘在里间听见，嫌武贵明说话难听，说他一个大男人，干吗呵斥小姑娘。孩子们昨晚加班到凌晨，就为给你赶这些材料，也不容易。王亚楠说，不是我们找麻烦，这不先给我们弄，弄了一半，就撂下不管了。大家都是为了生活，相互体谅不就行了。武贵明火气下不来，直问挣钱的事都不想干，就别应承这买卖。老板娘说，话不能这么说，你以为我们想干这活？都配合下，把这事应付过去就行了。又有人过来打圆场。打印完毕，要盖章。之前气鼓鼓的小姑娘这回挺配合，拉开抽屉，从一堆印章里把柏叶底村支委会的章翻了出来。

出得门来，武贵明说，这家店老板的男人有关系，兄弟就是副镇长，不知道通过什么关系，县里好些乡镇打印材料、做展板，都在这里。这几年从县里拿走上百万。要不人家能底气那么足？动不动就说，要是嫌麻烦，就换个地方？

王亚楠先前看见墙上挂着“蒙县政府采购协议供货商”的铜牌。武贵明还在感慨，你是省里来的，想想这件事荒不荒唐，几个乡镇，好几十号村委会的章都由一个打字员保管。王亚楠说，非常时期，没有办法。武贵明又说，说明什么问题？就是为了整理扶贫材料的时候方便大家盖章。

几个人说道一通，其他几人回家，王亚楠又搭了个顺车回到柏叶底。她一手抱着档案，一手提着死野鸡，回了窑洞，扔到小黑跟前。平日里欢实的狗，起初没反应过来，夹着尾巴就跳开了。王亚楠把鸡扔在院子里，坐在茶台前翻开《蒙塔尤》。好久没看书，读到后边就忘了前面，后来又泡开了茶，时不时扫一眼小黑。小黑在窑洞里转了一圈，又遛到院子里去了。它在野鸡跟前嗅了嗅，才蹲在地上，一口一口，耐烦地吃起来。

晚上黄艳几个人回来，吃了饭，坐在桌前喝茶。王亚楠说，黄姐，你见我在微信群发的倡议书没，我想为柏叶底的小学生搞个募捐活动。黄艳说，这是好事情，只是工作一定要做细，全部针对贫困户。王亚楠说，我是这么想的，不管贫不贫困，只要还在柏叶底上学的，条件应该都好不到哪里去。另外几个人就附和，说之前村里定贫困户，就不够精细，好多家里有车县城买了房的，都塞了进来，要是还按之前的规则办事，反而没意思。咱们不能被他们牵着鼻子走。黄艳说，也确实没办法，县城里买房，也未必登记。咱不清楚，周围邻居却是门儿清。先不说这个。你搞募捐，发动咱自己的关系，是一方面，还是得和局领导汇报一声，让单位的人也参与进来。王亚楠最初的想法特别朴素，就是把筹集来的钱给柏叶底的小学生们发了了事，经黄艳一提醒，又认为自己的考虑还是欠周全。

到后来，黄艳向局领导汇报，又找村干部商量怎么做横幅，跟县里协调说局领导什么时候来，安排行程之类，王亚楠没怎么参与。郝明荃这回倒是积极，有事没事就到窑洞来，还帮着给孩子们的父母打电话，特别交代来的时候要穿得普通朴素些，让孩子多说些感恩戴德的话。王亚楠说，就别让孩子说这些了，多难为情啊。郝明荃说，小孩子从小懂得感恩不也挺好？黄艳说，你们组织吧，仪式尽量简短些。

郝明荃忙前跑后，挂了电话，和黄艳表功，说，黄乡长，柏叶底的人真是有问题，你看看我，这两年也干了不少事，修了党员活动室，把村里的自来水也解决了，又到处协调资金把柏油路修到村门口，前前后后，要来二百多万，到了现在，还有人告我。王亚楠见郝明荃什么事都往自己身上包揽，听到后来，便出了院门。

黑夜静谧，星空闪烁，王亚楠一时不知道该怎么形容。她不懂什么天文学，从前待在麦城，忙碌终日，很少抬头，偶尔见到高楼背后的月亮，也没什么特别感受。到了乡下，白天忙着迎接检查，和人说些琐事，脑子转不出丝毫想法，只有裹在夜色里，她才意识到宇宙多么瑰丽。她长久地看着夜空，不知怎么想到艾萨克·辛格笔下的费其逊博士：“虽然他不过是个软弱无力的人，是绝对无限的实质一个不断变化的形式，他还是宇宙的一部分，是与天体同样的材料制成的。”她倒从没盼过永生。就像黄艳的口头禅，反正只能再活个一万多天，与其纠结，还不如行动。她羡慕黄艳的执行力。黄艳说有一回失眠，凌晨两点还睡不着，开着车就上了高速，第二天就到青海湖看日出。很难说是长途奔波治好了她，还是高原反应让她身体感到疲惫，反正她宁愿脑中空空，也不会把自己关在屋子里杂七杂八地乱想。

进到窑里，吴明堂和黄艳几个聊得还很兴奋。黄艳先是说要养五千只土鸡。聊到高兴处，又对吴明堂说，我见地里烂苹果不少，你们应该搞个酒厂。这可比卖果子划算。名字都替你想好了，白夜酒庄。吴明堂就笑，说每回和黄乡长聊天，都能拓宽思路。又说，我给你闹十亩地吧。听吴明堂的意思，柏叶底七百来口人，地就有五千亩，现在年轻人都去了外地，种地的人越来越少，地价便宜，一亩租金才二百元。吴明堂说，一年掏个五千来块钱买树苗、肥料，四年后挂果，按目前的价格，十亩地随随便便至少能到手十来万。黄艳就笑，好好好，给王书记也弄上十亩地玩一玩，事情没成，就当是少买了点化妆品，万一弄成了，咱们去俄罗斯走几趟“尸骨之路”的路费不都有了？

王亚楠连忙拒绝，一来不想和村里的人纠葛太深，二来对黄土镇一带大规模种植梨果没什么信心，现在一窝蜂都种果树，万一到时候卖不掉了怎么办？资本主义国家把牛奶往河里倒的教训，她小时候在政治课里不是没学过。黄艳说她做事不够大气。王亚楠嘿嘿笑，口气含混，只说她一个姑娘家，挣那么多钱有什么用。黄艳说，只有实现了财务自由，人生才有更多的可能性。王亚楠说，我看你们起高楼。吴明堂说，黄乡长，事情就这么定了，改天我找两个村干部见证，咱也正规点，写个合同，每年种地的事，我帮你雇人，再过几年，你过来收获就得了。隔壁老郝一直站在院子里，终于插进来一句话，说，你们闹地我帮不上忙，苹果倒是有不少，只要到时喝酒叫我一声就成。吴明堂说，这老汉怎么突然开窍了？

又说了一阵子闲话，吴明堂才往外走。

王亚楠坐在那里看手机，她见江西有人种金丝皇菊花，想着能不能在柏叶底也种上几百亩。一想到塬上尽是黄菊花，还能采下来喝茶，她又多了几份遐想。

七

有人在群里发信息，说，又来了。问，谁来了？说是督查组。还没看全，何鹏元打来电话，说是督查组来了，赶快进村入户，坚守岗位。王亚楠说，我就在村里呢。这头挂了电话，工作队长武贵明又打来电话，问她在哪里，说是柏叶底有两户返贫的，得调整一下进贫困户，一起去家里看看，照个相。

两人会合，去找吴明堂。吴明堂知道还要保留宋春年，就说，宋春年这个人太坏了。武贵明问如何坏，吴明堂说，每年的扶贫物资郝明荃都给了宋春年。武贵明又问，干吗要给他？吴明堂说，这你都还不知道？明荃跟宋春年的闺女相好啊。吴明堂的婆姨就在旁边说，明荃干工作没得说，就是这一点不好，道德作风有问题。武贵明就笑，说，明荃一个人，婚也离了，不给自己找点事干，日子怎么过。又问宋春年的闺女多大了。吴明堂说，三十几岁，不到四十。武贵明就笑，说是不是你想着自己地盘上的肉被明荃叼走了，心里窝火？吴明堂黝黑的脸上露出一口白牙，说，这个老武，净喜欢胡说八道。

边说边往巷口走。吴明堂说，明荃再这么搞下去迟早会出问题，老百姓意见都很大。武贵明说，怎么也得让明荃给他老丈人送个顺水人情，你也低调点，该协调的协调，该配合的配合，明年给你老父亲闹个易地移民搬迁指标，要是他当选了，不还得再找他签字？吴明堂开始还嘟囔，到后来像是被说服了，一个劲地说是是是。

正说着话呢，武贵明见一条戴着铃铛的狗竟然把谁家的狗都撵翻在地，转眼工夫，两条狗就勾挂上了。武贵明还以为是吴明堂家的狗，就在那笑，说老吴家的狗也学坏了。吴明堂说，这是郝明荃家的狗。武贵明说，这个郝明荃，不光人是这个德行，狗也学了人样。两个人边说边笑，王亚楠听他们说得猥琐，故意落在后面。经过时，这才看清是她收养的小黑被郝明荃的狗欺负了。两条狗连在一起，见王亚楠走近，吓得直往野地里跑，一前一后，相互拉扯着，却也跑不快。王亚楠看着痛苦，捡起树枝准备敲打。武贵明就在那边喊，说，王书记，畜生的事你管不着，快别吓着它们，大冷天的它们已够难受了。

武贵明和吴明堂还在低声商议谁该进贫困户谁要保留，王亚楠见他们说话像是故意回避自己，也就故意离得远远的。塬上没有风，又出了太阳，晒得人还挺舒服。刚刚走访的那一户，老太太得了脑血栓，嘴也歪着，还是被男人牵着往村口走。武贵明转过来说，王书记，这一户确实恓惶，下回补评时，一定要把他报上去。

这天，王亚楠在窑洞里逗狗，又玩了会儿手机，百无聊赖地站在窗前，才看见前面就是一条高速公路。刚搬来的时候，她知道那是条高速公路，还担心太吵，和黄艳一说，专门找吴明堂挖了几棵枫树栽在院子里。很长一段时间，她都忘了那里有一条高速公路。这回，她看着高速公路，见时不时有车刷地开过去，不由得愣了下。她没想到自己又困到了这么一个窑洞里，竟然还自得其乐，成天想的不是去苹果园里挖点小蒜，就是琢磨养几只鸡，喂两只鹅。

远处隐隐有雷声，像是在谋划一场大雨。王亚楠放下手机，又走到院子里锄草。弓着背忙了半天，汗从背心流下来。她擦了把汗，往阴影里站了站，又围着干枯的苹果树看了看。刚来的时候，黄艳就说过要把这棵苹果树刨了，理由是院子里有棵死树，风水不好。王亚楠说，还没全死，不是又发出新芽，结了些苹果吗？到后来，黄艳忙着开发她的有机小米，也顾不上收拾院子。王亚楠就地取材，弄了根电线拴在老苹果树上，晾衣服，晒被子。这棵老苹果树，和去年大不一样了，树梢干枯，又从树腰生出无数的细枝，在烈日下，半院子都是阴凉。站在树下看，根本注意不到这是一棵快死掉的树。王亚楠甚至想着，找果业局的技术员弄个高接换优。一想到大片的阴凉布满院中，到了秋天还能收获，王亚楠立马就站起来了。她一趟又一趟收拾着院中的垃圾，好像无法想象之前怎么就成日苟且，没想到要把居住的环境弄得更好一些。

这天周末加班，几个人正喝着酒呢，隔壁老郝抱着一箱苹果进来，直说，王书记，喝酒也不叫我。老郝也不客气，端起杯子就喝。酒喝到高兴处，不知是谁说到人品好坏，老郝说，你说说我们这几个人谁是好人。你是吗？他指着黄艳。黄艳打了个哈哈。又指着王亚楠。王亚楠没敢直视。老郝指着吴明堂的鼻子问，他是吗？他举起酒杯和大家挨个碰，说，明堂之前当了十七年书记，抓人结扎上环，欺上瞒下，什么坏事没干过？吴明堂也笑。老郝说，你们也都知道，现在政策那么好，得罪人的事不用村干部干一件，他郝明荃却把村里搞得乱七八糟。你们说说我是不是故意说他坏话？

吴明堂说，老郝你这做叔叔的也不能这么评价明荃。这二年明荃也不容易，和媳妇离了，成天还为村里的事开着个车到处跑。老郝说，他？怕是拉着别人的老婆天天进城吧？吴明堂说，私事咱也管不着，说好说孬好歹村里也没少沾他的光。其他几个自然村的小队长听了，也跟着附和，说郝明荃生活作风上是有些毛病，不过人总得凭良心，不说别的，就精准扶贫这一项，谁有他那样的精力天天去县城，交通局，果业局，你不去跑，人家的钱能送到你家门口？王亚楠见众人一致为郝明荃辩护，有些恼火，说，他干什么了？让他组织开个会，从来见不上人影。武贵明就说，弄材料的好多事情，他没什么文化，是没参加，其实做工程，弄项目，都是他去和乡里、县里各个口对接协调。

听到后来，老郝像是被说服了，拧开瓶子，又倒了一小碗，端起来敬众人，说，今天这话也就烂在了这窑洞里，出了窑洞我就不认了。来来来，你们这些城里人不容易，跑到柏叶底这苦地方遭了几年罪。我敬你们。听到这里，王亚楠还仰起头算了下，说，黄处，你够可以的，你人生的二十分之一就是在这里度过。黄艳说，说不说哇，反正还有个一万多天好活。

等到人散，黄艳还说吴明堂这个人觉悟高。王亚楠本想说吴明堂的这番话也是武贵明教的，故意说给众人听的。转念一想，又何苦当众揭人短处？那样反衬得她面目难看。黄艳像是明白了她的心思，说，郝明荃可能是没那么好，不过去年我住在活动室，从没人来看过我，只有他给我送过来一个电暖器。就冲这一点，他也挺会为人的。王亚楠听见黄艳也向着郝明荃，更是胸闷。有那么一刻，她甚至在想，是不是自己的心胸太狭隘了。

八

每到周末，王亚楠总是踩着山地车，从柏叶底骑到县城，再坐大巴到平阳。到了这里，就能坐动车回麦城了。兜兜转转，一走就是十来个小时。累是累，为了不耽误结婚，她能忍。她总是想着，再过半年，就熬到头了。

新谈的男友并不合她的意，个子太低。母亲却不这么想。母亲跟她说过隔壁一对搞装修的夫妻，说看起来都不般配，孩子不也一个接一个长大了？再说，你都三十四了。母亲只要开启任何话题，最后都要拿这么一句话收尾，好像她一把年纪了，哪里还有挑拣的权利？她试着和新谈的男友见了几面。或许是每回在路上耗掉太多时间，等一面又一面见下来，她也习惯了。男人总是在暗示，说他如何喜欢孩子。好几回做梦都想要一个孩子。她想了想他屁股后面跟着个孩子的情形，想到最后，也是浮皮潦草，没个正形。

有个周末男人没有提前联系，她还胡思乱想了一阵子。到了第二天，他才发来短信，说是陪领导喝多了。怎么这么不成熟？以为喝了两杯酒就能得到赏识？她心里窝着火，手机里还是假装热情了下，让他好好休息。男人却说，想见你。很快他就美团了两张电影票。晚上见了面，吃了饭，看完电影已经不早了。他没送她回家，直接把她带到了恒大绿洲。夜色掩盖了一切草率和不如意，两个人都表现得急切又兴奋，好像之前所有的铺垫、忍耐，都是为了这一刻。她甚至都没提醒他戴安全套。事后，她才假装着急，直喊完了完了，今天不是安全期。男人还挺体贴，说，生下来，生下来，我养。他把她当什么了？婚都不求，就想着给他生孩子。她有那么廉价？心里压着火，整个身体也就有些僵。男人满脑子幻想，手上也没闲着。她却没了再配合一次的兴致。

接下来的几周，她回到麦城，他到车站接她，直接回到恒大绿洲。他和她憋着劲，好像怀不上孩子，感情的事就没法儿再往下谈了。有时候，见他强努着劲儿，王亚楠就会走神，想着两个人心心念念，想的就是为怀上个孩子。偶尔，王亚楠会提醒，说，要不去沙发上吧。男人像是明白了她的意思，打开电视，放开《西西里的美丽传说》。她屁股下垫着枕头在沙发上躺了半个小时。她说，没想到拍得还挺讲究的。男人就说这片子讲述的是人的尊严，爱的理解与宽恕。两个人又漫无边际聊了会儿人性和爱情。

只是让她担惊受怕的事迟迟没有发生。例假还是准时到来了。男人再提什么孩子的事，王亚楠都没有接茬。她甚至有些恐惧，是不是年纪大了，身体出了问题。

到医院做了个体检，担心的事情终于得到了证实，她的左侧、右侧输卵管堵塞。医生听了之后只是说，保守治疗吧，吃中药调理。但我是西医，吃中药有没有效果，也不敢打保票，还是动手术来得直接。

从手术台上下来，她一直昏迷。昏睡中，还喊了几声朱东。母亲当时担心，紧紧攥着她的手。等她能下地走动了，说起这一出，还笑话她是不是鬼迷心窍了。王亚楠说，我喊的时候是不是咬牙切齿？母亲没接她的话，却来了一句，或许是你们还有缘分。母亲明明知道她跟朱东之前如何死缠烂打，这个时候却还这么说话。谁知道他这会儿在跟谁鬼混？嘴里一百个不情愿，到底拨了朱东的电话。那头闹哄哄的。她说她在医院。朱东说，你这是扶贫累倒在工作岗位上了？王书记，你这也快成英雄典型了吧？王亚楠没说话。朱东可能意识到玩笑开得不是时候，直说现在太晚，又喝了酒，明天再去看她。

到了快中午的时候，朱东才提着一袋子樱桃进来。王亚楠缩在病床上，像块薄纸片。他一点儿也不见外，径直坐在床沿，拿起她的手。王亚楠躲开了。王亚楠母亲说，你们聊会儿，我下楼转转。等病房里剩下她和他，朱东说，老丈母娘还挺有眼色的，知道为年轻人创造点私密空间。朱东脸皮还是那么厚，王亚楠恨得牙根痒痒。或许是麻醉的药效还没完全过去，她浑身瘫软，到底没有恨起来。得知她做的手术，朱东说，当年要不是你执意要堕胎，我们的孩子都三岁了。现在呢，我一想到孩子，想到的都是儿童医院下水道那一坨。王亚楠突然就爆炸了。她几乎是拼着全身力气喊道：滚，你滚，你个畜生，你滚，你滚。

王亚楠母亲忙推门进来，抱住女儿，直问，怎么啦怎么啦？王亚楠浑身发抖，结巴得话也说不出来。朱东完全吓傻了，又想过去牵王亚楠的手。王亚楠母亲说，你快走吧。

母亲终于睡着，王亚楠掏出手机翻了半天，最后在记事本上打起了字。

这些年我过得并不快乐。我肯定也想过成名成家，万众瞩目，成为世界的中心。哪个女孩没做过这样的梦？大学刚毕业那两年，我一个人跑到横店影视城当群演，其实是指望某一天有人慧眼识珠，选我当主演。周星驰跑了那么多年龙套，不是终于成功了吗？可惜同样的好运气没有发生在我身上。不能说没有收获，几年的煎熬，也有关于群演的体会，我写成了日记，发在豆瓣上，不知被谁看到，有一天竟然上了豆瓣首页推荐。没几天，竟然有好几千人关注。当时我还以为接下来的生活会大不一样了。事实却是，母亲劝我回来。又是找人托关系，才进了报社。面试的时候，问我有没有什么作品。我就把这些日记递了上去。得到的评价是，文笔还行。那段时间，我喜欢何伟，爱看他的《寻路中国》，想着进了报社，也要用心写点深入报道，可我成天都是跑各种会议，也不用自己动手，人家把通稿早就写好了。再后来就是听了我妈的，说是女孩子折腾什么呢？考个公务员吧。快三十岁了，进了档案局。我老老实实地上班，不再幻想舞台，甚至也不再期待爱情，我妈也像是终于放心了，好像我成熟了。很多事情我是知道的，活了这么久，我不过是用一个问题掩盖另一个问题。小时候读书，老师讲打井的故事，挖一处地方打不出水，就挖一处地方，得出的结论是缺乏坚持。而我想的却是树挪死，人挪活。我只是厌倦了，渴望逃离，却又不知道逃到哪里去。在单位也看不到出口，成日虚与委蛇，以为总有人会注意到我的消极怠工，竟也没人说我的不是。单位派我来下乡，扶贫，开始我还挺期待，是不是不一样的生活我不确定，总想着能参与到一段火热的历史进程中，也是幸运。

和你说这些，是因为早上蹲厕所，突然又看见满天星星，虽然半个屁股还被茅坑熏着，被冷风吹着。我想起了你。想起我们也曾努力过，最终却还是迷失，找不到自己。就像现在，我知道回到窑洞，还是会拿起手机，打开一个又一个App。我沉溺在惯性里，想逃离，高速路近在眼前，却又无能为力。

写完信，却不知道该发给谁，想着这样抒情也没意思，索性删了。把之前有过暧昧的男人也全删掉了。她想着自己才三十四岁，都还来得及。出院了，要按时吃饭，每天走一万步。有些事逃避是没有用的。明白了这一点，她不再那么焦虑了。就连平日认为没什么意思的形式主义，她也试着怀着善意和同情去看待。

出院办手续，前前后后，花了近六万块。母亲说，这相当于你扶贫两年的补助。王亚楠本想说她扶贫不是为了领这点补助，感觉说出来更像是和母亲抬杠，便忍住了。母亲整理好一袋子发票，又把之前拍的片子装在帆布袋里。王亚楠看见，却全部抽了出来，顺手丢到了医院门口的垃圾桶里。母亲说，要是没治好，下回来医院找他们理论，连个票证都没有了。王亚楠说，妈，这鬼地方，我再也不想来了。要是受过这么多罪，还是怀不上，我也认了。

回家休息了一个星期，她有事没事都在那里嚼黑芝麻。有回闺蜜看见，还问她。王亚楠说得特别理直气壮，我在保养卵巢啊，年龄这么大了，万一哪天碰到个合适的男人，不说结婚，咱想生，也可以先要个孩子嘛。她说得那么坦然，好像接下来的人生完不完满，就看自己的肚子争不争气了。

九

村里换届，先是开支部扩大会议。王亚楠没少做准备，专门研究了选举规则，甚至连会上要说些什么话都打好了腹稿。她是想在选举会上把平日入户听到的不满都摆在台面上好好说道说道的。

谁知道事情根本没有按她设想的发展。选举的时候，何鹏元说了填票规则和选举办法，直接就是投票。王亚楠没投郝明荃的票。她把平时几个为人还不错的小队长填上了。结果下来，郝明荃票也不低，还是进了候选名单。

过了一个星期，选支委会。这次没了村代表，全是党员投票。到了晚上，何鹏元先来，把她叫到一边，问她准备选谁。上次选完，她走在后面，听他们几个人闲聊，乡镇还是偏向郝明荃，说是要平稳过渡。当时还有一个老党员，说搞政治就不能太死板，这个郝明荃虽然没怎么念过书，但做事活套，其他几个人怎么玩得过他。何鹏元也笑，说郝明荃是搞小动作。这回，听何鹏元的口气，自然希望她投郝明荃一票。王亚楠说，还是上一届那几个人吧。等到人陆续到齐，她去了趟厕所。出来，却见郝明荃在暗处等着，没头没脑来了一句，何乡长都给你说了吧。王亚楠本来心里就厌烦，却也说，没问题，你放心。投票的时候，她还想，既然上面都认可他，他也做了工作，他当选的可能性极大。这一票就做个顺水人情投给他，要不以后见面，她自个儿心里不踏实。

投票结果一出来，她就后悔了。郝明荃和落选的七里脚队长就差一票。要是她那一票没给郝明荃，他就连支委都进不去。支委选出来之后，吴明堂、郝明荃几个人在房间里闷头抽烟，合计半天也无结果。老郝的疯儿子举着个铁链在党员活动室跟前走来走去，比画着，想要支烟。武贵明说，狗日的，还挺有心眼嘛，这个时候知道帮你哥哥来壮声势了。

他接过烟，也不说话，又要给点上。到了十点，几个人从里间出来，何鹏元宣布，票数最少的郝明荃连任了支部书记。王亚楠听见何鹏元的话，胸口憋闷。武贵明得知结果，眉开眼笑，对专心吸烟的疯子说，你给说道说道，你哥哥这个人怎么能这样。疯子听了，居然吐出一口烟，说，能这样，能这样。

会一直开到半夜，回到窑洞，刚坐下。男友不停打电话。开始懒得接，终于接通了，也不问别的，直是质问她大半夜为什么电话也不接一个。王亚楠说，开会呢。男友说，什么工作，半夜还开会，你当我弱智？你不会真找了个乡下人吧？王亚楠莫名其妙听到这么一番指责，更是窝火。偏偏小黑又不识趣，凑在她脚跟前呜呜叫。男友还问她，好歹给句话，想不想处了，什么玩意儿。王亚楠怒从心起，直接把电话砸向地面。结果听见小黑惨叫一声。原来是砸到小黑身上了。等到王亚楠蹲下，对狗说对不起。小黑双爪刨抓青石地板，直往后躲。

她躺了会儿，到底是难过，看见柜子上的狗粮，才想起早上走得急，忘了喂狗。又挣扎着起来给狗弄吃的。狗缩在墙角，早屙了一地。

黄艳几个开完选举会回来，已经凌晨一点。见王亚楠脸黑着坐在壁炉前，问怎么了。王亚楠没接话。又见小黑腿瘸着，缩在墙根，怎么哄都不过来，便问是不是狗吃了什么不好的东西了。王亚楠这才说了不小心吓到狗的事。黄艳说，这种被遗弃的动物命都不好，我就不敢养，怕的就是个这。万一养到最后死了，或者被人杀了，心里太不好受。

到后来，黄艳问柏叶底选举结果怎么样，王亚楠这才讲起前因后果。她说就因为没坚持原则，害得柏叶底村还得让郝明荃这样的人继续虚耗三年，感觉都成了人生的污点。黄艳就笑，说，新上来一个人，要经验没经验，做事就比郝明荃更牢靠？恐怕也未必。何苦这么纠结？王亚楠说，过去我还嫌村里的人没主见，现在我自己倒成了墙头草，才明白一个人要坚持自我有多难。黄艳说，好多政策的执行，都免不了人情，你想想乡镇的人为什么也要为郝明荃说话？王亚楠说，听说高速路经过村里时，因为赔偿款，他们都有勾挂，照村里人的说法是，在狼狈为奸呢。黄艳说，你能怎么办？你以一个党员的操守去揭发去举报吗？王亚楠在暗夜里不是没有动过这样的念头。现在经黄艳这么一说，感觉也不是办法，便问她该怎么做。黄艳说，派我们下来工作，也不是要让我们来改造这里，只不过是让我们带个头。我们把自己个儿的事做好，慢慢影响到周围的人，事就成了。

王亚楠又看了会儿平时抄在备忘录里的话，其中一句是怀特写的，就是写《夏洛的网》那个怀特：“他向前面一望无际的广阔土地看去，路显得很长。但天空是明亮的，他总感觉到，他正朝着正确的方向走。”她想着起初下乡本是图个清静，却没想到自己的脑子又被这样一些琐碎的事情占据，侵蚀，整个人都被狂乱斗争的念头煎熬着。越是指责别人，她越是心惊。

周六，先是吴明堂给她打电话，说是这回选举出了点差错，乡长把何鹏元、吴明堂、郝明荃几个叫到县城商量了一晚上，也不知道是什么结果。又过了一天，吴明堂打过来电话，问，王书记你在哪里？王亚楠说在麦城。吴明堂说最近事情多，还没顾上找人帮着从地里收金丝皇菊。又说，有件事还得麻烦你，乡里要给我的合作社投点钱，我写了个方案，你帮我看看合适不合适。

看了微信上吴明堂发过来的照片，王亚楠像是明白了些什么。她坐在电脑跟前，把照片里手写的内容又顺了一遍，给吴明堂发了回去。吴明堂也没说谢谢，又问她，七里脚自然村的文化活动广场修了快一年，都是包工头垫的钱，能不能再问问，上面的钱多会儿到账。王亚楠说，省里的钱早到了县里，我们报告也打了，被你们县里统筹了。吴明堂说，王书记，你得给咱想想办法。包工头带着十几号人给村里做了这么多工程，咱老欠着，人家也要过年。王亚楠没说话。吴明堂说，不行，我周末去麦城，找你，还有你们单位的领导坐坐。王亚楠听得头疼，说，行啊，你们来了打电话。

十

吴明堂打过来电话，说上午要开选委会。到了十点半，何鹏元、武贵明、村支委，各小队队长，都来了，每个人都抽烟，呛得王亚楠眼睛都睁不开。何鹏元先是把郝明荃叫到另一个房间，后又把吴明堂叫过去。到了九点，何鹏元说正式开会。又对王亚楠说，王书记，你给咱们把会议记录做好。他说，会议正式开始之前，郝书记有几句话要和大家说一下。

郝明荃散了一圈烟，才开腔，其实说句实话，我想干这个书记，也不是图什么名和利，就想着再干三年，六十岁了，也能领点退休工资。大家也知道，我没什么文化，平时又张罗饭店这一摊子，村里的这些事这两年也顾不上，好多次开会我也不在，耽搁了正事不说，弄得班子也不和谐。以后村里的事，就由明堂主持。我呢，配合大家。

落选的七里脚队长平日话不多，这回仗着喝了些酒，声音高起来，说，我也讲几句。村里的事由明堂负责，我举双手赞成。当然明荃也干了两届，成绩还是有的。再说，他上面也有不少人脉，能为村里跑回项目，还是会积极争取。总之一条，这一届选举成了个这，大家不管怎么样，心里要装着老百姓，而不是看见点好处就给自己亲戚，看见点钱就往自己腰包里装。要是这么干工作，我第一个不同意，我也会组织党员们罢免你。

何鹏元见话有些僵了，忙起来打圆场，叫吴明堂也表表态。

吴明堂说，我要感谢村代表和党员们投票支持我。大家能一起坐在这里，人性都不错，人性好，大家拧成一股劲，就好办事。你们放心，让我主持工作，咱们一起努力，一定把事情办得公道。有事大家坐下来商量，把事情摆在台面上说。各小队长，大家天天跑，通知人，也辛苦，别的方面即便补偿不到，我把个人工资拿出来，大家平分。我个人不图别的，就想着把咱柏叶底的风气搞好，我呢干一届，也就想留个名声，村里人说起来，说这个明堂可以，是个干将。

王亚楠听到后来，松了一口气。她现在不怎么关注真相了，只是瞪大眼睛，看人们怎么样旁敲侧击，表达诉求。这么说还是不能准确表达她的真实想法。她还是想抱着善意。柏叶底的问题虽然很多，但有吴明堂这样的人在，风气应该能正过来。

村里会刚开完，又接到通知，要求六点半座谈。武贵明问她搭不搭车，王亚楠想着山地车要是放在村里，回去也不方便，就说自己骑车去。打扫了下办公室，骑上山地车沿塬而下。红彤彤的太阳快掉到山后面了。她一路上鼓励自己，之前总想着去乡镇那条塬坡度太大，从没敢骑过去。现在锻炼了两年，要是能骑到乡镇，她还怕什么呢？

到得山腰，只见一辆推土机横在半路。王亚楠停住车，问，这是准备要投资做什么大项目吗？司机愣了一下，说，什么项目，就是平一块地，种玉米。

半座山推掉就为了种地，王亚楠想不明白。黄土上面，全是浮土，想长出来点东西并不容易。她看见这土地上还有人戴着帽子在地里掰玉米，感觉自己并不理解当地人为了生存如此这般用心。她只是想着时间过得太快了。她想起夏夜，跳完广场舞的大妈和孩子们散去，她一个人躺在小学的操场上，满天星斗，她就那么望着，想着几亿光年的远处，是不是也有人为俗世的生活挣扎。她想起平日的纠结和烦恼。她想不明白人竟然会为那样的一些问题恐惧担心忧虑。

山野里一片萧索。回头望去，只有塬顶那棵柏树迎风起伏。

再过十分钟就要开会了，她还在沟底。骑到半坡上，山地车再也蹬不动。她推着车小步跑。到了塬顶，天色完全黑了下来。她只想快点到有灯火的地方去。终于到了乡政府，她扔下山地车，径直闯进去。刚刚还在检查的督查人员都回过头来看她。她故作镇定，掖了掖汗湿的内衣。她憋了口气，在微信群里和姐妹们说着话。

谈到“一村一品一主体”，乡长说这两年，别的村不是搞深加工，就是发展养殖，柏叶底就种点玉米，产业一直没有发展起来，好赖村支书郝明荃搞了个农家乐、吴明堂搞了个种植专业合作社。这些带头人，我们要多扶持，多鼓励。

底下不知道谁在说话，渐渐淹没了台上的声音。乡长的声音高起来，有人在强调会场纪律。乡里的规划也吸引人，据说投资几千万，要在柏叶底一带建十里果业长廊，县里也同意，开春就请中国乡建院的专家来实地考察，做相关规划。

王亚楠走了一会儿神，中途放下手机，也试着集中注意力。到底没听进去。她想着她的服役期满了，再不能用人生无聊、虚无这样的想法一次次原谅自己，就这么混时间了。

她压了压左胸口，好像要把怦怦乱跳的心脏按回原处。

十一

有两个星期，王亚楠周末也没回麦城。男友打来电话，问她在忙什么。她说在给村里的人拍全家福。男友说，你这一个月也回不了两回，不想要孩子了？听见男友开口闭口不光没有一句关心她的话，还把过错全推到了她身上，不免怄火。她说，要不咱们算了吧。有些更狠的话，都涌到了嘴边，她到底是忍住了。

每进一户，王亚楠都要求村民该干什么就干什么，她像是随意在抓拍。等到大家的神态自然了，才支好三脚架，让一家几口或站或坐在大门口，也不用统一的表情看镜头。起初村民不是太理解她的做法，等她把照片洗印出来，塑封好，再送给他们，村民一下子就喜欢上了。荒凉的原野上，人人披红挂绿，动人得很。全家福系列没拍完，她又给上了年岁的老人拍肖像照。

塬上的平房，她一家一家都转遍了。这天，还是拿着相机又信步往村外走。骑摩托的男人过去了百十来米，又停下来，偏过头来，问，王书记，去哪呀？要不要捎你一截。王亚楠笑了笑，也没说话，就拿着手机朝前晃了晃。那人说，又出去找手机信号啊？她点了点头。

走着，走着，陡然看见沟壑里直直升起一缕青烟，她径直拐了下去。窑洞顶着几棵酸枣树快要耷拉到门口。院门就几截核桃枝编着。还没推开，狗叫起来。一个老太太正在择豆角。老太太像是认识她许久，直朝她招手，进来吧，狗不咬。

王亚楠没有介绍自己，老太太也没问，只是反复说她不得劲的腿，还有地里的玉米。老太太的话，她听得似懂非懂。她努力笑着，做出认真在听的样子。开始听不分明，慢慢也从老人的脸上读懂了情绪。她问了半天老人的事，村里的事，才知道现在看起来开枝散叶满塬满沟的人，也不过是百十年前才来到这里。

她看见老人恓惶，想着都来了这么久，怎么就从来没发现还有人住在这里？竟然也没人和她说。王亚楠问，你的明白卡在哪呢？我看看。老太太说，都在我儿子那呢。王亚楠又问，你儿子谁呀？老太太说，就住你隔壁啊。王亚楠说，老郝？老太太点了点头。王亚楠说，他们忍心把你一个老人扔在这村外？老太太说，快别提啦，我不想给他们几个姊妹添麻烦。王亚楠想着给她钱，老人手劲不小，一把卡住王亚楠手腕，死活不要。王亚楠说，两百块钱也不值个钱。老太太却说，我有养老金，还用你个人掏？我们老了，放开吃，一年能吃几袋白面？一句话把王亚楠说得百感交集。过去那么多年，她总想着这也不够，那也不够，焦虑又痛苦，和老人细细碎碎聊了半天，本是想着宽老人的心，不曾想却被老人的话熨得展展贴贴。

说了一阵子话，王亚楠看了眼手机，说，大娘，我走呀。老太太说，再来啊。现在的干部可是比养个儿强，还能耐烦听我这老婆子说闲篇。王亚楠听得哈哈大笑，竟然也忘了打电话。

不知道是不是因为前一晚过于激动，腊月二十三这天，王亚楠是被吓醒的。

醒来嗓子发紧，想喝水，半天才挪动身子。天色亮了，伸手拿杯子，却把水泼到了书上。她连忙去擦，才看清是好久没翻过的《蒙塔尤》。走到窗前喝完一杯水，院子里一片雪白，核桃树下安安静静，根本看不出在昨夜的梦里，此地就是血腥杀狗现场。她连喊了几声黄艳，想问早饭吃啥呀，才意识到嗓子哑了，丝拉丝拉的，发不出声音。

挣扎着去了趟厕所，仍是恍惚，听见黄艳房里有动静，便挪到黄艳门口，说正在做的梦。好多梦做就做了，也没什么印象，独独这回，人物、事件记得清清楚楚。什么梦呢？

梦里面竟然把自己养的狗杀了。

也不知道是开什么会。反正气氛很热烈的样子。会散了，王亚楠把山地车卸成几块，正往黄艳的车里装，省里驻蒙城的大队长打来电话，说是一起吃个饭。黄艳说，不用去酒店，就来柏叶底吃火锅吧。挂了电话，黄艳又和郝明荃在那里计划做些菜。郝明荃的意思是到他的店里得了，黄艳说去他的店里吃喝怕被人说闲话，还是自个儿做省心。又听见郝明荃给吴明堂打电话，让送点山药、胡萝卜过来。黄艳说，什么都不用送，冰箱里尽是菜。

是谁提议的杀狗，王亚楠记不清了。只听人说，这狗老成这样了，等明年开春你们一走，迟早也是个饿死，不如炖了吃了。黄艳又说，要杀你们得和王书记说，小心她跟你们拼命。王亚楠见小黑虽然瘸着，近来吃他们剩下的饭菜，倒也养得皮毛油光发亮。处了这么久，到底有了感情。听见要杀她的狗，王亚楠说，你们真是没人性。有两个性急的，正往小黑跟前走，听见王亚楠这么说话，又站住了。

王亚楠见众人不尴不尬地站着，准备散去，又怕扫大家的兴，就说，你们准备活活打死它吗？怎么也得找根绳子吧。跟着一起来的吴明堂说，王书记这么喜欢狗，过几天我家罗威纳生了，拿两只过来，比你这瘸狗要好看得多。隔壁老郝喝得醉醺醺的，听见这头嚷嚷，走过来，说，不就是杀只狗吗，王书记下不了手，就让我做这个坏人吧。他拿着电线就往小黑跟前走，小黑大约也预感到了什么，双腿直刨着水泥地，嘴里低声呜咽，却也没想着逃跑。电线套到小黑身上的时候，它还本能地摇了摇尾巴。电线被吴明堂一把拽住，直接挂到了核桃树上。老郝的疯儿子咿咿啊啊地跑来跑去，不知道是兴奋还是恐慌。

还做了几个稀奇古怪的梦，故事情节不停在反转。

“梦里都是这么些事，你说说我这是不是走火入魔了？”

黄艳听了王亚楠细细碎碎一篇话，不由得笑起来，说肯定是因为先前你打了狗，自己也受了惊吓。两个人不知怎么又说到选举，黄艳说她在的村子，人们宁愿选个干不了事的人。王亚楠问为什么。黄艳说之前选出来的村主任，太能干了，把村里的地全流转给了别人，老百姓没分得半毛钱。现在人们学精了，还不如选个窝囊废，什么事情都干不了，至少不给人心里添堵。祖祖辈辈的地也还在，不会轻易被糟蹋了。王亚楠也笑，说这个办法好。

简单吃了碗挂面，两人收拾好东西，正往出走，迎面却碰上一个妇人堵在院门口。起初，王亚楠还以为这个女人也是来看看她们装修的窑洞，收拾的院子。谁知妇人却说，平日在外面忙，也没顾上陪伴我妈，去世后连个遗像也没找到，幸好王书记给照了一张。

王亚楠这才反应过来，面前这个穿金戴银的女人，就是隔壁老郝的三姐。只听那妇人喊了一声，王书记你等一下。结果，从一辆皮卡车上搬下两箱冰糖心苹果，说看相不怎么好，吃起来味道不比红富士差。顺手干的事情，竟然被人夸成天大的功劳，王亚楠怪不好意思，说，要说感谢，我应该感谢你妈呢。

她想起过去的这一年，总有那么些下午，她和老太太坐在炕上，有话了说几句，没话了就在那晒太阳。老人笑着说话的样子那么满足，皮包骨头的手满是斑点，却也歇不下来，时不时地还要擦拭油亮的炕头。

王亚楠是有一肚子话要说的。但房后的皮卡车在按着喇叭，隔壁老郝的三姐放下苹果，边往出走，嘴里还边说着什么话。塬上传来话声，问明年准备去哪里发财。王亚楠想听个明白，又往院子里站了站。雪花落在脸上，凉沁沁的。没来得及采摘的金丝皇菊，像裹了松脂的化石，亘古立在那里。王亚楠脑子里闪过一句优美的话，想着该怎么命名，风早把话搅散了。死活也没回忆起来。黄艳递过来一个冰糖心苹果，王亚楠在衣服上擦了擦，一口一口吃起来。越野车的后备厢堆满了面粉和桶装油，再过几个小时，慰问完，她就能回麦城了。

遇素琴

YU SU QIN

一

起初，遇素琴不想接这一单。嫌麻烦。平常在县里，东兜西转，她都没有方向，何况还是去麦城。公司唐姐说，人点名找你，你不去，改珍又没空，金枝还在上户，合同都签了。叹了口气，又说，实在不行，让老娘自己做饭，我走一趟。听到最后，遇素琴好像不忍心了，笑道，去就去吧，反正上了户也不出门乱走。唐姐听说过遇素琴上山闷山，进城闷城的事，只是没想到这么严重，就笑，有手机呢，上网一搜，怎么拐弯，怎么上坡，全给你指的明明白白。遇素琴也跟着笑。唐姐又说，和上回一样，还是来回给你报销路费。遇素琴连声直喊，哎呀呀，这又说到哪里去了？

遇素琴不是没出过远门。自从十七岁那年，媒人带着傅孝贵来提亲，一切就注定了。从柏叶底过来？稀客，稀客。遇圣元双手在衣服上揩来揩去。离着黄土镇几十里路，买斤盐扯块布都要翻山越岭走得脚肚子转筋。这么个地方，至于吗。遇素琴理解不了父亲的过分热情。她意识到了危险。她有喜欢的人。男人从没说出口，但她感觉得到。要不然他不帮别人，成天到晚就知道埋头帮她挖土割玉米？这话不能和遇圣元提。说了，他还笑话。受苦人谁没有两把子力气？她不知道怎么辩解了。遇圣元说，当年你太爷就是上岳阳山才闯出一条活路。谁能想象得到山上还有柏叶底那么一块太平地方。太爷翻越太行山的故事，她没少听。老老少少，七八口人，从林县横水镇一路讨吃，爬高走低。挪不动了，就拿一孩子换俩窝头。好不容易磨到黄土镇，十来岁的爷爷一头栽倒，抱起来一看，草鞋磨得脚后跟脓血直流。求告当地人，打问半天，总算找见一户人家缺个男孩顶门立户。也不提换馒头，只要孩子有口吃的，好活下去。太爷还得往山上爬。因为甚？黄土镇的田土都有名有主。老话说，上了岳阳山，就不愁吃和穿。太爷后来到底去了哪里，没人讲得清楚。媒人说，孝贵他爸还是多年老会计。遇圣元怎么不清楚？一九五八年，黄土镇的人，想刮榆树皮都找不见地方，柏叶底的老傅家，还接二连三养大几个胖小子。保管室，钥匙，榆树皮，馒头，活路，这些乱七八糟的念头填满遇素琴出嫁前的白日黑夜。等到迎亲队伍敲锣打鼓过来，遇素琴也横了心。

哪里有闲工夫乱想，任务田就够受了，忙完一天，还得借着月色上山。做什么？掏坡，种点白菜、辣椒、西红柿。一沟一畦，遇素琴没少费心思。没过两年，父亲捎信来，问柏叶底如何？遇素琴说，苦重，女人们也当男的使。正是农业学大寨，天下哪里不苦重？好在饿不着。饿不着就行。父亲打算把一家老少都搬过来。遇素琴和公公说了，公公带上她去找村长。兄弟几个，都是二十几岁，正是受苦好时候。村长听了，眼睛一亮，来哇。柏叶底别的没有，就是地多。那几年，苦是苦，好在人也有一把子力气。赶上村里缺老师，遇素琴念过初中，便又到学校挣一份工资。平常还不误农事。就这么对付着往下活，好像也还过得去。不成想，等到包产到户，一算账，公公竟然欠下大队一千五百块饥荒。别人分家，有田有土，他们一家，长门长孙，倒摊下一堆债务。省吃俭用，在地里刨闹了几年，将将把利息打兑完。

这天杀日子，什么时候能熬到头？母亲和她说，要不下河南看看？正是五黄六月，去找村长开了介绍信，母女俩又牵上俩孩子，有拖拉机搭拖拉机，没车就硬走。起先还算时间，走到后来就只管太阳升落。等到从刀砍斧削的悬崖上下来，陡然看见油亮的麦子地，遇素琴鼻腔泛酸，直和母亲说，祖宗们当年脑子都想的啥呢？搁着好好的地不种，偏要躲进天远地远的山里。母亲说，也有人比你祖宗脑子活泛，不建房，不买缸，支个炉灶编副筐，临走一脚蹬个光。母亲说完一串顺口溜，还笑。遇素琴只是揉脚，望着背后的山峦，也动了番不着边际的心思。一脚蹬光，想想倒容易，只是有儿有女，怎么狠得下心肠？平原仍是一眼望不到尽头。遇素琴走得畏畏缩缩，眼睛也不知道该往哪里看。倒是俩孩子跑个不停，好像陡然出现的新世界可以由着他们折腾。

那天，正在洹河边槌衣服，搓洗半天，忽然听见嘈杂声一片，还以为是水流声响，昂头摇了摇脖子，慢慢就看见不远处山梁上，净是车和人。上去一看，原来堵车了。见人在兜售吃喝，卖一碗就有现钱。看了半天，遇素琴眼热了，也回姥姥家取上挂面和锅。司机尽是晋东南人，遇素琴话音未落，司机都围过来。搞半天是老乡啊。遇素琴也不杀熟，价钱还公道，一碗面一块钱。开水呢？这东西还能要钱？不带这么骂人的。随便加哇。她年轻，做事又活套，前前后后半个月，少说也挣了两三千。

在公路上卖几碗挂面都能来钱，再回柏叶底死受？政府都在支持搞活，整个岳阳山好像都按捺不住了，人人都想往外跑。学校干上一年还不抵别人打工两个月。打工到底是看人眼色，傅孝贵不赞成。他今年贷款在家养兔子，明年又思谋种连翘，忙活几年，一宗也没弄成。遇素琴顶不住了。就去平阳进修两年，拿到了中师文凭，最终还是去了亲戚承包的宾馆洗碗。何况也不全是洗碗，她搞的还是服务接待。到底还是嫌来钱太慢。听说在郑州卖个灌蛋饼都能挣钱，两口子也跟了过去。去旧货市场买了辆三轮车，点燃煤炉子，就这么支开了摊子。头二年还好，一天到黑，就没有歇下来的时候。后来赶上环境整治，成天被城管撵。傅孝贵又开始念叨柏叶底的好，偌大的山里谁会争你的地盘？回去带些衣锦还乡的意思，好赖腰里也揣着十来万。傅孝贵跟着跑大车的兄弟都去山东考察过了，养奶牛有戏。岳阳山上天高地厚，空气又好，还愁做不成个买卖？遇素琴也被男人的情绪感染了。

谁知道会赶上三聚氰胺毒奶牛事件？听说牛奶卖不出去，遇素琴的脑子就炸了。当时刚做开保姆，人还在菜市场，老太太的闺女打来电话，她也没听见。连续响了十几遍，还是身边人提醒，这才接起来。对方问她怎么还不回来，说她妈不想吃医院的饭了，想喝口粥。遇素琴说就回啊。结果抬头就看见“肿瘤医院”，斗大的字杵在高楼中间，不到两站路距离，走了一下午也没绕回去。越是找不见路，她越不知道该怎么和人描述。

那段时间就像一个黑洞把她的记忆吞噬了，深渊里，除了毛骨悚然的风，漆黑一团，根本不知道自己究竟在做什么，一天天怎么过来的。到了后来，公司派的单子她也接，只有一个要求，把她送到主家门口。别人做保姆，天天闷在家里，时间一长，总要找借口出去透透气，她呢，只要主家没有特意交代，就团在百八十平方米的空间，从没觉着憋屈。偶尔，见人看出来她对方向不敏感，还笑着解释，挑拣些重点说，给人一副她也在命运浪口上搏斗不止的印象。

转眼到了清明，快中午十二点，接到一通电话，让她赶快去坐车，说是生了。遇素琴还愣了一下，问，谁生了？对方说，我是麦城的张利群啊，你们公司唐老师没和你说吗？我媳妇儿前两天还在微信上专门和你交代了的。遇素琴这才反应过来，忙说，不好意思，你看看，我这狗记性。

出门的时候，傅孝贵还不忘帮她检点，健康证、工作日志记录表都带好了？硝苯地平呢？遇素琴说，我这还能忘了？傅孝贵开上拖拉机把她送到黄土镇，遇素琴说，行了，快回吧，别误了给宇鹏、宇程做饭。傅孝贵说，到了打个电话说一声。遇素琴头也不回，拉着箱子径直往前。

还没进城，天色已经暗下来。空气里满是铁锈味。司机说，这是单行线，不好停，前面红绿灯口绕过去就是。下了车，遇素琴脑子里还是像楔进块木头。有那么几分钟，左看右看，腿就是不知道该往哪个方向迈。时不时有人过来搭讪，问住不住店？她硬气得很，像个本地人，看都不看，只是闷头往前走，根本不给对方搭话的机会。路上有人半跪着烧纸。她看了会儿她们烧纸做的衣服，火焰腾起就化成了灰。明灭不定的火焰像要把身后黑沉沉的世界撕扯出无数个洞口。她从一个又一个圆圈旁边走过，在想，做城里的鬼也不容易，指望领到子孙的钱可得有个好记性。风吹过来，她打了个寒战，忙紧了紧衣服。走了一截，也没找到想问的人。她只是庆幸，出门前，用红布包着桃枝。偶尔眉毛挑起，她会轻声骂一句，不干不净的，都死得远些。像是为了恐吓，也像是壮胆，还把包扬了扬。到底拖着拉杆箱，行走不便。眼见得没人跟在后面阴魂不散，这才掏出手机。

二

进门就听见婴儿哭。一老一少两个男人围在摇篮前。吴玉兰心肝肉尖的，碎步跑过去，忙问小狗怎么啦，还不忘扭头对一只手还半撑在床上的女人说，快快快，让小狗吃口奶。郑燕平眼泪一下就流出来了，我这刀口血都还没干，动不动就是吃奶，还管不管我死活？饿她一顿能怎么着？郑燕平擤了下鼻子，又说，遇阿姨你总算是来了。遇素琴见这阵仗倒也没张皇，脱掉红色风衣道，不怕不怕，等我换下衣服。说话间隙已经从箱子里取出粉色睡衣，去了卫生间。

婴儿埋在郑燕平胸口，脸憋得通红，吸到后来，干脆一口吐开，只是哀哀地哭。遇素琴却不管，只是按住孩子往奶头跟前硬凑。吴玉兰看得心疼，要不给狗儿喂奶粉吧？遇素琴笑道，没奶也得让孩儿多吸一吸，不吸更容易堵奶。再说，初乳对孩子好。张利群还在笑，好像是在感慨自己的孩子太懒了，奶都送到了嘴边，也不知道张嘴。婴儿却不管，含了两口，吸不出来奶，又开始撇嘴。吴玉兰拧着眉头，再次说不行喂奶粉哇。遇素琴道，行啊，你给狗儿冲点奶粉，我来给子慧揉一揉，疏通疏通。遇素琴嘴里说着，手上却没停下来。郑燕平哎哟哎哟哟喊了半天，听起来惨烈得不行。摁到后来，郑燕平不叫唤了。遇素琴说，多揉两回，得空就让狗儿吸，奶水自然就多了。可得好好喂孩子，要不出院时，一测黄疸超标，孩子就得留下烤蓝光，遭老罪了。之前子慧家就是，孩子烤了四五天，每天去送一回奶，想看孩子一眼，还得排队。几天花了上万块。吴玉兰别的没听见，只听说又得花钱，言语不免着急，说，可不是，孩子就得好好催一催，多吃多拉，把胃撑一撑，你小时候我奶水也不好，不也喝牛奶喂米糊糊，长得胖乎乎的。虽是行走不便，郑燕平这回却像有了主心骨，开始和遇素琴闲聊，问，子慧是谁？遇素琴眉眼松动，笑道，我是不是又叫错人了？你看我这狗脑子记性。先前伺候的叫子慧，处了两个月叫惯了。郑燕平又打听这个叫子慧的奶水好不好？遇素琴说，都是个这，多喝水，多喝奶，多让孩儿吸，就是堵上了，不还有我？郑燕平就掉头看了吴玉兰一眼，听听，就这，我妈还不让我请月嫂。

又说了几句闲话，眼看婴儿睡着，房间里顿时安静下来。遇素琴又开始收拾茶几。张利群的意思是反正住上几天就走，快不用如此麻烦。遇素琴说，不规整好，只怕值班护士进来看见，净是说道。说话间，倒把大人小孩用的东西一一摆放齐整。张利群低声问，阿姨想吃点什么？我给你们买回来。遇素琴说，都这么晚了，我带的有干粮。说着从拉杆箱里掏出几块面包，三四个苹果。递给人，说是自家地里种的。见不要，又放到桌子上。郑燕平说，让我妈带阿姨去外面吃点好吃的。遇素琴说，我胃口不好，黑夜不咋吃饭。郑有德说，不吃饭还能行？快去快去，晚上还得你出力。吴玉兰说，也快，就简单吃口面。

得知对方也是安泽人，河南那边还都有亲戚，俩人又亲近了一层。吃完饭回来，吴玉兰还说，你遇阿姨可是能吃苦，听她说起出门在外的经历，怕是能拍几十集电视剧。得闲了，你让遇阿姨讲一讲，受受教育。遇素琴笑道，我那些事，尽像笑话，上不得台面的。年轻人哪爱听这些。郑燕平道，我妈也是，就分不清个轻重缓急。让我学，我现在能学个什么？你还是向遇阿姨学学怎么护理孩子吧，别到时候着急上火，只知道催我喂奶。遇素琴听见这母女俩一递一句又要争起来，不知如何应对，只是在一旁干笑。吴玉兰道，这闺女，怎么说话呢？你小时候不是我带大的？郑燕平嘁了一声，好像懒得再提过往。遇素琴道，看你妈年龄，比我也大不了几岁，几十年前带孩子的经验，现在年轻人根本不认。现在都得培训。张利群问，也是县里办的保姆大学吗？张利群跑新闻，全省县市去过不少，这几年脱贫攻坚，各地都在搞类似保姆服务，据说一批批都是往北京天津等大城市送。遇素琴笑道，我们跟公家培训的不一样。入行的时候，村里人谁知道个保姆？一听说是伺候人，没人愿意。后来知道我一个月能挣七八千，也有人眼热。前些日子，小王书记还找上我，让我带带村里的妇女。郑燕平说，你是说王亚楠？本来是她推荐，就不用走程序，我老公固执，坚持要先和你们公司对接，想着对大家都好。

有些话郑燕平没说全。知道她都怀上五个月了，王亚楠问请下月嫂没，郑燕平说正在踅摸。王亚楠说，快不要费劲了，就找我们村的人吧，就当变相扶贫了。本以为只是随便一说，王亚楠还认了真。张利群开始不同意，又是熟人，又是关系，万一用得不合适，怎么办？得知郑燕平的担忧，王亚楠笑道，这还是问题？正好手头还有一户，人精巴，又干了多年月嫂，快成她们家政公司合伙人呀。郑燕平疑惑，好像是想不通都出门多年为什么还没脱贫？王亚楠说，她家情况特殊，你就当做件好事。都说到了这份上，郑燕平要再拒绝，情理上也过不去。高低就是大几千块钱的事。便打听到遇素琴所在的好育红家政公司，拐弯抹角说是朋友用了遇素琴，问这个月嫂的排班时间。

遇素琴笑道，理解理解，甚都讲求个规矩，个人自己单干，一个月是能多挣些，只是出了差错，没人给你兜揽。她没说最初答应这桩买卖时的不情愿。因为说到了王亚楠，郑燕平就多问了一句，问她天天待在村里都做些什么。遇素琴一边收拾孩子衣服，一边回道，公家的事情咱不好随便下论断。好几回大清早见她在村道上跑步，傅孝贵回头看她，结果被拖拉机带到了沟里。遇素琴说着笑起来，见众人听得认真，越发来了兴头，你不知道，头一回村里人听说来了个女干部，平时开会连个鬼影都抓不见，那回微信群里一吆喝，好多人从平阳开车赶回来。就等着看笑话，看她怎么展开工作呢。倒是小王书记一番话把大家说服了。小王书记说，谁来到这里，都想做点事。我也一样，想着能不能改变些什么。我想知道大家都有些什么想法，要是人人都愿意为咱柏叶底着想，众人拾柴火焰高，情况总会大不相同。听听这话，一个外地人都能处处为柏叶底思谋，慢慢就把人心聚起来了。遇素琴模仿着王亚楠的音调，好像委实没有想到天底下竟然还有这样的人。郑燕平听得入神，完全忘了刀口刚缝上，等到挪开手，才意识到刚刚笑得过分了。

到了晚上快十点，孩子睡下。张利群说，都挤在这一个家，也休息不好，爸妈你们先回吧。郑有德说，要不今天我们还是在这里挤一挤？不行，我把车上行军床也搬上来。吴玉兰还待说几句，遇素琴也在旁边劝，放心吧，有我呢。郑有德、吴玉兰都看着郑燕平。郑燕平说，要不今晚我爸我妈别回了，人多也好搭把手。张利群说，爸妈还是回吧，有阿姨和我在，问题不大。遇素琴也笑道，都挤在这家里，空气不好，大人孩子都需要好好休息。吴玉兰戴上丝巾，走到门口一边涂口红，一边说，晚上给狗儿用尿布。遇素琴正检点尿不湿，听见吴玉兰的话，手上动作又慢下来。张利群说，医院没地方晒，过些天出院了再说。

三

孩子起先放在婴儿床上。半夜哄完孩子，想着搂抱方便，遇素琴也没铺隔尿垫，顺手撂在沙发上。她侧过身子睡在旁边。孩子时不时哼唧，她伸手拍几下。天还没亮，护士来查房，问完大人情况，又问孩子吃了几次奶，尿了几回，体温多少。张利群没答上来，遇素琴一一回应。护士掉过头来，开始数落月嫂。意思是配备的有婴儿床，却图自己省事。抱着孩子睡，万一压着了，算谁的责任？你要在家，我不管，这里是医院，就得按我们医院的规矩来。护士戴着口罩，看不出表情，听声音脆脆的，却是公事公办的架势，说得遇素琴一句都接不上。她忙坐起来，把孩子放回去。护士走了，她脸上还是发臊。

大半夜没睡踏实。早上起来，遇素琴扭了扭发僵的脖子，去拉窗帘，见窗台前有包东西，问张利群，才知道是胎盘。遇素琴道，放在这里，万一坏了，怕对小孩不好。张利群笑道，这两天没顾上回家，准备过两天趁月黑风高，埋到小区不落叶子的雪松下。具体什么位置，之前都和郑燕平踅摸好了。遇素琴笑道，小区保不齐什么时候整修地皮，给翻出来，多不好。郑燕平问，那怎么办？咱们老家都有什么风俗？遇素琴道，拿回家，埋在花盆里，上面栽根葱，立在家门口。郑燕平问，这是什么讲究？遇素琴笑道，立葱立葱，保佑孩子聪明。张利群道，咱们住楼房，不比乡下，人来人往的，万一臭了，净是味儿。郑燕平想了下，说，不行，我爸明天回安泽，让他带回去放在院门口。

闲话间，郑燕平又喊奶胀得不行。把孩子抱过去，吸了几口母乳，又吐出来，还是嘤嘤直哭。遇素琴笑道，这小东西，人小脾气倒不小。忙让张利群准备好奶粉，她先给郑燕平揉捏一番。张利群拧开奶瓶盖，顺手把勺子放在遇素琴的餐盒上。遇素琴忙说，别放在那上面，小娃娃吃的用的，不要和大人的混在一起，万一我们大人有个不好的病，小心交叉感染。郑燕平就笑着骂，你就是猫三狗四，手脚倒是快，忙不到点上。遇素琴笑道，男人都是这，粗。

大夫领着一群护士进来，遇素琴忙下了床。大夫和郑燕平聊了几句，问今天感觉怎么样。遇素琴洗了手，又抱过孩子，对上奶瓶。护士扭过脸问道，这是月嫂吧？不要用奶嘴喂，要不然小孩混淆了，养成习惯，以后就不吃母乳了。遇素琴脸色不大好看。众人围观下，她好像也不敢忤逆，又拧开奶嘴，一勺一勺地喂。喂完奶，她又歪在沙发上拍打着孩子的背，想着把嗝拍出来。医生护士说什么话，她也装作不听。不成想，护士又对着她喊起来，你确定你培训过？才出生几天的婴幼儿，用那么大劲，万一晃得孩子脑震荡。她好像没法儿想象接下来的后果，丢下半句话不说了。

郑燕平一家人听见遇素琴拍孩子的动静，也感觉吓人，咣咣咣的，小家伙受得了吗？只是没好意思说出来。好多时候吴玉兰心疼，拍嗝时候都抢着抱。看见吴玉兰摸着孩子的背，遇素琴总是笑着说，那样拍不出嗝的，嗝拍不出来，孩子就睡不踏实。她说得那么自信，张利群、郑燕平慢慢也就信了。这回听护士说得专业，两口子还暗自感激，好像是得亏她提醒。他们这为人父为人母的，实在心大了些。不过听见护士说话的口气，他们也不自在。听起来是说月嫂不专业，不也是变相在讽刺他们做父母的也是糊涂蛋？

等大夫护士出门，遇素琴才想起来反击，起初声音不大，只是嘀咕，我招你惹你了？进来一回问，这是月嫂吧？进来一回问，那是月嫂吧？说到后来，越想越火大，又对着门口骂，你一个没毕业几年的学生，带过几个孩子？回回找我的不是。下回要再说，我就讲孩子我带不好，有本事你来带。

遇素琴嘟囔上一大篇，本是说给主家听，希望帮着说道两句，哪知道郑燕平却像是睡着了，躺在那里一声不吭。过了一阵，张利群才放下手机冒出来一句话，阿姨，在医院，还是听医生的吧，要不下回人见了，又说你，怪没意思的。好像是人在屋檐下，由不得人的。说完见遇素琴气还是下不来，张利群又解释，人护士也是想撇清责任呢，想法也轴，没按她们培训的那一套来，就以为孩子会带出问题。我们小时候谁不是胡乱长大的，哪请什么月嫂啊。张利群话里话外都只说他们没有经验，没说她一句不是。遇素琴听出话外音了。

接下来几天，护士但凡进来，问起各项指标，也不管有没有按时量体温，遇素琴总会捏个数据对付。就像张利群说的那样，人家也是例行公事。心里这么想着，答话口气却又急又短促，好像是随时准备刺对方几句。兴许是压了一肚子火无处发泄，等到张利群也在折叠床上发出鼾声，遇素琴却完全睡不着了。她拿起手机给公司唐姐发微信，说起护士如何挑她的刺，满肚子委屈，开口闭口都是别把她逼急了，随时准备扔挑子走人的架势。语音的声音那么大，一句一句都像是官方的郑重声明。郑燕平像是被吵醒了，说，算了阿姨，我们知道你好。得亏你来，要不然我奶胀成这样，可真是没有办法。遇素琴却是恨意难消，道，出门这么多年，真是头一回遇到这样的人。我吃你的了喝你的了，回回挑我的毛病？见遇素琴啰唆不停，郑燕平也睡不着了，又按住腰半步一步地挪动。遇素琴过来架着郑燕平。活动一阵，见郑燕平裤子上沾上了血，又去接水给她冲洗。郑燕平问了些坐月子的事项。说开护理人的经验，遇素琴才慢慢把这一茬忘了。

趁遇素琴去楼道里打开水，张利群说道，这个月嫂，也真是来上劲了。每天看见自己的孩子，才出生，就和这样一个女人面对面地搂在一起，指不定呼吸了些浑浊的空气。他的意思是孩子得睡在小床上，要不然出了事找谁去？月嫂公司吗？找了又能管什么用？郑燕平说，那你怎么不早讲？你就是马后炮。张利群说，我怎么没提醒？说过两回，看见她半夜又是换尿不湿，又是给孩子拍嗝，抱上抱下，也累。搂在怀中间，还能省点劲。那么大年纪的人了。郑燕平说，那还废话这么多。张利群说，这些人都是势利眼，每年跑东跑西，什么人没见过？你要是太软弱，她还以为你好欺负，只会胡乱把你打发了事。郑燕平半天没吭声。

吴玉兰进来，见俩人一脸严肃，问怎么了。郑燕平便把护士批评月嫂的事说了。吴玉兰道，我就说月嫂水平也就那样，你还和我犟，心心念念还想多雇一个月。郑燕平笑道，我还不知道你，你就生怕多花一分钱。吴玉兰还待再说，被张利群拦住了，像是生怕门外人听见。几个人说了半天，最后的意思是，先别提意见，反正熬到满月拉倒。

医院月子餐，每天有变化，也不见荤腥。这回见张利群打回来的又是豆腐烩白菜，一碗小米汤，郑燕平直喊清汤寡水，一看就没有胃口。遇素琴也笑，这都快一个星期，刀口应该好得差不多了，吃点油腻的也不怕。张利群说，遇阿姨你要不出门走一走，在医院闷了好几天，也吸口新鲜空气。遇素琴笑道，受苦人哪有闷的时候，巴不得再忙些，有事做才好。张利群只是笑，那我出去转转。

走到巷口见有个老人发名片，说是想吃什么都能现做，还有刚出笼的包子。张利群想着附近百姓自家灶锅，应该比小饭店干净，便跟着到了家里。一个十来岁的胖小子一边看着动画片，一边做着作业，时不时还捡起旁边的包子啃上两口。一室一厅的房子里堆满东西。客厅堆的全是纸尿裤，妇婴用品。老头问他是要挂面汤，还是肉包子？张利群说，自己炒菜怎么结算？说着走到厨房里看了看，阳台上放着一口锅，也没洗。地上全是烂菜叶子，满屋子腐败气味。张利群说，先买几个肉包子吧。出门时，老人还拖着腿喊，下回来提前打电话。回到医院，张利群好像有了什么新发现，还和郑燕平说这老人原先就是医院打扫卫生的。一大把年纪了，竟然还能找见商机。说了半天，关于那地方糟糕的卫生条件，他只字没提。他说得那么迫不及待，好些事情混杂在一起。可能他自己也没想好要说些什么，好像汤汤水水地说下去，就能忘记看到的一切。

说完，又像想起什么，问，好多人出院都用红布包孩子，还在电梯口放两张红纸，用黑炭压着，也不知道是什么驱邪仪式？吴玉兰说，燕平小时候可没这么多讲究，都在工厂上班。不过提起这些，吴玉兰到底不踏实，又打电话问郑有德，半天却也没说出个子丑寅卯。遇素琴从卫生间洗涮出来听见了，说，桃枝我都带着呢，利群你去买两块红布，一块三尺，一块六寸。三色纸也买一些。这才知道遇素琴早年还干过神婆，阴阳八卦那一套，她也懂得其中的讲究。

出院那天，遇素琴早早起来，把三色纸剪成铜钱大小，一个连一个串在桃枝上。又剪了几块红布叠好，叫张利群出门前放在门后两侧。具体都有些什么说道，张利群没顾上细问，只是照着吩咐一脸肃穆地去做。遇素琴开始包孩子，裹单外面，又放上红布，再外面又包了层绒被。这才把桃枝插在包被里，还和张利群交代，以后但凡孩子出门，到医院复查，都照这个步骤来。她耐烦地做着这一切，兴致那么高，给人感觉好像她比谁都更想快些离开这里。

四

锅里烧上水，她才开始收拾鲫鱼。等到锅开，顺手又择好了油菜。她怕油烟窜到客厅，还掩上了门。平时顾不上开手机，这时候打开视频，跟着哼《斩秦英》《花打朝》。戏里的荒唐，她顾不上细琢磨，剧里人物的遭际，倒是时时揪着她的心。又抓了把粉丝放进盆里，取半匹海带泡上。没做保姆前，她在亲戚饭店帮过厨，也和傅孝贵卖过灌蛋饼，知道做菜也没什么诀窍，就是舍得放油。调料也齐全，葱段，姜末，蒜苗，花椒，肉桂，大料，辣椒，不管用不用，都要先把这些一一备好。那时候，她年轻，做什么都风风火火，也喜欢系上围裙待在厨房，好像不大张旗鼓忙活一番，就显示不了她的好胃口。就是做烩面烩菜，也不愿意苟且，什么时候放土豆，白菜梗如何煮得软乎又没有潲水气，她都有她的计划和安排。不知哪一天，吃饭不如往日，先是忌了辣椒，后来炒菜连葱姜也不要，调味就放几滴生抽。偶尔嘴馋，会放些蚝油。本是因为自己胃口不好，才专心料理素菜，不成想郑燕平反倒吃得胃口大开，还说老一辈人缺吃少穿，一提坐月子就要大鱼大肉，吃得上火，其实更容易堵奶。吴玉兰说，遭那么一场罪，还能不多吃点，好好补一补？下回叫张利群买回来猪蹄，遇素琴收拾齐整，又把早先剩下的鸡爪、牛肉放进去，又切了个苹果、西红柿，炖得软烂。吴玉兰吃得起兴，没过两天，又买回些排骨、鸡块，说是要跟遇素琴学学手艺。郑燕平倒也吃得欢喜，只是过后总要揉着肚子埋怨吴玉兰不懂得节制。见遇素琴做完菜，每回都不上桌，张利群像是生怕她客气，直说，阿姨，孩子在睡，一起吃吧。遇素琴却端着自己的饭盒出来，郑燕平放下筷子，好像是怪遇素琴见外了。遇素琴就笑，下回，下回和你们一起吃。

即便天天早上都是稠饭，遇素琴今天放点南瓜，明天又炖白萝卜和羊肉，顿顿也不相同。拉面吃腻了，又做炉面。有两天孩子不哭闹，遇素琴又关进厨房捏包子，拿电饭煲蒸馒头。她做得那么忘我，好像这里不是别人的家，而是她的地盘，她的教堂。吴玉兰进去，见遇素琴拿着个笔记本在翻，以为她在学习。出来还和郑燕平说。遇素琴出来听见怪不好意思，说是寻常吃食，都在脑里记着。偶尔攒了好些菜名，也记不住，都是临时抱佛脚。郑燕平道，阿姨真是利索，半夜哄完孩子，天没亮又起来给孕妇做饭。一回两回，不仔细也觉不出，长年累月都这样，一般人哪里能做到。遇素琴笑道，人都是被逼的。再说，你问问你妈，岳阳山的女人谁不是个这？去谁家，窑洞里甚家具也没有，就是几口缸，炕头的锅，黄泥地面，也要扫抹得光亮。

郑燕平扭转头对吴玉兰说，妈你听听，以为做月嫂容易？都要不停学习。你也跟着阿姨学上两手，到时候也能给小狗做两顿好吃的。遇素琴笑道，姥姥天生就会，就看用心不用心。你们家厨房，大盆小碗，奶锅烫煲，笊篱烤箱，甚也全乎。看见这些，想不做好都难。郑燕平笑道，结婚前利群就置办了，都是成双成对的。

张利群下班回来，就听见后面一句，脚下一歪。见垃圾桶里没袋子，背包都没放，先从电视柜里掏出一包黑色袋子。张利群脸讪讪的，又准备去抱孩子。吴玉兰说，先去趟卫生间。孩子还小，以后出去喝酒，回来都先到卫生间转一圈，冲冲晦气。郑燕平道，你看看我妈，别的不会，讲起迷信来，一套一套的。遇素琴笑道，也不全是迷信。小孩子小，抵抗力差。大人在外面，指不定会沾染什么不好的东西，勤洗手，总不是坏事。又说，利群行，甚也操心。夸完了张利群，又开始点评别的男人。起头就是一句，不是所有男人都是这。先前在子慧家，她半个月都不下床，屙屎屙尿，都在床上。给孩子洗完澡，我还得给孩子抚触穿戴。澡盆撞到他们的脚，也没人伸手。子慧老汉天天只知道打游戏，奶瓶倒了，都不会顺手扶一下。做上菜，坐月子的媳妇子还没吃，他先刨掉大半盘。郑燕平笑道，天啦，还有这样的男人。说完又感慨，阿姨到我们家是帮忙呢，又不是给我们做长年。再说利群从前可不是这样，都是受你影响。

照郑燕平的话说，有了女儿之后，张利群不一样了。哪里不一样？过去走在街上，看到漂亮的姑娘全是性冲动。偶尔和郑燕平说出来，她嫌他心思龌龊。张利群还要为自己辩解，好像他是个雄性动物就应该天天把生殖器挂在脑门上。生了女儿，他学会羞愧了。月嫂刚来头两天，他还横竖看不顺眼，不知道哪一天，他突然意识到遇素琴几十年前也是个小女孩。她怎么受得了这么多苦呢？只不过，这些也属于两口子间的闲话，没法和遇素琴细讲。遇素琴别的没听见，倒记住了句粗话，好像因为郑燕平口无遮拦，摆明了是在信任她。

见郑燕平对子慧一家的事有兴趣，遇素琴越发来了兴头，说个没完。有一回，子慧婆婆来看孙子，半夜听见孩子哭，穿着条白裤衩推门进来。遇素琴跟子慧，还有子慧她妈，正给孩子换尿布。子慧她妈掏出手机咔嚓拍了一张。等老婆子出去，跟遇素琴说，老婆子光身子就穿条白裤衩你看见了吧？遇素琴好像一心看护孩子，根本不知道子慧她妈在讲什么，反问了一句，是不是？没注意啊。子慧也回过头问，阿姨你看见他妈穿白裤衩了？遇素琴心头暗自嘀咕，我还能说看见？我说没注意啊。子慧她妈就拿过来手机，说我都能看见，你看不见？白光光的，成了个甚？又转过头和子慧说，我不是故意给你们制造矛盾，就是想着家里还有外人，不好看。下一回，看见女婿玩手机，孩子哭闹半天，就子慧一个人忙活，头也不抬一下，子慧她妈就拿着手机录了下来。还说，以后要真吵架，说到谁带孩子有心没心，我这都是证据。那两个月，没把遇素琴煎熬死，生怕说错话，火烧到她身上。她们说三道四，还要找她求证，她就打马虎眼。

吴玉兰、郑燕平听得哈哈大笑。吴玉兰跟着笑，你这心态可以，你刚来时，看见你洗衣做饭，我想我也能干得了月嫂，现在听你这么一讲，还得居中当裁判，捎带还要做心理医生，平息家庭纠纷，我感觉又做不了。遇素琴笑道，做不做得好月嫂，就看你有没有那份心。我也不是天生喜欢孩子。成天的，不是洗涮，就是做饭，谁也烦。但抱起孩子那一刻，看见她不哭，还会对你笑，你就什么都忘了。再说你选择了这一行，挣的就是这份辛苦钱。要我说，做月嫂，说白了就一条，耐心。郑燕平说，阿姨真是脸慈心软，平常人就是再能忍让，怕也经受不了长年累月的折磨。现在社会，人都自私，一言不合，家人间翻脸还有的是，何况还是对一个素不相识的人。遇素琴说，对了，燕平说得在理，爱是什么呢？就是你对一个人能不能恒久忍耐。

张利群连忙拿起手机百度，像是发现了什么似的，说，我怎么觉得阿姨说的话那么熟悉，原来是《哥林多前书》里的话，爱是恒久忍耐又有恩慈。又问，遇阿姨，你也是信徒？遇素琴却不接茬，只是说，人总得找点事情做，要不然这漫长日子怎么填满？闺女给我买了个智能手机，得空就听一听广播，可有人讲得比我好。一句话说得张利群走神半天。好长一段时间，小孩子哭，其他人忙前忙后，他无动于衷，只是在那里念叨，好像突然看见了一个新世界。

五

等到遇素琴端上碗碟去了厨房，张利群才在郑燕平耳边小声递话，你也是真憨，现在月嫂今天和你说上一家主家的糗事，下一回到了另一家，指不定咋埋汰你。郑燕平笑道，听话听音，她是变相暗示你做得不够好，每天都是饭来张口。张利群冷笑道，一个月七八千块，雇她不就是侍候你们母子俩？郑燕平道，是啊，是照顾我们母子俩，可不包含让你也坐享其成。张利群还待再掰扯掰扯，郑燕平眉头皱起来了，不过就是女人间的闲话，哄小狗间隙，总得打发时间不是？难不成把人嘴堵上？吴玉兰本来在逗孩子，听见也帮腔道，有时候半夜听见小狗哭，起来见你奶小狗，她还跪在那里说个没完没了。郑燕平拿起手机，不吭声。吴玉兰道，你坐月子呢，要考虑自个儿休息好，可不能一味迁就她。万一月子没坐好，将来浑身尽是病。又说，少跟她成天神神道道的。张利群笑道，就是，天天在一起，小心被她洗脑。张利群像是想起了什么，说，怪不得她不沾荤腥。我说每回她都要争着做饭，原来也是为自己。我也看出来了，她也并不真信什么阴司地狱报应。要真有天王老子，见她逢人说人话，遇鬼说鬼话，只怕早把她拘了起来。郑燕平翻了个白眼，好像懒得接话。

遇素琴咿咿呀呀的声音从楼下厨房里满上来，整个家里也像是洋溢着舞台的气氛。遇素琴端着火龙果、香蕉、牛奶上得楼来，正好听见一截没有首尾的话，生怕见面尴尬，索性轻声哼着歌。张利群下楼时候，遇素琴问，晚上又不回来吃饭了？张利群说是临时加班，回来得晚。

等郑燕平吃完，遇素琴又掏出手机给郑燕平看，这就是子慧家孩子，满月时候拍的，我还给了二百红包。吴玉兰凑过来，晃了一眼，看上去不小啊，脸上这来多肉。又对郑燕平说，你看看，人家出生才五斤多，满月就这来胖了。就得多喂奶，要不孩子长不起来。吴玉兰问遇素琴孙子多大了，知道还有两个，好像羡慕她命好，那么早就当了奶奶。

遇素琴苦笑道，我这命还好？吴玉兰笑道，儿女双全，孙子也长得好，钱也能挣下。还有半截没说完的话，好像是嫌她不知足了。遇素琴却摇了摇头，命好不好吧，就看你是和其他人比，还是和自个儿比。我这结婚也是父母包办，那年代都这样，就不提了。劳碌大半辈子，做甚赔甚。最可恨的是男人动不动还喝酒，打人。这日子还能过？找人算命，说你这婚姻还算好的，离了再换个人，怕还不如现而今。好家伙，还让人活不活？算毬了，就这哇，还折腾啥。吴玉兰、郑燕平也跟着笑。遇素琴又笑道，你说我这命怕不怕？到底不死心，就想弄清楚自己还有没有机会转运，就到处拜师父，一来二去，竟学会了看相算命打卦。倒也不是完全糊弄人钱，丑话都说到明处。人见我直爽，算的说的不比人差，价钱还公道，找上门来的人还不少。这事现在也不大做了，主要是心里没底。万一耽搁了人正经看病，有个三长两短，罪孽就大了。

只能说运气还不差。这二年，别的不讲，就说你同学小王书记，一看我家这个烂摊子，隔几天就要去转一回，问能做些什么。起先我还嫌败兴，说不用帮，我一个月挣不少，其实是赌气。我评不上贫困户确实有理由，当过民办老师嘛，一个月好赖有两百补助。只是俩孙子跟着我受了牵连。将心比心嘛，我这俩孙子天天都在村里，和那些贫困户家孩子有甚区别？这话也不好挑明和人说。不过，王书记心是真善，跑乡政府，跑民政局，打证明，总算把俩孙子弄进贫困户。我这不是运气好又算什么？更何况，这些年，就我这不认路的记性，进了城里头，碰到的主家待我都不薄。子女们娶的娶聘的聘，也算是圆满。见我还是往外跑，闺女就说我，短下你吃的还是短下你喝的？成天给人做月嫂，别人不笑话你，背后也要指戳我们做子女的无用。我心想，现在还能干，靠双手挣钱，身体也好，笑话啥？再说，我有正经事做，也不用受你爹捧打，心情也好。身上有两个活钱，你们的日子不也活套点？要不能在平阳买下楼房？

提到买房，遇素琴脸上绽出了笑容。说出来就像是赌气。早年在婆家受尽委屈，多年出门在外，她明白了一个道理，能挣上钱，男人喝了酒都不会像原先那般高声大气。给儿子买了一套房，也娶了媳妇。现在，想的是给女儿再凑个首付。她心疼女儿，得有自己的房子，要不然在婆家永远直不起腰来。遇素琴笑道，到时候我去看我姑娘，也不用看亲家母眼色。

怪不得为人处事，眉目清楚。说是个乡下女人，她到底当过老师。郑燕平笑道，阿姨你要在学校再坚持二年，现在就能领到退休工资了。遇素琴说，这都是命里造就的，我不能等啊，儿子又进了监狱，一家四五张嘴全凭我。原来她儿子给人装修，钱款周转不开，竟然把主家的房子抵押到典当行贷款。结果事发，被人告了，也不知还要在牢房里改造几年。媳妇也去了北京，几年也不落屋一回。王亚楠倒是想尽办法把她俩孙子弄进了贫困户，问题是没他爸的身份证，银行开不了户，补贴也领不上。郑燕平眼睛瞪得溜圆，心疼两个孩子，年纪轻轻，父亲不在，母亲也不在，将来可怎么办？郑燕平别的没记住，就想着孩子从小父母都不在身边，成长怕是会出问题，一直鼓动遇素琴，阿姨这事你得打官司，不能由别人。万一把你家儿子判错了，国家会赔偿的。遇素琴苦笑道，现在出门一抹黑，没点关系，求告无门，找谁去？年轻人的事，由他们吧。

等到张利群下班回来，郑燕平便把月嫂的故事一一说开。说完，又感慨，遇阿姨真是不容易，你看看能不能帮忙找关系给呼吁呼吁。张利群笑道，这可不是件简单的事，可别瞎搭揽。正好郑有德这天来看外孙，听见这一出，就说，能不能帮得上忙，先别急着马上拒绝。就说给打听打听。呼吁一下，有效果自然更好。没有，也说明你尽了力。办事情就得这样，给自己留点空间，谁知道将来会不会用得上对方？别自个儿把路给堵死了。张利群听得不大自在，嘴里连声说好，眼神却滑向别处。

见小家伙撇嘴，张利群忙掏出手机，笑道，小狗儿，来，爸爸教你学英语，接着便开始念Trouble Is a Friend。小孩子本来做足了架势准备哭闹一番，突然看见人发出这样的声音，安静了下来，一双漆黑眼睛定定地看着，好像在努力辨认眼前的这个男人到底想要干什么。遇素琴上楼晾衣服，看见这幅场景，还和郑燕平说："有福了，燕平。你家老汉哄孩子有一套。"

六

先是郑燕平看见小孩嘴边长了一层细红斑点。掀开衣服，脖子上也长满了。她有些急。遇素琴就笑，说谁家孩子都是这，出胎毒，有的早，有的迟，不怕的。张利群在网上查了半天，和郑燕平讲，这不是胎毒，可能是湿疹，也可能是别的皮肤病，不敢大意。两个人翻了半天书，又上网查，爽身粉也用了，药膏也抹上，隔了几天，红斑不光没下去，还长到了脑门上。吴玉兰和郑有德一说，郑有德就吼，好像这么多人守着，怎么连个孩子都看不好。遇素琴说，皮肤上起点疙瘩不怕。二十年前她在广东，夏天也热，可能是吃东西过敏，浑身上下长满了山楂大的疮，抹什么药也不管用。还是一个姐妹告诉她，用青霉素，这才压下去。她说了半天，意思是这么点小疙瘩完全不用担心，初生儿应对各种病毒都有个适应过程。就是下不去，买点青霉素，也不费多少钱。张利群听得心烦。郑燕平和在坐月子的同事聊起来，问是不是给孩子穿多了。老话说的，若要小儿安，三分饥与寒。郑燕平试着脱件衣服，却被吴玉兰拦住，说是有风。争执半天，还是张利群折中了一下，衣服脱了，只是肚子上仍裹了层包单。几天下来，红斑倒是很快消了下去。

刚放松没两天，张利群又盯着孩子左看右看，又觉察孩子神色不对。自己不放心，又问郑燕平。房间里平日的灯都用三色纸糊上了，怕晃着婴儿，窗帘也没拉开，生怕风透进来。两口子把孩子抱到阳台跟着，两个人差不多是同时大喊出来，好像是困惑小孩怎么越长越丑，又黄又黑？遇素琴说，这是在出黄疸。吴玉兰说，不会吧，每天洗完澡我还抱到阳台上晒半天。郑燕平说，你隔着玻璃，紫外线进不来，有什么用？吴玉兰戴上老花镜一看，也越看越疑惑。到了晚上，和郑有德打电话，提起这件事。郑有德在那头就急了，催着让去医院。吴玉兰说，去了，一个星期前去医院复查，医生就让照蓝光。郑有德说，那还不赶紧按医生的办？真是。吴玉兰道，闺女听月嫂的，说再等等。郑有德说，这事情还能等？你们都有自己的主意，有病不去治疗，医院不垮台，医生还能有饭吃？郑燕平冷笑道，你们说风就是雨，要是见过小孩照蓝光多遭罪，就不会这么想。郑有德说，什么执行力。不知道感染了细菌会发展？郑燕平说，没什么文化，不学习，不读书，没有常识，还那么自信。买东西都知道个货比三家，看医生我就不能多问问？今天这个医生照蓝光，明天那个医生说得换血，我是不是就完全听他们的？现在这种环境里，都知道医院要盈利，医生要创收，动不动就会过度治疗，你们倒好，动不动就是一句不听医生不听专业人士的，要医生干吗？医生有没有饭吃，医院会不会塌，用得着你操心吗？小孩子什么都没发育完全，药是瞎吃的？你以为是给我奶买的益安宁、抗病毒口服液，没事当保健品吃？什么都听医生的，我小时候你给我买胃复安，剂量也算不清楚，吃得我药物中毒，眼斜口歪，你们还说我是撞上鬼了，不赶紧找医生，却去找神婆子。这不都是你们做出来的事？郑燕平先前还激动，说到这里倒笑将起来。

郑有德在电话那头喊，说甚都不听，以后出什么事我都不管了。郑燕平还没说完，郑有德就把电话挂了。听见终于安静下来，遇素琴笑道，倒也不要过于紧张，有的孩子满月了黄疸没褪完的都有。张利群也没了主意，说要不再换家医院看看？过没多久，郑有德电话又打过来，问张利群有没有关系，该找人就得找人。张利群说正常挂号看病就行。郑有德说，这能行？找个人，总比不找人要强。事后和郑燕平说，张利群还笑，老一辈人都被欺负惯了，什么事不找个关系就不放心。孩子即便去医院看病，难不成你不找大夫就不给你看？就是托人找上半天关系，人家知道你是谁，说不定照样敷衍。郑燕平说，我爸一辈子就是个这。什么都要找关系。碰见事了，就唉声叹气，真他妈的，怎么回事这是？我幸亏出来了，要不然一直活在我爸妈阴影下，不疯也要神经了。张利群笑道，你坐月子呢，少说几句。老人也是着急。好多事你自己有个主意就成，干吗老想着说服他们？郑燕平道，我是认理不认人。你看把他们急得上蹿下跳的样子，就恨不得把药马上灌进孩子嘴里。张利群笑道，这也是你爸妈，平时爱结交人，有什么问题马上想到的都是托关系打听，县城多大点地方，都是沾亲带故的。像我爸妈就不行，大字不识几个，也没什么硬亲戚。小孩有个三长两短，也不会给年轻人什么建议，反正医生开什么药就吃什么。我爸我妈还舍不得花钱，一般三病两痛，能扛过去就扛了。郑燕平道，现在看，保守治疗也不是没有道理，就像中药，量大量小，全凭医生手法，好多也就是个安慰，最终还得靠自身免疫力。人国外那么发达，也不是动不动就给你开抗生素。你听我爸我妈怎么说，咳嗽了就得吃药，不吃小病拖成大病，发展成细菌感染，更是麻烦。张利群笑道，你爸妈火大的倒不是给孩子吃不吃药，而是他们说个什么你都要挑出一堆理由对着干。我跟你说，等到咱们五六十岁了，可不敢随便给孩子拿主意，惹人嫌。

遇素琴和吴玉兰抱着孩子下楼，听见这几句，也笑道，儿孙自有儿孙福，再说现在的年轻人会利用网络，可比咱们的老办法好。该做决定的还是孩子监护人，老人该提醒的提醒，至于听不听，还是在年轻人自个儿。郑燕平笑道，妈，你听听。遇阿姨可是要比你开明，别不服气，动不动就说你也能做得了月嫂。吴玉兰在房间里看电脑，半天才甩过来一句，好啦好啦，总之，该喝水喝水，该吃药吃药，我跟你说，医生都说了，吃点小药没事儿，这有多大剂量，还能把人害了不成？郑燕平长嚎一声，和张利群同时笑起来。见他们笑，遇素琴也跟着笑。吴玉兰不明白怎么回事，神态活泛了些，不再像先前那般紧锁着眉头。张利群半天才凑过来，说，不行，明天再换家医院，抽血测测看？郑燕平只是忙着和刚生孩子的同事交流带娃经验，没接张利群的话茬。

遇素琴厨房忙活一阵，端来鲫鱼汤让郑燕平先吃一口，又扭过身问吴玉兰，是不是该给孩子洗澡了？现在天气暖和，晚上洗澡好。张利群放下《梅奥育儿全书》，接道，书上讲了，从现在起就得趁早帮婴儿建立作息规律。遇素琴拿上浴巾和包被，起身去了卫生间，打开浴霸，调好水温，又准备好孩子的换洗衣服。等到孩子吃饱，遇素琴抱在怀里拍了会儿嗝，才让张利群关掉浴霸。吴玉兰也跟了进去。只听遇素琴低声哼唱，妈妈总是对我说，爸爸妈妈最爱我，我却总是不明白，爱是什么。郑燕平拿着手机进去，想录两段孩子洗澡视频，只见小家伙双手乱舞，嘴里也呼哧呼哧，好像在看遇素琴还能耍出什么把戏。

手机跳出一条信息。张利群抱着孩子没法儿细看，让郑燕平给回复一下。郑燕平笑道，你们领导问周末的专题报道都是谁写的，我咋回？张利群闷着接道，我也没细看，单位几十号人，就没个负责的？就回说不知道。郑燕平笑道，不太好吧？咋也得加杯咖啡。张利群冷笑道，你随便。领导又回了句粗口，说挨批评了，你们都得写个检查。张利群听见火大，说，成天整这么些糊弄鬼的玩意儿，自欺欺人。郑燕平拿起手机又看了半天，说，你们头儿批评的也是，上回去平阳跑业务，让你好好印个名片，你还不服气。张利群说，真是笑话。人要真把你当回事，还用得上自己推销自己？郑燕平冷笑道，现在的社会就是这么势利，你自个儿都不把自个儿当回事，别人还能尊重你？张利群回道，和你说不清楚，你什么都不知道，说那么一坨谁爱听？

怀里的小孩子先前还在挣扎，看见张利群表情不对，好像意识到了什么危险，眼睛一动不动地瞪着，过了半天才像吓着似的，小嘴一撇，长声大哭起来。遇素琴笑道，哎呀，我们的小狗长大了，听听这哭声，跟个大孩子似的，好像受了天大委屈。又问孩子怎么啦，是不是妈妈没奶了？我给我家宝贝冲些奶粉吧。张利群只是抱着孩子走，也不说话。吴玉兰见孩子双腿乱蹬，小脸憋成紫色，直喊狗子怎么啦？来让姥姥抱抱。她放下手头半个红薯，顺便在抹布上擦了擦。张利群说，狗东西，你是不是觉得老子好欺负？一心一意伺候你，还这也不满意，那也不满意。是不是谁也可以踩到老子头上说三道四？

遇素琴、吴玉兰见张利群怒气冲冲，还不明白情形，郑燕平听了这几句话，脸上没绷住笑，边捂着肚子边说道，看看你那点出息，自己没油水，还嫌别人说你。遇素琴冲好奶，张利群闷头接过奶瓶，也不看气孔，直把奶嘴往小孩嘴里塞。小孩舌头往外抵，双手还乱打，差点把奶嘴插到自己鼻孔里。一声嚎叫，半天没换过气来，半口奶也没咽下去，咳嗽不断。吴玉兰着急伸手，来来来，让姥姥抱抱。吴玉兰还没接稳，张利群就松开了手，孩子差点滑落在地。吴玉兰说，利群手怎么这来快，以后可不敢这样，万一把孩子摔着。郑燕平就笑，张利群一直就是这样张飞，懵眉粗眼。

遇素琴问张利群出了什么事。听明白原因，遇素琴笑道，人都是个这，只看见别人眼中有刺，却不想自己眼中有梁木。你要真和他们置气，不正好给了他们口实？好不容易入了编，可别意气用事，她还拿自己当年的做法举例子。当初要一直在村里坚持当老师，不也和别人一样，能耗到民转公的时候？现在轻轻松松，不干活一个月也有四五千。

郑燕平笑道，阿姨你听他鬼谝，你让他辞个职看看？借他十个胆。也就敢躺在这里拿小狗撒气，和我叫唤几声，显他男子汉气概。真的事情临头，指不定怎样慌乱。郑燕平话里话外都是对遇素琴的佩服。在城里买房，带大两个孙子，这些年又到处带孩子，哪一件是容易的事？遇素琴就笑，说，话不敢这么说，我是喜欢和小孩子打交道，不累。你把他（她）伺候舒服了，他（她）就对你笑。要是弄得他（她）难受，他（她）就哭闹。他们没那么多弯弯肠子。几个月处下来，怎么可能没有感情？也算是跟着养了一回。每到一家，就是不再干了，主家有什么育儿问题问到我，我还是跟着担心。你们从书上学的那些我不懂，我也有我的套路，给人算算命，讲讲好听的，再烦心的事，经我这么一说，好像也熨帖了。郑燕平说，阿姨你给利群算一算，看他能不能过这一关。说完，自己先笑。遇素琴道，你们文化人还信这？吴玉兰倒认了真，八仙过海，各显神通，谁知道哪条路就通了？遇素琴说，谁还能不遇点事。不怕，利群。想象下你平时就是在打怪，就是和些猪怪狗精斗勇斗法，还郁闷什么？跟他们置气，倒显得你智商不如人。一句话倒把张利群逗笑了。郑燕平歪过头，像是发了痴，阿姨，还真有另一个世界不成？遇素琴道，我也是空口白牙，信口一说。有没有，我说了也不算，凡事保持敬畏心，总不错。保不齐哪天真遇见，也不用临时烧香抱佛脚。

有些话，遇素琴先前和郑燕平说过，吴玉兰、张利群自然也知道大概，不过亲耳听遇素琴重新讲述，好像又不大一样。听见女人们絮絮叨叨个没完，张利群心里也纠扯成一团。张利群说，阿姨一番话说得我好像突然明白了些什么。有时候真是绝望，想把这辈子做过的恶心巴拉的事都忏悔一遍，想把自己的脑子拧下来扔到清水里好好洗洗。郑燕平正在喂奶，飞快看了男人一眼，什么也没说，过了一阵，等到遇素琴下楼进了厨房，才和吴玉兰嘀咕，利群是不是被素琴带偏了，动不动就忏悔原罪的。吴玉兰没听太清楚，又问了一遍，郑燕平说，他说他想信教。吴玉兰说，年纪轻轻，信个什么不好，能不能像个正常人，有朝气一点儿？郑燕平笑道，妈，你就不明白我说的什么意思。我是说做月嫂也真不容易，啥也得会，啥也得知道些，明面上好像会炒个菜，烩碗面条，照顾女人孩子，背地里不知下多少功夫。你看遇阿姨，阴阳八卦，神道仙路，耶稣菩萨，多少知道一些，偶尔碰到利群这些精神有问题的人，还得想法开导，真是不容易。张利群一愣，手上动作也慢了下来，好像他是那种神经过敏的人，生活中的什么真相无意中被郑燕平残忍揭开了。

七

老太太：别挤啦，挤得我都喘不过气来了。

四十来岁的女人：喘不过气来了，还这么能叫唤？

老太太：怎么，你要把我挤得背过气去？

四十来岁的女人：谁挤你了？不知道这是下班高峰期？一点儿公德心都没有。

老太太：你才没有公德心。我说你了？就你跟我瞎咧咧。

四十来岁的女人：我就在你后面，不是说我那你说谁？老就老了，真是没有素质。

老太太：你才没有素质。挤了人，还不让人说？

四十来岁的女人：一看就更年期了，话这来多。怕挤你去打车，坐专车啊。

老太太：你才更年期。真是没有教养。怎么长这么大的。

四十来岁的女人：你有教养，你有教养。一车人就听见你一个人叫唤。

老太太：你还得了理了，有本事你再挤下我试试？

四十来岁的女人：谁待见挤你了？老胳膊老腿了，不怕再挤得背过气去？

一车人起先还安静，听到这里都笑起来。遇素琴听不下去了，对老太太说，你来坐这里。老太太说，你还抱着孩子呢。我五一大楼就下。说完还继续嘟囔个没完。旁边的人也劝，算了算了，人都下车了，何苦跟人置气。老太太说，她就在门口杵着呢。

回到幸福花园，遇素琴好像还紧张得不行，笑道，你不知道，听得我心口狂跳，生怕她们撕扯起来。郑燕平听见这一出，也只是跟着笑。遇素琴又说，城里人吵架都不一样，骂人都不带脏字的。张利群说，一大堆人都只是看热闹，只有遇阿姨主动站起来让座。郑燕平说，打车回来就得了，还抱着孩子，挤什么公交啊。遇素琴笑道，怪我，想着孩子测黄疸都正常，便试着坐趟公交车，下回一个人出门也方便。张利群还在感慨人心不古。遇素琴笑道，人都有变老的时候，磕磕碰碰都正常，又不掉皮不掉肉，磕碰下算什么？你们是没坐过乡下的大卡车，能挤上车就不错啦。郑燕平笑道，还是阿姨身体结实。城里人领土意识都较强，碰一下好像就受到了侵犯。张利群也说，人人都像阿姨这么想，社会哪有矛盾？两口子你一句我一句，倒说得遇素琴脸上发臊，她说，人都是要死的，一辈子能吃多少用多少？都囤着，到头来不也一场空？自寻烦恼嘛。

不过说起坐车的痛苦，遇素琴激动了。当年出门打工，每回大巴车绕了半夜盘山路，就撵人下车吃饭。不管你吃多吃少，都得交钱。你硬气，偏生不吃，坐他的凳子，得租，上厕所，先买两块门票，自己有方便面，用下开水也得交五块钱。当然憋屈，问题是你有什么办法？司机早和老板串通好了。好几回回家过年，她把钱要么藏在蛇皮袋里，要么给内裤缝个口袋，还是顶不住各路骗子。最后留在她记忆里的，也不全是被敲竹杠。甚至听到好多人都上了当，她还庆幸自己并不是最惨的那一个。回头细想，好像都能理解，只是那些纠结、焦虑、不甘心，仍不屈不挠地盘踞在梦里。好多年，她都在做类似的梦，要么是买不上票，要么是赶不上车，要么是车开到死巷绝道，说是卖给另一辆车，结果把她撂在半路上。

本来就不怎么找得见路，还被人扔在人生地不熟的地方。连闺女都笑话她，就这还出门？东南西北都不知道。别人都是老了癔症了，她年纪轻轻就成了个这，还能行？越是这样，遇素琴却越是不服气。她不信这个邪。有时候上户，碰到主家说，阿姨累了这么多天，休息休息吧。她不。为啥？这回是休息了，下回让她自己来，哪里记得这弯来拐去的路。前年就在平阳医院，主家让她去食堂吃饭，到了电梯口，一想，这家伙跟着人去吃饭是可以，问题是回来去哪间病房，心里没谱。就在电梯口站了半个小时。硬硬饿了一晚上。记性不好，也不敢和人说。有一年有机会去海南上户，到了机场，又是脱衣服，又是托运箱子，遇素琴心里麻烦得不行，索性不去了。

郑燕平问道，阿姨最远去过哪？遇素琴笑回，可没少跑。听人说广州做衣服挣钱，还去过旧水坑，钱没挣少，又跑到普宁流沙做了两个月伞。到底是吃不惯南方的饭，什么都有一股鱼腥味。最要命的还是过敏，疙瘩一起一身，烦躁得要死。还是回北方吧。见郑燕平张利群听得认真，遇素琴越发来了兴头，笑道，找不到路还不是最害怕的。有一回是去给两个老人做饭。去之前就听说了，这家里刚出车祸，两个大人，两个小孩，无一生还。遇素琴不想去，一来是晦气，二来她能想到两个老人会受到什么样的刺激。唐姐说，全公司就你懂阴阳八卦，你要不去，我们更没人有这个胆子。都说你心善，还有耐心。几顶高帽子一戴，遇素琴还是应承了下来。哪里不是挣钱？她带上铜镜，进门先默念唵嘛呢叭咪吽。得空了，巡视一圈，见客厅架子上摆满坛坛罐罐。做完饭，才画了道镇用符，贴在入户门上。时日一长，老人见她辛苦，反倒惭愧，好像他们拖累了她。只是偶尔说句儿孙，情绪激动，言语哽咽。遇素琴也知道大概，安慰道，遇到天灾，谁也没办法，不过一家四口，活着时吃得好穿得好，该享受的都享受了，没受过什么苦，去了另一个世界可能比我们过得好。她拿自己做比较，他们在村里也不懂管教，由凭双胞胎孙子吃方便面、辣条。生活条件好了，孙子们想吃个这，总不能不满足吧？天天吃下来，孩子越吃越瘦，到医院一查，肝腹水，淋巴结核。好在现在医疗技术好，抢救过来了。遇素琴一番话还没说完，俩老人直叹息，说她也不容易。是不容易，可她都尽力了。她就不信老天不长眼。到了最后，都不能说是她有多坚强，就是赌上气了，神挡杀神，佛挡杀佛，就为拼出一条活路。看看老天爷还会把怎样的苦难砸到她头上。

吴玉兰好像实在听不得死啊活啊，只是走进走出。郑燕平笑道，坏了，我妈肯定又要做噩梦。一席神鬼往事听得郑燕平头皮发麻，仍是止不住好奇，阿姨你这做保姆，也是什么事都能遇见？遇素琴就笑道，后来经见得多了，生啊死的，反倒不害怕。怕的是人做出来的事。有一回上户，去银川，主家就一女的带孩子，平时不见男人回来。女的也常出门。房子也大。哄完孩子，我想着把家收拾收拾，结果不小心撞到暗柜，哗啦一声，墙壁打开，全是一摞一摞的钱，直接把我吓傻了。那一回我是提前跑的。张利群听得感兴趣，阿姨看到钱还害怕？遇素琴说，你是没见到，你要见到了也害怕。正常人家，谁会把那么多钱藏在家里？挣点钱不都放银行吗？他不敢放银行，说明他自己心里有鬼，出事也是迟早。我再待下去，万一被发现我知道了他的秘密，我这条老命还能保全？还是赶快跑路活命要紧。

郑燕平东问西问，又说笑了一阵。等到遇素琴下楼进了厨房，吴玉兰才低低地细问，医生怎么讲。张利群笑道，二院的大夫是个老主任，特别仔细，都没量，一看就说黄疸值不像二十几的。说不放心就抽血化验下。从孩子大腿根抽了四管子血。一测，才十三。郑燕平说，听听。可怜孩子平白无故受这一茬罪。吴玉兰又道，不怕，就是吃点小药怕什么，不都是为孩子好？郑燕平说，跟你们就讲不明白。吴玉兰听说没事，这才心神安定，只是念道，没事就好，该量体温量体温，该测黄疸测黄疸，该吃点小药就吃点小药。楼下声音高起来。先是嗯嗯呀呀手机里在唱，慢慢地，遇素琴的声音也附了上来。刘大哥讲话理太偏，谁说女子享清闲？吴玉兰起身往书房走，嘴里也跟着哼。半道上像是想起来什么，又递来一句，今天怎么样，股票涨了多少？

郑燕平也不回答，只是和张利群说笑。张利群道，你爸你妈真是急性子，动不动就是我以后不管了。郑燕平笑道，你看见了吧，怕不怕？这就是我爸我妈。你不知道，我搞对象那会儿才吓人。我爸说这个就不错。我不满意。他又托人介绍，我还是感觉不合适。他就跳起来，以后我再也不管你了，说甚也不听。你都三十几了，到时候一辈子嫁不出去，不要抱怨我。我爸总是和我讲，你那些乱七八糟的事，不是我给你考虑，你根本考虑不到。你真是不行。你妈是想不到。张利群笑道，老实交代，除了那个湖北人，火车上遇到的天津人，煤矿上的，到底搞过多少？郑燕平不接茬，又道，我爸就是有点强迫症，芝麻点事就焦虑。搞到后来，就成了喜欢吃保健品，动不动就吃抗病毒口服液，听说写毛笔字能磨炼心性，还要我也跟着天天写。搞得你一点儿脾气都没有。你想修身养性，长生不老，悟道涅槃，参悟国学，炼化中药，参禅修佛，我都不反感。我痛恨的是迷信，是把自己的执念强加到别人身上。随便一桩事发生在我家，都有可能引起战争。张利群笑道，你爸也是为你好。郑燕平冷笑，什么都是为你好。张利群又道，听阿姨老说记性不好，认不得回家的路，还以为脑筋不大好使，没想到人机敏着呢。郑燕平说，可不是，比我妈灵，什么也懂，做事有板有眼，有一套。这是没给她机会，要真有别人那样的好条件，指不定会成什么样的气候。

吴玉兰出来，见俩人仍是说笑个没完，问道，刚刚买菜回来，听见月嫂和你们好好的，怎么又说些神神道道的事，是不是又给你们传教了？我跟你说，可不敢信她那一套，到时候，把你卖了都不知道。当年岳阳山上就有亲戚信这些，把猪牛卖了交会费，也跟着出门云游几年，说是发展的会员越多，就越能挣钱，结果骗了一帮穷亲戚。现在还不是老老实实回来种地？郑燕平笑道，就你警惕性高，不也照样十几年解不了套？吴玉兰甩了甩花白的头发，仍是不依不饶地问郑燕平，今天股市怎么样？你买的那几只股涨了几个点？我跟你说，就不要套在一只股票上。郑燕平起先还认真分析，说到最后，就和张利群感慨，按照当时的物价，我妈买股票的钱完全可以给我在麦城买套房子。现在呢，炒了快二十年，本钱还没回来，听她每天说买进卖出，不知道的人还以为她做多大的买卖。吴玉兰听见闺女说自己炒股的历史，索性自个儿讲了个通透。原来，十七年前，吴玉兰在厂里当会计，还兼出纳。看着领导上下其手，她也联合仓库管理员，腾挪出十几万。得了些钱，自己也没舍得花，全投到了股市，还说什么富贵险中求。自己每天抠抠唆唆的，全为国家做了贡献。遇素琴端菜出来，听见他们谈论牛市熊市，好像闯进了完全陌生的世界，也不敢高声大气地接话，只是缩在沙发跟前，支棱着耳朵往下听。

张利群笑道，听妈这么说，我想起了我小姨。辛苦打工十几年，存了二十万，放在我表哥那里。前两年想着买房了，我表哥说，小姨你要是当年就准备在畲刀沟买屋，二十万可以买几亩地。现在呢，买套楼房怕是都紧张。可把我小姨气坏了。气也没用，她又没文化，不懂投资。打了几十年工，保姆也做不动了，累得一身病，现在想的是回家有个地方养老。

吴玉兰问道，你小姨？是不是你们结婚还来了？看上去比你妈要老相。张利群笑道，是了，是了，都是苦命人。我妈一直念叨，说是我姥爷名字没给取好，一个叫田梦雨，一个叫田逢露，有田有土却没水，不好。有田有土有水，也不好，天天种地死受，一样活不出来。

提起种地做苦工，遇素琴这才接话，农村人就怕没干的，有活路做，总比闲晃着强。她不知怎么又提起子慧，说农村人挣钱难，即使城里人，花钱也不是由着性子花。子慧拍满月照片，把那帮人叫到家里来，折腾小孩不说，拍了一堆照片，你删这张，他说孩子长得这么好看，你怎么忍心，你想不要那张，他说孩子就拍这么一回满月照，多留几张吧，做个纪念。生生把子慧说哭了。郑燕平也打算拍个满月照，便问，那最后子慧选了几张？遇素琴笑道，人都那么说了，谁听了心里好受？子慧稀里哗啦哭了一通，边删边哭，还是花了四五千。

几个人又接着说了一通闲话。趁孩子睡着，遇素琴点开手机，先洗碗。抹完灶台，见地上又有水渍，又开始墩地。推开厨房门，豫剧《花木兰》的声音飘散开来。吴玉兰好像也捉住了节奏，跟着轻声哼唱。许多女英雄，也把功劳建，为国杀敌，是代代出英贤。孩子不知发出什么声音，逗得郑燕平、吴玉兰母女俩哈哈大笑。遇素琴回到厨房取手机，跳出几条信息，傅孝贵问她，还有几天回来？主家请她一个月还是两个月？遇素琴不知如何回复，索性关了手机。窗外漆黑一团，只有山腰处的高速路上时不时滑过几束灯光。

八

孩子本来眼睛已经发直，见吴玉兰做出怪相，立马来了精神。郑燕平急了，孩子吃奶时就让他吃奶，他睡觉你也逗他，亲他不是这么个亲法。孩子成了个碎嘴，一哭就让我喂奶，就会指挥。你倒是会干一样啊。吴玉兰笑道，行啊，到时你看看我闹不闹得了。要真闹不了，你们花钱再雇人。郑燕平说，我是让你趁月嫂在，认真学一学，看看人家是怎么哄孩子，不是一会儿忽撩一下。你倒好，就知道和我赌气使性子。

遇素琴赶紧从郑燕平怀里接过孩子，一边拍嗝，一边笑道，燕平，你不要太激动，你妈就是有天大不是，还是你妈。那样说你妈，多伤人啊。好赖你妈还出钱请月嫂，好多事情做得合不合适，人家有那份心。我之前在子慧家，她婆婆也没出钱，还处处找我麻烦，子慧帮我说话，我还劝她。我做月嫂，一天三百来块，挣的就是这个辛苦钱。做得不到位，有毛病说出来，我也好改进。你妈不一样，我给孩子洗澡，马上就去倒水，我和面，她马上就给我打下手，够可以的了。你妈是天天和你在一起的家人，我不过是个路人。再说你妈几十年了没看过孩子，哪里吃过我这样的苦？不要动不动就和我这受苦人比。郑燕平没说话。张利群笑道，阿姨这些年看大多少个孩子？遇素琴抬头，像是在回想，半天才说，十几年，不说上百个，也有七八十个了，就是随便估摸，也知道孩子大致因为什么哭闹。郑燕平别的没听清，就听见一串数字，笑道，阿姨一月挣六千，一年就是七万二，十年就是七十二万。遇素琴说，不能这么算。打工的人，又不是像你们吃财政饭的，做不做，到点都少不了你那一份。不是月月都有事做，保不齐遇到什么事。来你家前，胃不舒服，还歇了两三个月。郑燕平说，就是，钱多少是个够？还是身体要紧。

见郑燕平和遇素琴说得亲热，吴玉兰半天插不进去话，饭吃到一半，又拿着手机上楼，打开电脑看股票走势，时不时还喊一声，问郑燕平买的几只股又涨了几个点。郑燕平没接话，掉头和张利群笑道，我妈还动不动就讲，怎么今天背这来疼，哪也别扭。得空就盯着电脑，一天到晚保持一种姿势，就是年轻人也受不了。张利群笑道，别说你妈，老人待在这里，又没几个说话的人，几天也不下一趟楼，也闷。你不也一样，成天看电视？喂奶前还得先找见手机。郑燕平道，不是我爱看电视，你来生个孩子试试，憋不死你。再说我看什么《精英律师》，也能被动学习好多知识。之前也没处理好单位人际关系，问题还是在我自己。而且好多执法部门，和我们做的案子也有相似的地方。张利群笑了笑，想说什么，到底忍住了。

遇素琴听见俩人斗嘴，也笑道，燕平，喂奶时候还是不要看手机，离孩子那么近，虽说辐射小，可孩子也才这来大，不怕一万，就怕万一。吴玉兰从楼上下来，端碗之前，照例甩了甩头发，见几个人说笑不停，还问了句笑啥呢你们。张利群笑道，我们在想怎么治疗燕平的手机瘾。吴玉兰鼻子一哼，就是，这闺女，说甚也不听。

孩子吃了几口奶，又开始哼唧，郑燕平把孩子调换到左边，又说，妈你就别说我了，你不也一样？天天趴在电脑跟前。吴玉兰说，我这能和你比？年龄大了谁还没点毛病？郑燕平就笑，我还不知道你？天天盯着股票曲线图，好像一下就能涨多少个点，回来本似的。连股票怎么卖都不懂，还假装专业，成天提醒我该卖就得卖。

遇素琴在厨房洗碗，远远听见她们母女俩又起了争执，当初还劝，后来明白，可能这家人就是这么一种相处方式，慢慢也就没再多话。她自然清楚，别看老的少的和她说话也绵绵善善，相处下来，并不比别家更轻松。茶几上放着一本玫紫色《梅奥育儿全书》，郑燕平得空了总要翻几眼，赶上孩子哭闹不止，也要先翻一翻，好像里面就有如何应付孩子的现成办法。过几天，张利群又背回来一厚本《美国育儿百科全书》，说是这本更权威。听见两口子为了些生活细节低声争执，甚至相互鄙视，遇素琴隐隐不安。更多时候，他们像是在探讨，说些护理孩子的诀窍，似乎比遇素琴平日所为要更有理论根据。偶尔遇素琴会讪讪接话，说没想到外国人把人研究得这么清楚。张利群呢，只是一脸严肃地在那翻书，好像忙着钻研外国人怎么护理孩子，顾不上搭理。

等到郑燕平孩子睡着，遇素琴给小孩拍完嗝，也跟着上了楼。见孩子发出鼾声，遇素琴也歪在床头歇了会儿。正做着没边没沿的梦，却被客厅细碎的争论弄醒了。吴玉兰道，以后都听我的，跟你说月嫂不用心，洗澡浴霸灯也不关，还不知道护住孩子眼。郑燕平冷笑道，听你的你倒是上手啊？就会人家洗澡时帮着遮眼，前面十几天你怎么不遮？现在才看到？那以后你给小孩洗澡可要记得回回把眼睛遮好。吴玉兰不接郑燕平的话，仍是不依不饶说遇素琴的不是，好像因为闺女不和她一条心，反倒向着外人，实在气愤不过。

张利群本来靠在沙发上看手机，听不下去了，说，你们也有意思，人还在家里。就这么争吵，就不怕人听见心里不痛快，使个坏，孩子小又不会说话，到时候有个三长两短，找谁去理论？吴玉兰探出头往楼上看了看，低声道，月嫂睡着了。张利群说，少说几句吧，就带孩子这么点事。月嫂在跟前就不要唧唧咕咕说人不是了。吴玉兰笑道，没事儿，她听不见。张利群说，那也不要和燕平吵，她还在坐月子呢。郑燕平道，到时候把我气得回奶了，你看怎么办。吴玉兰连声呸呸，真是，你看你这闺女，尽说些啥，啥话不好说啥。张利群声音高起来，行啦行啦，都少说两句吧。

听见楼下完全安静下来，遇素琴又闭上眼睛等了会儿，才抱着孩子下楼。张利群见她下来，也不看她，只是把《美国育儿百科全书》翻得哗啦直响。遇素琴因为听见了前面一大篇，脸上的表情还有些僵，给孩子喂奶也有些走神。等到孩子呛开奶，她准备拍，却被吴玉兰一把抢了过去，说是让她来。

九

早上做饭时，遇素琴也没开手机听戏。炒菜时，等到出一身汗，才想起打开窗户，探出脑袋长吸几口气。吃饭中间，遇素琴终是没忍住，说傅孝贵癫痫发作，在南十方检查，想去看看。张利群听了，道，这么大的事情，怎么不早说？你快先把老叔照顾好。一会儿上班，我把你捎过去。遇素琴说，不用麻烦，你告我怎么坐公交车就行。

下得楼来，她几乎是在跑，但要到什么地方去，她并没有想好。好像只要从这个家里出来，就畅快了。她确实也想回柏叶底看看，只是在微信上和傅孝贵说话，半天也没回复。

胡乱走了一截路，看路标是到了敦化北路。路边就有一片树林，见松树底下有个长凳，走过去坐了会儿。先是在手机上看了一阵抖音，手机里的人一直发出奇怪的笑声，好像天底下的事真是可笑得不行。过去，在主家干完活，偶尔会在闷热的厨房看看手机，听听毫无来由的笑声，她也跟着放松不少。可这回，她只是感觉一切都令人厌烦。放下手机，脑子放空一阵。只见一群喜鹊在松树上翻飞，下面石桌上，几个聋哑人在打麻将。围观的人也是用手比画。车辆驶过的声响、喇叭声、人来人往的嘈杂声好像都消失了。一个中年男人推着辆电动车过来，坐到了不远处，戴着耳机，掏出手机安安静静地看。一个四五十岁的女人，穿着紫色运动装遛狗。先前黑云翻腾，下了雨，这时阳光从云层里泼出一片金光。她数了数身边的树，虽然仍是单调的槐树、松树、桃树、万年青，一切好像又比先前大不相同。她在封闭的房间待得太久，突然长时间暴露在外竟然有些激动。

在高架桥下吃了碗肥肠炒面，信步往前乱走。清明的天空底子上，不知被谁梳理了一般，镶嵌着鱼鳞一样的碎云，齐齐整整，一直排向高楼挡住的另一边。时不时露出几颗还没被遮住的星星。老天爷，她不知怎么在心里喊了一声。巨大烟筒顶上，火光明灭不定。远远近近，杵着一团又一团漆黑的东西，龇牙豁口的，像是对她不怀好意。她努力想看清，以为会有些什么动静，走到跟前还是阒无人声。一辆渣土车咆哮而过，似乎挣扎了老长时间。一会儿，又连续过去几辆。骤然而至的灯光好像把周遭黑漆漆的世界切开了。她想起无数回做过的梦，总有那么一刻，不停下坠，好像就快看到头了，结果突然惊醒。梦的尽头到底是什么？她贪心地看着，好像又进入遗忘的梦境，没有过往，也没有负担、饥荒，胶着的生活，任何与现实的瓜葛，退潮一般消隐，紧接着，没着没落的沉默又结结实实逼过来。在主家干活，她脑子里想的只是怎么哄孩子，洗衣做饭。得点空，都在补觉，哪里有工夫操心这些？她早过了因为一点儿事就焦躁的年龄，甚至在儿子出事判刑，也没有特别的张皇。她就这么不忧不惧地活到了五十八岁。偶尔也会有一点点着急，但她知道，那些苦厄，那些一团乱麻式的情绪，都是虚妄。她记得经上的话，没有爱，也没有恨。不要说话，也不要相信。但凡闲下来，这些模棱两可的话就在她脑子里翻滚，好像天马行空放飞一段时间，整个人就熨帖了。是的，她早就认命了。她知足。只要身体还允许劳动，明天就是继续干活，她也不害怕。她唯一害怕的是闲下来，无事可做。只要手头还有活路，她就不害怕。

走到脚心发热，她好像才反应过来，都遭遇到了那么多事情，为什么还是这么沉不住气？说到底，她还是那个刚出门打工的小姑娘。别人说她几句，她都不敢据理力争，工资都顾不上结，掉头就跑。好像这样就能让人看到她也是有尊严的人。她不是他们随便蹂躏随便欺侮的人。她不知怎么就想起黄土镇，想起柏叶底来了。这个时候的柏叶底，应该正忙着在果园套袋。男人会按王书记的要求，好好经管果园吗？果园里套种的金丝皇菊都施肥了吧？她想着那个自从养奶牛失败脑子就出了问题的男人，想着她这些年是怎么一步一步走到今天，不免又叹了口气。

遇素琴坐在大路边的台阶上，闻着空气里混杂着油烟气味的花香。她隐隐听见猫头鹰的叫声，眼睛越发朝更深的黑暗中望去，好像还在纳闷森林里的鸟儿怎么就流浪到了城市里。怎么睡着的，她完全断了片。梦里似乎万千个念头，前世的，现世的，未来的，一个梦醒了，又堕入另一个梦中。在梦里她都在羞愧，自己怎么成了这样一个人呢？哪样一个人？太可怕啦，太可怕啦。有千百种声音，好像从永恒的黑暗那边传来。脚肚子抽筋，她感觉半边身子都麻了。眯开眼睛，却见有人往她跟前放钱，她才惶恐地站起来。

“我不是要饭的。”

说完，可能被自己的口不择言吓了一跳，又讪讪地说：“谢谢你。”她脸红耳赤的，好像真是害臊，竟然没有领会对方的好意，提上包就从凳子上竖起来。

一弯残月贴在稀薄天上。穿过隧道，一个男人穿着暗黄花格子衬衫，背着音响，手拉风琴，好像整座城市都是他的舞台。人言包相是铁面，却原来官官相护有牵连。我哭，哭，哭一声屈死的二公婆，叫，叫，叫一声杀了人的天！遇素琴的声音也悲壮低缓起来。整个世界都像凝固了。她眼睛瞪着，好像什么都看见了，却又像是什么都没看见。各种念头挤挤挨挨，等走到大街上，听见嘈杂的车流，先前的想法全忘了，一个也想不起来。

路过十字路口，听见槐树上挂着个小喇叭，反复喊“免费办理pos机，全国税率最低”。一个年轻小伙子挎着包站在马路牙子边看着人来人往，旁边支了张桌子，码放着一堆小礼品。她掏出手机拍了张照片，撞见男人的眼神递过来，慌忙往边上让了让。小伙子却追逼得紧，阿姨办个pos机吧，还送小礼品。见小伙子说得热情，遇素琴不好意思了，只得停下来装作听。她看着小伙子磨得发亮的黑色西裤，有那么一刻想起自己的儿子，就跟丢了魂似的。小伙子让她怎么扫码，她一一按着操作，等到扫码完成，半天却通不过。遇素琴像是特别羞愧，笑道，我这支付宝上没绑银行卡。小伙子说，没事，没事，还是送你一个小礼品。她打开一看，是一辆玫红色的公交车模型。遇素琴说，这怎么好意思？小伙子说，拿上吧，大娘，不值几个钱。遇素琴像丢了魂一样，连道几声谢谢，这才往前缓步走去。都走到了北中环，遇素琴还是会扭头，好像那个在大街上卖pos机的小伙子就跟在后面。好像她在他身上看到了曾经的自己，有那么些冲动，神经质的焦虑，好像只要努力，甭管是不是日复一日的重复，总有意义。问题是，大太阳底下，路面晒得焦烫，行驶的汽车看不到呆滞的他，来来往往的路人像是躲避瘟神似的绕着他。他对这庞然大物，洪水猛兽般的城市说尽了好话，却仍然拿这个世界毫无办法。

十

胖的问：最近又去哪里耍了？

瘦的答：去了趟新西兰。

胖的说：你这可以。退休了满世界跑。

瘦的说：跟团，也花费不了几个钱。再说，黄土都埋在脖子上了，还守在家里跟子女置气？

胖的见问瘦的提着一兜菜，又问：家门口没菜？还跑这来远去买山药蛋。

瘦的说：在家也没事，出来坐公交就当散心。看见便宜，就买了。

胖的问：你这也忒节省。老田呢？

瘦的说：早他妈死毬啦。

胖的也笑起来：没想着再寻一个伴？

瘦的说：快别。再找一个老不死的，伺候他？我有毛病啊我。再说，即便想找，姑娘儿子能同意？还能过几天安生日子？快别起心动念，给自个儿找麻烦。

遇素琴回家就和郑燕平说起公交车上这一幕，郑燕平笑道，阿姨有心，每回出门坐公车都能碰到有意思的事。遇素琴也笑，好像羡慕这些城里人，年纪这来大了还能满世界跑，还是城里人会活。过了会儿，像是想不明白，又说，攒下钱来，就为出门耍一趟，回到家对自己也太狠了，成天就是土豆白菜，活着图个甚？还有那个瘦了吧唧的老太太对待男人的态度，好像也简直不敢想象。遇素琴叹了一回气，又掏自己的包，说傅孝贵发神经买了辆玩具车，孙子都十一二岁了，还害这玩意儿？留给小狗吧。郑燕平笑道，这怎么好意思，却又没有明显拒绝。顺嘴又问了句没什么事吧，不要紧吧？遇素琴含混说了几句，见他们也只是随便一问，这才歇心。吴玉兰收拾桌子，顺手把玩具放到了酒柜上。吃饭时候还看了一眼，说，这玩意儿摆在台面上还挺好看的。

遇素琴给孩子换尿布，见小孩屁沟变红，喊天叫地，让张利群赶快去药店买紫草，说是用香油泡上，洗澡了就抹，保管几天就好。郑燕平扭头看吴玉兰，说道，就这我妈还不让我请月嫂。你来洗尿布，一天做六顿饭试试？遇素琴听了就笑，说老人都是心疼孩子，怕纸尿裤捂着孩子。郑燕平说，我还不知道我妈？她就是心疼钱。吴玉兰说，这闺女真是，你们小时候不都是穿尿布？不也过来了？遇素琴笑道，那时候是没办法。从前带孩子谁经过专门培训？尿了屙了，邋里邋遢，哪可能时时换洗，由着小孩哭。现在孩子不一样了，都是宝贝，讲求科学喂养。吴玉兰再不言语，只是端着盆去洗尿布。

在郑燕平的描述里，遇素琴走的这几天，家里全乱套了。吴玉兰给孩子洗澡，小家伙可能是被她们的笨手笨脚弄得不舒服，一夜醒四五回，郑燕平连个囫囵觉也没睡好。郑燕平还纳闷，月嫂两天不在，家里顿时好像少了什么。和张利群一聊，两人感觉相近。张利群像是琢磨半天，才想起一句，是不是少了她唱的歌？说着便哼，爸爸总是对我说，妈妈不爱我。他们不明白，爱是什么。郑燕平就笑，什么鬼，看你记的词，暴露你黑暗的内心了吧？吴玉兰甩了下头发，试着唱诵几句，也是荒腔走板，歌不成歌，调不成调。

不光是会不会唱什么歌，吴玉兰甚至开始感觉头晕。小孩拉了，去端水。听见厨房热水壶响，又忙去关火。给小孩洗完衣裤，上得楼来，见地下尽是水渍，捡起湿巾纸擦地板。擦完，又直起腰，问，我上来到底想干甚呢？上楼还记着，进门就忘了。郑燕平说，妈你歇歇吧，把孩子看好就差不多，其他事情还有做完的时候？吴玉兰说，眼里就见不得乱七八糟，东西有了秩序，心里才踏实。郑燕平说，我还不知道你，你就是嫌那张纸小孩擦了屁股扔了可惜，还要完全利用。张利群在旁边笑，妈歇歇吧，等到孩子满月，月嫂一走，可有忙的时候。吴玉兰说，这两天素琴不在，不也打兑得差不多？郑燕平说，我妈就是嘴硬。可别到时候又喊，咋浑身这来不得劲。

尽管郑燕平说遇素琴走的这几天，人人都张皇得不成样子，遇素琴回来却也见没什么变化。她掏出工作日志记录，要张利群一一补签。什么时候喂奶，孩子体温变化，大小便情况，当时没顾上填，事后补记，她也只是估摸个大概。张利群好像被形式主义的事情折磨惯了，知道她留下这些印痕，是好和公司交差，也没多说话。

孩子不知怎么这两天尤其爱打嗝，遇素琴把孩子递给郑燕平，你给喂口奶。张利群见小孩嗝声不停，着急在网上搜解决办法。遇素琴笑道，谁家小孩也这样。上回在子慧家，他们大人小孩也是天一通地一通的，根本不避人。吴玉兰拍着小孩，说，打嗝放屁，天经地义。郑燕平笑道，原来这就是嗝屁嗝屁。

话音未落，遇素琴像是噎着了，也连嗝几下。她笑道，莫不是我给小孩传染上了？张利群本来在看手机，这回不知怎么听得脸色一变，认真看了遇素琴一眼。遇素琴笑说，这两天在南十方吃饭也将就，冷馒头就白开水也是一餐，吃东西不合适就容易肚子胀。张利群放下手机，哪天我带您去医院做个检查。遇素琴笑了笑，不说话。

见遇素琴不接话茬，想着可能还是怕花钱，张利群也就没再吭气。郑燕平又给张利群看一个新闻，一个三十二岁的女人，为了躲避追债，在月子中心住了两个月。前门还是被追债的堵住，她丢下刚满月的孩子只身爬窗户逃了出来。被逼无奈，竟拉着老母亲和男人，跑到华山去跳崖自杀。都是做母亲的，她怎么就狠得下心？张利群说，你要是有三亿债务，也会发疯的。说完又惊叹，她到底是干什么的，说是她银行卡上流水有九十亿。

听见俩人说起POS机套现，遇素琴还问了半天。郑燕平笑道，阿姨还有好奇心，碰到新鲜东西还爱学习，不像我妈，手机开关机，每回都要教半天。遇素琴又问了问POS机的税率，郑燕平解释了一阵。遇素琴说，这个好，以后差钱了，也不用去贷款，直接刷POS机提现，省得看人眼色。郑燕平听见里面好像有故事，又接着打问。遇素琴说，我没搞过传销，不过知道身上要是背负那么多债务，还活个什么劲？还不如一了百了。遇素琴这么一说，郑燕平、张利群才知道她早年也是欠过高利贷，被人追过债的。

毒牛奶事件前两年，儿子谈个了对象，别的要求没提，就说县里得有套房。遇素琴、傅孝贵两口子，能有多少钱？戳下窟窿当眼睛，总算把媳妇娶了，欠下人的钱总得还啊。又东借西凑，买了二十八头奶牛。要是事情顺当，三两年不光能还完债，还能给孙子攒几个。结果人算不如天算，买回来才六个月，就赶上石家庄三聚氰胺事件，奶站两年不收奶，一下就赔了三十多万。奶牛不挤奶，结果全被感染，病死不少。那时候还供着学，女儿才读高二。当时也是胆子大，见别人挣钱，就到处借。都是朋友弟兄，相好的，给你凑，给你拿。第二年人家娶媳妇的要钱，盖房的也来要钱，没办法，只好贷高利贷。前几年，塌下的饥荒就没数儿，别人来要就给，拆东墙补西墙，再想着寻人去借钱，谁借你？看见你还躲着走。身上没钱，到小卖部想赊半斤肉，等半个钟头，人都装作没看见你。都是乡里乡亲的，咱脸还是个脸，不就是吃个肉嘛，不吃也不会死。从那以后，看见肉就想起那回是怎么被人看轻的，心里也起誓，没把账还完之前，不吃一口肉。干一个月，公司结算了，就直接还给别人。这十来年也不知道怎么过来的。去年之前，你要问我还有多少外债，我不清楚，去年丰收年，挣了十来万，打了八万饥荒，又花一万让傅孝贵买了辆拖拉机。他作务果园，一年也有大几万。今年又干了小半年月嫂，我知道确切数字了，还剩十三万。

说完这一截，像是为了声明自己也不是多么与众不同，遇素琴又讲了一个故事。一个亲戚得了癌症，临死之前，也不化疗了，每天坐在院子里写账单，欠过别人几十块钱，都一一回忆。他知道自己马上就要死了，儿女们都在给他准备老衣，想着请哪里的道士先生，只有他每天坐在院子里写谁帮过他。遇素琴一句赶一句说了一大篇，就是一个意思，动不动就跳悬崖，还是太自私。他们的孩子将来怎么活人?

遇素琴本没打算提起这些过往，等到话题收束不住，免不了把能为脸面增光的细节多说几句。给人一种印象，别看她现在这个处境，到底和一般伺候人的不同。只是说完，遇素琴也暗暗心惊，干吗和她们反复强调这些？仅仅是因为这一家人对她明里一套暗地里又是一套?

“好汉不提当年勇，我真是老了。”

十一

郑燕平脸色不太好看，意思是她每天奶孩子累得腰酸背疼，他倒好，四仰八叉地，得空就往沙发上一瘫，跟个大爷似的。到底是谁在坐月子？张利群就笑，说我这是在学习呢，在微信读书上看《精英主义的陷阱》。又和郑燕平聊起如何教育孩子，只是感慨，可得从一两岁就要注意教育，让孩子懂得自信，自律，开明。又说，有能力的都在投资教育。遇素琴在旁听见，笑道，钱是死宝，人是活宝。道理都明白，不过听你们说起教育娃娃，还是吓人。乡下孩子只怕一辈子也撵不上。郑燕平说，可不是，这么一算，父母注重教育的，等到孩子十七八岁，起码比放养的要多五千个小时训练时间。遇素琴说，有什么办法？你抱怨世界不公平吧，你想做事发财，也没人拦着你。像我两个孙子，前些年儿子儿媳都在麦城打工，让傅孝贵看着。他没文化，眼睛还差，每回问孩子作业做完没，孩子说都做完啦。至于做没做完，做没做对，也就这么一句话。问这么一句，就算尽到了监督责任。其他时间孩子看电视，他还要跟孩子争抢遥控器。要不就是一群孩子围在一起打游戏。你说说，都在这个世界上活着，你们上英语培训班、钢琴课，得空了还要去什么博物馆，听音乐会，我孙子这样的孩子，别说这辈子撵不上，下辈子，下下辈子也甭想。郑燕平笑道，阿姨听你这么一讲，我都焦虑了。别人一路上私立，上重点，我们怎么办？这哪里是生了个孩子，明明就是自己给自己制造了个大麻烦。张利群笑道，这话说得，可别给自己太大压力，大人不正常，弄得孩子跟着神经紧张。孩子能不能念成书，都是命。郑燕平说，这话我不爱听。你不努力，不想着给孩子提供个好的环境，还尽说些玄乎的糊弄人。张利群说，平常心，平常心。遇素琴也说，就是，糊涂一点儿也好。人活一世，草木一秋，就是图个自在，成天比来比去，还活不活人？

正说得起兴，遇素琴嘴角一咧，捂着左腹，半天不再言语。郑燕平问，阿姨怎么啦？遇素琴笑道，老胃病又犯了。郑燕平说，阿姨可别大意。遇素琴笑道，农村人还，这点病，不怕。张利群笑道，阿姨说话和我妈一模一样，有个三病两痛，都是忍着。要么，就大把大把吃去痛片。遇素琴道，我们到了年纪了。吴玉兰也说，就是，年龄大的过，没绝月经前，我身体一点儿问题都没有。现在不知道怎么了，不是这里不对，就是那里不舒服，感觉身上各个部件都在造反似的。张利群道，胃病不一样，肠胃不好，身体负担就大。反正这几天我爸我妈都在，人手多，要不你抽空去三院做个胃镜，花不了几个钱。郑燕平也劝道，就是，孩子一天天大了，正好让我妈再练练手，有什么不会的，也好趁你在，问问你。遇素琴说，那怎么好意思。见遇素琴固执，郑燕平又和王亚楠在微信上说半天，让她劝一劝。遇素琴听了，说公司有规定，我没做完这一单，就算是违约。王亚楠劈头就是几句，钱重要，还是身体重要？身体不好，怎么继续做月嫂？做不成月嫂了，你两个孙子上学谁供？你好赖算是有文化的，怎么这点账还算不过来？遇素琴倒不是担心去医院，只是怕给主家添麻烦。王亚楠听了，说，放心去吧，都是自己人。可能是被王亚楠说动了，到了晚间，遇素琴才和郑燕平说，那就按约好的，我明天去趟医院，加上之前走的两天，再补三天工。郑燕平说，阿姨这话说到哪里去了？不差这一天半天。你来一回麦城也不容易。说完，拿起手机，给遇素琴预约了个主任医师。

第二天，张利群把遇素琴送到医院，让她等着，听见叫名字就进去。号排到前面，却也一直不叫她。遇素琴还纳闷，怎么来得这么早，一直轮不到她？又跑到导诊台问，护士埋头填着单子，说轮到了自然会喊。张利群去了趟单位，磨到快下班，估摸着遇素琴做完了检查，才打电话，却也没人接。又问郑燕平，说是还没回家。只听吴玉兰说，这个素琴，不会是走丢了吧？一下提醒张利群，几乎是快跑着到了医院。爬到三楼消化科，大厅里没几个人，往里面扫了一眼，却见遇素琴在走廊尽头喊，利群利群。

一问才知道管子一插到喉管，她就想吐。张利群说上午做不成了，下午补点钱，做无痛胃镜吧。遇素琴说，不做了，不做了，耽搁你一上午。本来没什么事，结果被这塑料管子搅和了一回，嘴里老有一股怪味，不知道是铁锈味还是臭鸡蛋味，肯定是某个地方开始烂了。因为自己这点问题，害得张利群跑前忙后，她实在羞愧。只是不停唠叨，说是在大城市生活，没点关系还真是寸步难行。张利群却是锁着眉头，在旁边走着，说这怎么能行，钱都交了。遇素琴几乎像是在哀求，不用做胃镜啦，人本来就是要死的，这来大年龄，还能没有问题？张利群拿着护士退回来的检验单子，却见上面盖着一行猩红大字：TPPA阳性。他拿起手机百度了下。他再次看了看遇素琴，试图确认她知不知道自己的检查结果。遇素琴仍是一脸歉意。张利群说，阿姨，血液检测出了点问题，不行下午再来，补点钱，做个无痛。听说还要交钱，遇素琴说，快不要再折腾了，要检查，等我回去，到县里找个熟人，从从容容做。张利群见遇素琴决绝，也就没再多劝。

从门诊楼里出来，阳光晃了下眼睛，俩人很快到了高楼的阴影底下。正是夏初天气，太阳好像早把街面晒得枯干，灰褐色的地面尽是痰迹。街上人来人往，一切都和每一天的样子差不多。遇素琴像是被戳破气的皮球，半天不知道该说什么。大街上人来人往，遇素琴却什么也听不见，什么也看不见，心快跳到嗓子口，摁也摁不住。她说，我的血液怎么会出问题？不应该啊。见张利群不说话，遇素琴说，我们做月嫂的，公司都要组织我们定期体检。我还有健康证。回去我就拿给你们看。张利群说，阿姨不用。遇素琴还在念叨，怎么可能呢？不应该啊。两个人都没想到打车，也没准备去挤公交车，只是一路暴走。张利群没有说话。遇素琴说，利群，我真不是有意隐瞒。张利群说，我知道。仍是不多话，只是拿着手机在百度上搜索。遇素琴抢前两步，和张利群并行了，又说，对不起，利群，我没文化，真不知道自己还得过这些病，给你们添麻烦了。张利群愣了一下，他本来想着这话题晦气，不想再多谈一句，没料到遇素琴会如此大大方方谈论，好像要穷究到底。见张利群不说话，又说，不行，我一会儿收拾东西就走。工资按天算，公司那边我赔，不算你们违约。遇素琴还待解释，张利群却像是听得心惊肉跳，只是低声说，阿姨，别说了。他低头看着手机，又是半天没有说话。遇素琴说，利群，我真是后悔死了。先前我就没想到要来麦城，公司非要派我，结果害了你们。张利群说，阿姨你不要这么讲。遇素琴说，我早就不想做了，我还是去做老师，教她们怎么护理孩子，都和公司的唐姐说好了。见张利群不说话，遇素琴又弱弱地补充了一句，利群，我从来没求过人，这回阿姨就求你一回，我体检出问题的事，千万不要和王亚楠书记说，要是传回柏叶底，传回黄土镇，公司要知道我还有这病，只怕我——我两个孙子才上六年级……天老爷，以后怎么办？张利群扭头看了眼遇素琴，好像在掂量她话里的意思，过了半晌，才说，阿姨，我在网上查了，你是过去感染过，问题不大的，没有想象的那么可怕。我也没吓着，就怕有些人不知底细，突然知道了反而找你的不是，以后你小心就是了。遇素琴双嘴紧抿，连连点头。到了幸福花园楼下，张利群说，阿姨，今天检查的事到此为止，要是燕平问起来，咱就说实话，受不了插管子做胃镜。其他不必多讲。遇素琴说好好好，好像完全听明白了张利群的意思。

回到家里，孩子哭闹，张利群就笑着骂，小狗东西，好言好语待你，你不配合，就知道哭哭哭，找你娘去。说着便往郑燕平身上推。郑燕平就笑，这么快就受不了了？我天天不是这么过来的？还爱是恒久忍耐。听见两口子斗嘴，遇素琴想抱，郑燕平说，阿姨你歇歇，我来吧。遇素琴感觉突然被架空了，好像待在这个家里一无是处。她像犯了瘾症似的，游荡到楼下客厅，看见脱下的脏衣服，还是顺手放进了洗衣机。洗衣机单调地转着，她在沙发上坐了一会儿。可能是折腾了一上午，身心疲惫，很快就沉沉睡去。张利群下楼，听见呼噜声，扫了一眼，看见她平素紧绷的脸上，好像彻底放松，嘴角还流着口水。张利群好像被遇素琴衰老的样子吓着了，喉咙一阵发紧，下楼要干什么也忘了。像是怕吵醒遇素琴，又缓步退了回去。

晚上遇素琴做饭安安静静地，连油烟机也忘了开，炒完菜出来，满头大汗。郑燕平叫遇素琴也赶快吃，趁孩子睡着。遇素琴说，我不着急。面发好了，我先把这锅馒头蒸了。从厨房出来，又去洗奶瓶。孩子睡得不踏实，哭闹不止，遇素琴又放下奶瓶去拍孩子。结果忘了厨房还烧着一锅水，馒头都快烧煳了。吴玉兰就和郑燕平嘀咕，说月嫂年纪到底大了，做事有前手没后手，别再雇了，时间再耗长些，指不定出怎样的乱子。郑燕平说，人家忘关一回火，你就这么一大篇闲话。

生怕母女俩又大声争起来，张利群忙插话问郑燕平，这款吸尘器怎么样？他的意思是，过几个月，孩子大些，就能到处爬了，得把家里打扫得干净些。他在网易严选上看了款吸尘器。郑燕平说，什么都是网易严选，你看看你买回来的那堆破烂衣服，眼光真是不行。张利群没想到好意当和事佬，倒挨一顿挖苦，鼻子就哼出一句，就你眼光好，你看你挑了个什么样的月嫂。郑燕平说，我挑的月嫂怎么啦？每天给你好吃好喝的伺候上，你当了一个月大爷，还尽是说道。张利群一脸鄙夷，反正等孩子满月了，你和小狗都去医院做个全方位体检。郑燕平说，婚检都没做，这个时候想起来了？你老实交代，是不是背着我做了对不起我的事？张利群说，能不能正经聊天。他看了眼郑燕平，想说什么，嚅动了半天，好像生怕接下来的话过于吓人，压低声音道，今天体检，遇素琴查出TPPA阳性。郑燕平等着听下一句，张利群却把手机递过来，说，你自己看。郑燕平边看边喊了句我的天，不会吧。又一脸紧张地问，怎么办？孩子不会被传染吧？张利群说，她只是过去感染过，现在又没有。好像因为遇素琴随身携带着病毒，连带她过去的种种行为都露出了马脚。郑燕平道，先别和我妈说，要不然以她那脑子，指不定又说出怎样不合适的话。张利群说，我知道。过些天你们都去抽个血，没事更好，趁早都打上疫苗。

吴玉兰本来在另一个房间和人视频，出来听见一句没头没脑的话，就和张利群说，这个素琴，怎么这两天做起事情颠三倒四，不会是因为合同到期，没了耐心吧？那种细细碎碎的声响隔着房门不依不饶渗到卧室。郑燕平听得烦躁，大喊一声，还有完没完了？吴玉兰不知道郑燕平为什么发火，倒是见姑娘像是点爆了，没再辩论，不过嘴里仍是没停，这闺女，真是的，我还能害了你？不也都是为了孩子？郑燕平说，为孩子就为孩子，你怎么就不愿意在别人身上看见一点儿好东西？

家里这才安静下来。遇素琴在楼梯口坐了会儿，好像只有这样才能缓过气来。客厅的窗户敞开，吹来阵阵土腥味。窗外的北沙河突然暴涨，黑色水面闪着寒光。积水路口有几辆汽车在犹豫，其中一辆往水洼中开了开，突然熄了火。后面的车辆陆续掉头。遇素琴在黑暗中站了一阵，这才掏出手机回傅孝贵的微信。她轻声细语地说着话，生怕吵醒熟睡的婴儿。

十二

算了半天人数，郑燕平说人多，要不干脆去饭店订一桌。吴玉兰说，加上利群爸妈，总共也就十来个人，家里坐不下？遇素琴笑道，主要孩子还小，你也没出月子，家里吃热闹。我准备准备，炖个猪蹄，蒸条鲑鱼，烩碗土豆粉条，炒俩青菜，再调个藕片，焖上大米，也快。每天闲话，眼看日子也快到了。郑燕平又收拾一包苹果、零食，准备到时候给遇素琴。还问张利群，明天素琴肯定会给小孩红包，早先子慧孩子满月她还说给了二百，怎么办？张利群说，这个便宜可别占，你先把红包放在袋子里，等她上了火车再和她微信讲。

满月这天，王亚楠微信上发来红包，见郑燕平半天不收，又发过来视频，我这个当干妈的不负责，说是要赶回麦城看看我干儿子，结果遇上县里脱贫摘帽，天天开会压实责任，实在脱不开身。快把红包领了。郑燕平还待客气，王亚楠却不容她多话。王亚楠又问，我们村的遇阿姨干得怎么样？郑燕平脸上肌肉抖动了一下，好像不知该如何反应。见遇素琴系着围裙出来，连声答道，好，当然好。又把手机调成免提，我可是从阿姨身上学到不少。王亚楠笑道，别看人五十好几了，可是个精干人。家里男人病歪歪的，合家大小六七张嘴，吃穿用度，全凭她一人上下扑腾。听见人夸奖，虽是隔着电话，遇素琴还是不好意思，远远接过一句，这二年，全靠王书记帮衬，有甚好事都能照顾到咱。要不然再多给我两只手，也敷衍不过来。几个人说了半天家常，遇素琴又站起来去了厨房。

摆好供品，又把爷爷奶奶姥爷姥姥给的红包、做的花馍摆放规整，合家老少七八口在遇素琴的引导下，烧香磕头。仪式完毕，张利群问遇素琴能不能把香蜡纸烛拿到外面，免得熏着孩子？说完忙把正燃的香、三色纸，撮到袋子里，移到楼道烧透。遇素琴跟了出来，让张利群烧完，把香灰装好再扔到附近十字路口。又蹲下来，在没燃完的三色纸前画了个圈，念念有词。张利群就听清张府堂上郑府堂上子孙平安几句，扔完香灰，路上还想问问遇素琴具体封存的都是什么话，上楼倒忘了。

眼看快三点，遇素琴拖出箱子，一样一样检点。郑燕平说，阿姨快不要打开看了，你自己的东西不要落下就好。临出门，郑燕平想起这一两个月朝夕相处，简直是二十四小时一起战斗，马上要分开，不免难过。郑燕平一哭，遇素琴也抱着哭，说是孩子长得真亲，以后回平阳了说一声，她这个当奶奶的，要多走动走动，看看孩子。郑有德一边逗孩子，一边点头，都在岳阳山里，也算是边邻处近，以后多走动。吴玉兰见闺女哭，也掉了一通眼泪。下得楼来，遇素琴鼻子还齉齉的，擤了半天。

火车半道上停了下来，青石板写着“义安”，站起来扭脖子看了看，不远处有些人家，房子挨着房子，密密匝匝地纠缠在一起。好些人都立在窗前，像是在看什么。一个男人戴着红袖章站在不远处。脏灰的天空突然漏出一小片阳光。

提着大包小包的人上上下下，她在想下一站他们会去往哪里？火车穿山越洞，无人的野外一片青灰，塬上的柏树孤苦伶仃，山洼里房子的窟窿像龇着一张张黑嘴。偶尔会见到一条河，河边的枝枝杈杈里尽是塑料袋。倒退的景致好像永无尽头。这些每日可能都见得到的景象，她从没像现在这般认真看过。她眯缝着眼睛，恨不能记住现在，记住此时此刻。

下车时天色已经晚了，她回头看了看来时的方向，遥远天际横亘着高矮不一样的楼房。闪烁的灯光简直不像是她生活的人间，周围仍是人声嘈杂，她只是深一脚浅一脚地径直向前。她到底在黑暗深处看见了广告招牌。那是她熟悉的地方，小旅店，一晚上才要二十块钱，交了钱，进了房间，才发现门竟然无法反锁。

快十点，吴玉兰发过来视频，素琴，到家了吧？语气就像亲近的姐妹。又说，这些天要真有什么不愉快，也都是为了孩子，不要放在心上。遇素琴见人如此和她掏心窝子，一时没反应过来。她笑着回了几句，吴玉兰半天也不应答。只听见那头吴玉兰喊郑燕平，手机老卡，是不是网又断了？遇素琴说，我能听见啊。吴玉兰还是没接话。视频画面停在黑暗里，声音却清清楚楚。好像是张利群在问，桌上几块面包多会儿买的，过没过保质期？郑燕平说，什么买的？拿的素琴的，我妈那点水平，还不如素琴大气，甚也看在眼里。吴玉兰说，随便吃一口吧，今天懒怠，不愿动了，我问问素琴怎么蒸枣馍，明天也换个花样。

只听见吴玉兰又说，这女的是真能干，她要是能记路，不定能干成甚。你没听她说，和人打赌，为别人请她吃一碗烩面，硬吃了八碗。做起事来，那种杀伐决断，也着实吓人。老天也是见她太能干了，没给她方向感。郑燕平说，她还要什么机会啊，弄出一身病来。吴玉兰说，这闺女真是，我就不信你没有不老的时候。郑燕平说，算了算了，说了你也不懂。

过了会儿，吴玉兰好像才想起还在和遇素琴通话，喂了几句，见没回应，挂断，又拿起手机向遇素琴发语音咨询。遇素琴正在小旅店里移床，想顶住门。又把洗脸盆和能移动的东西，全堆到门口。等到空出手来，才给吴玉兰回复，说是到家了，邻居媳妇子奶堵了，正帮着推奶。好些话顺口就来了，好像只有把自己说得很忙，有事情做，她有的是被人需要，才不会把刚刚遭遇的不愉快放在心底。遇素琴说得那么大声，感觉房子里有好几个人。等到和手机里不多的几个人都说了一遍话，她这才半卧在床头，一只手搭在拉杆箱上。

胸口像是压了块石头，怎么喊叫，指望有人推她一把，就是醒不过来。她啊啊喊叫着，燕平燕平。双手还乱抓。一个画面跳转到另一个画面。刚刚受完惊吓，却又坠到了另一个梦里。还是坐在车上。一火车人，都是她认识的，明明都死了，竟又聚到了一起。她倒也不害怕。每一个人都是漠然地看着她。喊了半天，也无人应答，也就坐正了，继续看向窗外。她摸了有些僵硬的胳膊，不太灵活的双腿，又试图去触摸玻璃里那张疲惫的脸。她不知怎么就想起最初嫁到柏叶底时的情形。那时她还像所有的少女一样，还心存幻想。等到辛辛苦苦大半辈子，腰弯了，眼珠子混浊了，却想不起最初的幻想是什么了。车厢里泡面的味道浓郁起来。她想起这些年孤身一人，闲时揉揉捏捏，也吃过几顿好面，忙起来，方便面，冷馒头就自来水，也是一餐。她倒没有操心渐渐糜烂的胃，只是暗暗骇异，就她这么一副身体，竟然可以走过那么远的地方。还没有走丢。她换了个更舒服的姿势，和旁边就着花生米喝啤酒的男人开始有一搭没一搭地说着闲话。好像只要火车还在往前开，她就完全不用操心接下来的事情。

要不是半夜被推门的声音惊醒，她应该睡得无比踏实。遇素琴问，谁？门外的人好像因为她把门顶住了无比愤怒，说，把门打开，还要歇几个客人。她理论了几句。门外的人见说不过，嘟囔了几句，又去推旁边的门。遇素琴却再也睡不着了。她再次摸了摸胸口，好像还有什么鬼压得她喘不过气来。怎么净做这些晦气的梦？她暗暗念了遍咒语，又在额头上下比画了一下。张开嘴啊了一声，尽管没有发出声音，感觉只要一直张着黑洞洞的嘴，就能在这暗夜里保持清醒。

单枪匹马

DAN QIANG PI MA

一

过了野山关，被吵醒的田梦雨还在咂摸刚刚做过的梦。

梦里头人都在往前挤，上火车的人太多了，塑料小板凳差点被挤扁。想到板凳，她下意识扫了眼半露在座位下的拉杆箱，箱子掉得只剩下一个轮子，箱身裹了几圈胶带，仍是稳稳当当地横在众人眼皮子底下。旁边几个人站着，挤在那里看人打牌，时不时发出一声尖叫。田梦雨又看了眼窗外，山腰上这里一座房，那里两座屋，补丁一样嵌在含混不明的陡坡上。下火车后，再找客运站，转车，等到车子离县城越来越近，她好像还是没反应过来，还是觉得回去的路怎么这么远。

田梦雨站起来，想从拉杆箱里拿几个橘子，却看见旁边的人为几张牌吆喝得脸红脖子粗。她靠近看了会儿。这些打工的人，真是把钱不当钱。一个个，像是中了邪，输完了，眼皮都不眨，直喊人再给他拿一点儿，好像旁边就是银行。田梦雨不是没打过牌，只是这种玩法太刺激了。看了半天，发现赢点钱要比缝衣服钉扣子容易多了。打工一年能挣几千？几把牌，不过是十几分钟，比打工一年赚得还多。这有多难呢，就那么三张牌，没翻开之前，拼的全是胆量和运气。旁边的人说，光看有什么劲，得自己玩，才刺激。她可不想追求什么刺激。不过见对方没有恶意，穿得和她一样普普通通，不像什么骗子，咽了口唾沫，没有吭声。她看到后头，到底是没忍住。

“下一把，下一把，给我也发一副。”

头两把牌她下的注并不大，也没敢一直押，怎么能不看底牌就瞎赌呢，她才没那么傻。许是见她牌翻得早，也许是不知道她的底细，一个个，不再像先前那么疯，谨慎了。众人慢慢磨开牌，叹气，嘴里还骂，好像是完全想不到会败给一个新手。田梦雨站起来发牌，还不太好意思。发完了，汽车一个急刹，差点把她甩出去。靠在座位上太不安全，她搬出拉杆箱，一屁股坐了上去。旁边的人就说，你倒是讲究，打个牌还把自己搞得这么舒服。田梦雨还是没说话，每一把对她来说都是关键，她可不想因为和人说笑而分神。但不管她如何专注，接下来的几把牌，还是输了。她的牌面并不小，没想到还会碰到比她更大的，邪门了。口袋里就剩下几块零钱，她又从别人手里借了五百，说是下了车就还。五百全押完了，上家下家还是不开牌。田梦雨眼里冒着绿火。这不是明摆着欺负人吗？难道认准了她就是个没钱的人？她拽出屁股下的拉杆箱，像是带着愤怒，扯了半天也没弄断胶带。旁边的人说，干吗和一个箱子赌气？又有人说，她这是要掏大钱准备大干一场呢。有人递过来一把小刀，她三两下割断了，掏出丝棉被。有人起哄，说，别人输得裤衩都没了，你却是准备把被子都输掉。什么宝贝啊，值当大老远从广东背回来？田梦雨也不说话，从被子的一角掏出了一摞钱。看到田梦雨气鼓鼓的样子，周围的人说话声音更大了，说他有回走了背时运，就是把钱藏在裤裆里也被人摸走了。听的人一片哄笑。他说了半天，就是夸田梦雨胆大心细。人人都把钱藏在身上，谁会看得上一个轮子都快掉光的破拉杆箱呢？

田梦雨搓了搓手，手心里一直在冒汗。再后来，她一心想的就是怎么把输掉的钱赢回来。旁边看的人还在说着闲话，说赌这种牌和技巧毫无关系，拼的完全是实力，谁的钱多，谁最后就赢定了。输一把，田梦雨想的不是几百块钱，而是自己越来越麻木的腰。年复一年，她坐在缝纫机旁，不停钉扣，锁眼。她感觉一切都轻飘飘的，像是在做梦。

顶着大太阳到了县一中门口，门卫问她找谁。田梦雨说她是田子秀的妈，来给她送点生活费。保安说，还没到放学时间，你在外面等等。她拖了拖拉杆箱，又往阴凉处靠了靠。她坐在拉杆箱上，想着到时候怎么和女儿解释。出门打工挣不挣得上钱，完全是命，能不能把钱安全带回来，靠的更是运气。女儿当然知道，前些年每年回家，她不都把一路上的遭遇和家人讲一遍吗？每讲一遍，听的人就跟着叹气，说挣两个钱真是不容易。打工回家的经历，简直就像是沿着布鲁克斯河溯流而上的大西洋鲑鱼，不管棕熊如何猎杀，仍是拼尽全力回到产卵地。即便被抢被骗了，年一过完，还是东拼西借，凑够路费赶车。这些年来，田梦雨庆幸自己运气还不错，别人这个说坐车被抢了，那个说坐车被人拐了，她却一次也没有碰到。只是这回该和女儿怎么说？她摸了摸身上的口袋，就剩几块钱了。给女儿买的表倒是还在，一块表花了她半个月的工资。女儿上学这些年，她隔一段时间就写信，每回信里都夹一百块钱。她很少收到女儿的信，应该不是田子秀没写信，而是她跳厂太多。也许就在她刚跳完厂，女儿的信就来了。她想着那些永远没有收到的信，不免更加愧疚。对了，就和女儿说，有人下车拿错了箱子。

从天远地远的广东回家，一千四五百公里，上车下车的人那么多，谁没个糊涂的时候？一想到自己的钱不是被人合伙骗了，而是让人错拿了，田梦雨好像又好受了些。

等到学生走完，她拉着只剩一个轮子的拉杆箱走进女生宿舍，打听到女儿所在的班级，问田子秀住在哪一间宿舍。被问的人还想了想，路过的人听见了，说，田子秀啊，这个学期就没来报名。田梦雨觉得这个孩子在开玩笑，又问了好几个孩子，终于确认，她的女儿田子秀早就不读书了。田子秀不读书了，竟然都不和她说一声，到底还是不是她亲生的？她扛着拉杆箱快步走着，越想越生气。等到逃出学校，她才像是彻底松了口气，不知道是不是不再担心给女儿解释，还是以后再不用费劲攒钱给她了。

她又往渔川的方向走了一截，天色完全黑了下来。好在是夏天，月色照着路面，时不时看见缓缓蠕动的长蛇。公路两旁的房子里传来人说话的声音和狗的叫声，然后是一片又一片更大的黑暗。她知道周围的异常不过是风声和动物夜游带出来的响动。她的双腿肌肉还是发酸，胸口像是挂了口风箱。翻过东门关，渔川应该就不远了。她想象着山边都是熟悉的景象，没有出门打工之前，夏天去八大公山扯鱼腥草，一天一个来回，百八十斤背在身上，到屋了还要剁洋芋喂猪。冬天，天没亮就要去界上背炭，挑到镇上卖了，连饭都舍不得吃。她想不明白从前她为什么有那么大的劲头，现在呢，怪石乱山硌得脚底板生疼，黑洞洞的路途像是永远没有尽头。她想起生完田子秀的第二年，乡政府的人把她捉去结扎。她什么都不懂，刚动完手术，别人还躺在床上哼哼哈哈地养着，就她放心不了屋里，怕人喂不好她的猪。还没走出东门关，就碰到一个疯子，吓得她飞步奔跑。当时没觉得哪里不舒服，过了两年，毛病全出来了。一到阴雨天，大腿根处的骨头就痛，她停下来，揉了揉发酸的大腿。这么多年都没回去了，难道这回就能把问题解决?

她大着胆子又坚持走了一截。山色影影绰绰，路边河水声响不停，身后像是有收脚板皮的回声。回家的路不知道还有多远，她屏住一口气，掉头回了县城。

就在风雨桥上凑合了大半夜。一晚上也没敢睡，迷迷糊糊听见河水的流动，她都会时不时地被惊醒一下。出门多年，在机台边不停伸腰弯腰，浑身累瘫，黑夜里都有安慰自己的理由，因为老家还有个女儿。而现在，等到真的到了老家，整个身体都泡在了武陵山的空气中时，她却找不到目标了。她整个人还是绷得紧紧的，像是一旦遇到危险，就会随时准备逃走。

在沟渠边探头探脑的老鼠，好像闻到了危险的气息，掉转头又跑回洞里，就连动物终其一生，都在努力打洞，寻找归宿。她呢？她这是要干什么？要到哪里去？活着就只是为了有个窝，繁衍子孙？她心窝子一阵比一阵难受，不知道是着了凉，还是吃坏了，不停地犯恶心。只是这些荒唐的想法并没有停留多久。她饿了，看见旁边的垃圾桶，手伸进去半天，却也只翻捞出来几个矿泉水瓶子。正是九月，河岸边的柑橘露出星星点点金黄。她捂着紧缩的胃，背着一串塑料瓶子，拖着拉杆箱，深一脚浅一脚，向河对岸晃去。

二

出发前，郑安奎想法特别多。

闷头骑了七八百公里，脑子里的怪念头消失了，也不是消失，是一心往前的念头占了上风。那些规划和目标，每天得到什么地方，不再像从前那样折磨他了。

骑到客运站，前叉竟然断了。他一边等着师傅修车子，一边东张西望。那个拉客的中年妇女好像比他还闲，逢人就问，妹子，住宿不？带热水，单间，一个晚上二十。无论别人如何拒绝，也不管如何冷漠，都打消不了她的执着。碰见下一个可能的目标，她马上又焕发出热情的笑脸，嘴巴又自动开启。修车师傅取零件去了，他点了根烟，一直看着中年妇女，他在想她的成功概率有多少。

女人拖着只剩下一个轮子的拉杆箱。箱子时不时翻过来，她像是赌气似的，马上就把它弄回去。隔上几秒，箱子再翻过来，她又停下来收拾箱子。她拧开塑料瓶喝了一口，没有接拉客的中年妇女说的话。难道教训还不够深吗？就在大巴车上接了别人一句话，着了别人的道，害得几年受的苦打了水漂。不过，这回她豁出去了，身上一分钱都没有，别人能骗掉她什么呢？她问，大姐，你们旅馆招服务员不？中年妇女本来转过身去了，听见她问话，忙笑着转过来，说，要啊要啊，不过只有底工资，多劳多得。

田梦雨在缝纫厂干了多年，钉一颗扣子从几厘，到后来挣到一分，靠的就是眼疾手快。她喜欢和勤快的人搭档。她对老板娘说，放心吧，别人一天打扫二十个房间，我不说清洁得更多，至少保证干净。老板娘说，这话听着让人放心。来吧，一看你就是个手脚麻利的人。田梦雨怕人看见她满是污垢的双手，背在身后，在衣服上使劲地揩了揩。

好多年没这么吃过饭了。开始两碗米饭吃得急，噎得她打了几个饱嗝。吃第三碗时，她耐心了些，一口一口地嚼，饭粒的香味在牙齿的咀嚼下慢慢洇出来。其他几个女人见不得她的吃相，翻了个白眼，好像是生怕这个新来的妨碍了她们的生意。其中一个问她之前在哪里做？田梦雨说广东。又问，年龄大了，那边生意不好做吧？田梦雨只知道自己出门七八年，干过几天刨板厂，后来去了番禺旧水坑，成天就面对一台缝纫机钉扣锁眼，哪里知道什么生意呢？她说，只要肯下苦，年龄也不是问题，就是腰疼。几个妇女就笑，好像特别能理解。田梦雨说，缓一缓，还是得去广东，在小旅馆里干，挣钱太慢了。见田梦雨开口闭口都是广东，一副不把小旅馆看在眼里的架势，她们先前挤出来的热脸就冷了下来。

早上九点，田梦雨系上围裙，提着桶去收拾房间。因为从没想过在这里多待，不过是干几天，凑够路费就回广东，不免轻松，嘴里也哼出了调。几个操着本乡本土口音的人嘻嘻哈哈地走了进来。田梦雨提着拖把出来，说，水还没干呢，再等两分钟。说完，又去铺床单。几个男的抽着烟，挤眉弄眼，其中一个又问，干不干？田梦雨直起腰来，好像特别地困惑，问，干什么？对方踩灭烟头，田梦雨又弯下腰，结果有人拍了一下她的屁股，还直喊，这老娘们儿，装什么装？说吧，一回多少钱？其他几个人又开始笑。田梦雨不知道是被拍出来的响声吓到了，还是真的被拍疼了，一下子蹦了起来，屁股顶到了电视柜。她的脸瞬间红到脖子根，好像倒是她做了什么见不得人的事。其他几个人哈哈笑，还说，新来的？

我就喜欢新来的。说完又要动手。田梦雨一只手扶住电视柜，一只手拦在前面，直喊，等一会儿，等一会儿，你们到底想干吗？男的就说，我们想干吗？我们给你上门送钱来了。

门被推开了。门其实就关不上，门闩早不知道被谁踹坏了，先前拉着帘子的室内全是暧昧的暗色，现在从门外露出了一片光亮。

郑安奎穿着一身骑行服站着门口，也不说话。几个动手动脚的男人像是在光亮下恢复了原形。田梦雨忙不迭跑出来，都忘了还要拿卫生间的拖把。郑安奎往旁边一退，连忙说不好意思不好意思。他说得那么惭愧，好像真不是故意要坏了他们的好事，好像是无意中走错了地方。

吃饭的时候，田梦雨又看到了郑安奎。他嗓子里像硌着异物，不停地咳。田梦雨问他这是准备去哪里？郑安奎说，拉萨。田梦雨说，骑自行车吗？这一路上可不安全。郑安奎说，我以为我能骑到拉萨，哪里知道沿着318国道才骑到这里，车子散了架，人也不行了。田梦雨见他黑瘦，说话也有气无力的，不免又多看了两眼。她说，今天多亏了你。郑安奎说，我听见里面吵，还以为出了什么事。要早看见有那么多男人，我可能也不敢推门。田梦雨说，那也得感谢你。说完，见郑安奎不说话，又说，你说说现在的人都怎么啦？一个个都成了狼成了虎，恨不得要把人生吞活剥。郑安奎说，男人就那德行。

有那么几分钟，郑安奎只是擦着眼镜片，田梦雨也没说什么话。田梦雨又补了句，你这生活安逸，成天游山玩水。我女儿可能也就比你小那么十来岁，书也不念，不知道将来要去干啥。郑安奎说，这只能说明你女儿开窍早。多数人就是这样，甘心忍受原先的困境，也害怕遇到新的麻烦。田梦雨说，开窍？说得好像除了念书还能找到更好的出路似的。郑安奎说，我念的书也不多，不过人年轻的时候多遇到点事也不是坏事。见郑安奎说话像是谈玄，田梦雨只是收拾碗筷，没再吭声。

下午两点，田梦雨靠在楼道里抽烟，碰见郑安奎推着自行车出门。田梦雨问，还要往拉萨去？郑安奎说，不了。先前好多事情没想清楚，再骑下去也不一定会弄明白。田梦雨说，路上小心些，到处都是车匪路霸。郑安奎说，不骑车了，坐大巴回啊。郑安奎推着自行车下到楼梯拐角处，又问，大姐，你在这里一个月挣多少钱？田梦雨回过头来，说，这鬼地方，说是多劳多得，才干了半天，就碰见这档子恶心人的事，谁知道能结多少。郑安奎说，那可是比苏州工资低多了。田梦雨说，我要长相没长相，要技术没技术，人生地不熟的，去那地方能做什么？田梦雨去过最远的也就是广东，广东也只到过番禺，说是在番禺，不过是终日待在一个小镇上，甚至小镇上也不怎么逛，她一直就待在那家服装厂钉扣锁眼。没事时也去看大海，兴致来了还捡贝壳，时日一长，也渐渐没了新奇。对于她熟知距离以外的世界，好像都特别凶险。郑安奎说，做模具啊，干得好了，一个月至少上千。

这才知道郑安奎就是开模具厂的，虽然厂子不大，好赖也是他自己的厂子。田梦雨说，我说呢，原来是个老板啊，有钱人，难怪有工夫东游西荡。郑安奎说，可不是你想象的那种有钱人，和你一样，不过是给人打工。田梦雨说，不要谦虚，你怎么可能和我一样，就在昨天，我身上还没有一分钱，今天身上也没有钱。你怎么可能和我一样。郑安奎看了看田梦雨，女人的状态看上去很糟糕，不是说她的穿戴，而是她整个人都慌里慌张，失魂落魄的。他想了想昨天在广场上她拉着个拉杆箱好像一直在寻找什么的样子。原来那个快要散架的拉杆箱就是她所有的一切。郑安奎又问了一句，你是丢了什么东西了吗？田梦雨说，丢东西？没有没有，我都一无所有了我，我有什么好丢的呢？

见田梦雨说话有些颠三倒四，郑安奎整了整眼镜，又说，你一个妇道人家待在这客运站太不安全了。田梦雨说，我知道，只要我小心，就不怕。上午那是他们把我当成这里的婆婆客了，以为也是出来卖的。郑安奎说，想想就不好，一样是挣钱，为什么不去大城市？田梦雨就笑，说，我路费都还没有，去哪里呢，去你的厂子吗？郑安奎说，同样是厂子，我的跟别人的不能比的。之前打几年工，老板没给结账，也没说把他的机台抵给我，就让我先干着。我带着这么个笨东西能怎么办？到后来成了个看门的了。真是一点儿办法都没有。这可不比做模具。做模具还可以学习，开了厂才知道不光要考虑个人。一起给你干活的人都要吃饭，你得跑订单，得和各种人打交道。简直是要人命。田梦雨想了想，一个老板为了订单，成天迎来送往，应酬累人不说，还得喝酒。这么一想，郑安奎是当上了老板，到底也不容易。只是再不容易，也比她的情形要乐观。田梦雨说，听你一说那地方挣钱那么容易，说得我也想去了。郑安奎说，去吧，那地方到处都是小厂子，这家干不好，就去另外一家再试试，混口饭吃还是容易的。田梦雨说，你这么一说，我要再婆婆妈妈都说不过去。

先前冷冷清清的客运站人慢慢多起来。郑安奎放下自行车，问能卖多少钱。修车师傅说，你这车白给我都不要，烂成这样。郑安奎说，零件都是好好的，也别磨嘴皮子了，我七百块钱买的，一百块钱卖你吧。修车师傅说，这样的车我一百块卖给你要不要？郑安奎说，五十。修车师傅说，三十。郑安奎接过钱，对田梦雨说，你收拾下东西，我去买票。说完，跑向客运站。

三

田梦雨对于即将要做的工作还是没有把握。

模具是个什么东西，她完全没有概念。听郑安奎的说法，技术含量也不高，谈不上多难。她听得见隔壁绵长的呼噜。雨滴打在琉璃瓦上，发出清亮的响声。周围一片黑暗。

这地方，是有点简陋。田梦雨倒也不怕房子简陋，大街上她都睡过，何况这里还有高低床。夜里醒了好几次，试图缩得再紧些，不让沿河的潮气打湿脚底板。

早上起来，才看见厂房隐在一片树林里。近处都是差不多的丑陋厂房。活动板房比她想象的还要破旧，所谓板壁，不过是在轻钢结构间夹了一层三合板，更像是凑合，或者说，每一个做老板的人都在想着尽可能扩大生意，根本没有心思考虑工人生活环境上的细节，一副随时散摊，准备打包搬走的架势。铁锤、扳手，扔得到处都是。好在只要抬起头来，看向更远处，风景就不一样了。一座座装修漂亮的三层楼四层楼，接二连三地竖在她能看得见的地方。

早上在河边摘菜，郑安奎还和她说，干上一段时间试试，不行就去人才市场。田梦雨倒没想过去什么人才市场，说得好像那么多工作都由着她挑似的。哪里都是干活，下家就会和现在的不一样？她怎么可能再像年轻时那样冲动，老板抱怨几句，就赌气，几个月工资不结就跑。两碗菠菜煮挂面，郑安奎嫌味道淡，又从搁板上取下半瓶韭菜花干巴菌。尽管这里和她所有到过的地方一样，让人看不到什么希望，但到目前为止，还不算太糟。

厂子还没招过女工，或者说自从大老板跑了路，也没怎么开工。田梦雨看着抵给郑安奎的机器，冷森森的表面还有污黑的油渍。先前她看见的混乱，还以为是工人太多没有人好好管理，等到吃完早饭，仍然没见到一个人来上班，她才意识到，郑安奎的厂子，除了她和他，再无别人。

这怎么能叫一个厂呢？她隐隐感到不安。

好些天没有订单，郑安奎说她要是嫌无聊，可以进城逛街。田梦雨也没想过要去逛街，厂房说是在苏州，离市区也有一截距离。除了做饭，她就在那里枯坐着。有回见郑安奎大白天还在那玩电脑。为一个UG命令，在百度搜来搜去，最后烦躁得直摔鼠标。田梦雨没忍住，问，你这游戏又不像是打游戏，就这么天天百度来百度去，到底想要干什么？郑安奎重重放下鼠标，说，做模具得先用电脑设计模板，好多软件命令我也不熟悉，都是临时抱佛脚。田梦雨说，你真可以，无师自通啊。郑安奎说，那是没把你逼到那个份儿上，换成你，也可以的。田梦雨说，开什么玩笑，这么复杂的东西，想想都头疼。郑安奎说，奥运会那年，我就去了北海，进了家公司，做雕刻机的，教客户怎样操作，名义上是编程，实际上是售后服务，教客户怎么操作。面试的时候，我紧张得不得了，自己什么不会啊，结果老板要我画个烟灰缸，我完全不知道怎么弄，大概画了一下，也画得不太像，心想，人肯定看不上。结果老板说明天就来上班吧。好在模具的编程软件都大同小异，后来又学了些别的，虽然学得不精，好像懂得些模具中的门道了。田梦雨说，说到底你还是有天分，只是为什么不念书了呢？要接着念下——她好像也不知道该怎么想象他接下来的命运了。郑安奎说，这可说来话长了。我就记得我妈为了给我凑学费，剪掉一头长发。收头发的人也太狠，齐根剪掉，我起初见到，感觉我妈的头像个拔了羽毛的鸡屁股，难看死了。那个时候是真难。他说得好像现在脱离了困境似的。田梦雨说，你真是不容易。你妈妈长头发的样子应该很漂亮。郑安奎说，和你现在的样子差不多，不过我也说不来，我妈都死了十几年了，有时候都想不起来她从前的模样了。

来了几天，天天都是大雾，田梦雨始终没看清周围是个什么样子。这天，到了黄昏，大雾终于散尽，太阳从树林里漏进来，照在清冷的电脑上。田梦雨给郑安奎添上水。郑安奎站起来清了清嗓子，活动了下手脚。他说了半天他的生活，田梦雨听得没头没脑。一个蹲在电脑跟前现学现卖的模具老板，一个不知道模具为何物的工人。先前她以为这临时搭建的厂房不过和她所有的看法一样，因为从没想过永久停留，所以都是那么草率，甚至有些将就。她不知道是因为自己太过信任他了而后怕，还是因为现在的一切都让她看不到希望而恐慌。

当然，她走神，并不单是因为眼前的一切都在刺激着她，而是郑安奎说的那些话太不可思议了。她想象不出来，这些年他都是怎么熬过来的。不过怎么说呢，人都是这样，明明知道现在的生活难以忍受，还是害怕改变。新的麻烦就一定比现在的遭遇要好受吗？这么一想，田梦雨感觉自己和郑安奎也差不了多少，因为害怕，所以甘心一直忍受。就这样一走了之，委实也太不厚道，就等他接上一单生意，等他的事业稍微有点起色，再走。再走，他应该就不会有被抛弃的感觉了。

“倒是你妈有勇气。想一想，一个人连死都不怕了，还害怕什么呢？”

郑安奎说，我没想过我妈害不害怕死。农村人就是心眼小，气性子大，她要知道我爹是那么一个人，还会为他死？才不。多不划算呀。凭什么要按他的意愿活，凭什么因为他懦弱无能，就要别人背锅？绝不。

田梦雨见他眼里闪着凶光，心口一紧。她在想，她的女儿田子秀会不会也在心里怨她呢？想到女儿，她不由地又叹了一口气。郑安奎见她叹气，才认真看了她一眼，说，大姐，你呢？你明明都快到家了为什么不回去，就因为钱被人骗了？害怕被人说还是害怕被人打？郑安奎像是为自己说破了一个秘密，连忙闭紧了嘴巴。田梦雨说，我和你妈的命运差不多。我就是没有你妈去寻死的勇气。郑安奎笑了笑，说，你这么一说，好像我妈的死也有了些意义。以前我怨她，想着她真是自私，怎么就能丢下我不管了呢？现在听你这么一说，好像又觉得我妈幸亏死了。她要不那么做，不定还得遭遇怎样的磨难。

田梦雨有一阵子没说话。她把散落在活动板房里的东西一一归整。原以为不大的厂区收拾起来并不麻烦，等到一点点清理完毕，她发现自己的腰都快断了。就是想得到现有的这一切，也不是想象的那般容易，一个年轻人，自己都还是个孩子呢，硬是靠着自己的努力，把这么一个冷冰冰的机器驯服了。她甚至为自己时刻想着离开感到不好意思。

四

每天机器一启动就是打螺丝，接线。

还不能走神。手要是没跟上机器的节奏，模具可能就坏了。干了一天，田梦雨找到郑安奎，说她的年龄到底是大了，之前捡板，一分钟捡五六十片不成问题，锁眼钉扣，一天完成几百件谈不上多难，现在呢，手脚反应不过来了。郑安奎就笑，说，不是你的问题，做普工就是个这，是个体力活，有什么技巧呢，就是个熟能生巧。起初做了两个月模具，程序化的工作，一眼就望到了尽头。这才二十岁，要是这辈子就和这模具打交道，一辈子恐怕也熬不出头。到后来甚至都不敢想什么熬不熬得出头了，感觉自己也成了个模具，每天梦都不做了，早上起来，再做什么，都规划好了，像具行尸走肉。就想着换工作，去旧水坑附近转，招聘广告不少，自己做得了的也有限，超市收银员，文员，好像也没什么意思。好工作肯定有，自己要文化没文化，又没人脉，怎么找？昏头昏脑转了半天，没有头绪。一直在跳厂，到今天没跳够三十家，只怕也有二十五六家。大大小小的模具厂都待过，顺德、广州、中山、北京、珠海、东莞、深圳，还有昆山，最后跑到了苏州。有时候一年就要换好几个地方。

受了回刺激，仍是老老实实回来做模具，熟悉的老本行竟有些亲切。田梦雨说，难怪你天不怕地不怕的，原来长过这么多见识。郑安奎说，什么见识，那些地方只能说你去过，你是去过，但和你一点儿关系都没有，你说是去了那么一个地方，其实你最终还是困在那么一个模具厂里头。田梦雨说，不能听你说话，一听你说就感觉好绝望。郑安奎说，我当时也是这么想，各种念头在脑子里狼奔豕突，特别想出来透口气，想着能不能和从前不一样。田梦雨说，脑子成天想这些，不发疯才怪。一想到郑安奎曾遭遇过那么多焦虑和痛苦，田梦雨想这点体力活其实也不算什么。她说，我手脚出点事倒不怕，就怕把你辛苦设计的模具弄坏。郑安奎说，大姐，你这话说得不对。你要人出了问题，我的责任就大了。机器坏了还能修，人出了事可不得了。

郑安奎甚至说她可以上手学学电脑。“学会了设计，就像打怪兽一样，你的装备又升了一阶。”田梦雨说，开什么玩笑，我大字都不识几个，怎么可能学得会电脑？郑安奎说，我也纯靠自学，平时无聊，就去逛燕秀模具技术论坛，看看别人分享的经验，偶尔也倒倒自己的苦水。田梦雨笑了笑，想着他到底年轻，以为他人能理解自己的苦。从前她应该也渴望有个人能懂她，疼她，现在她宁愿买六合彩，宁愿一直有事做，宁愿自己的身体累到极限，也不愿意和人说些交心交底的话了。

和人拼了几单生意，忙过几天，又闲了下来。天气渐渐凉了，郑安奎的劲头却是大得很，说看见吴江区志愿者之家搞活动，他得去一趟，问她想不想去。田梦雨不明白什么志愿者，也想不出那里有什么好玩的，就说，一出门就得花钱，还是情愿在厂子里待着。

田梦雨先是收拾了会儿房间，把郑安奎随手扔在电脑边的《曾国藩家书》归放整齐，又墩了一遍地，甚至把门口的浮土都清理了一遍，又把笼子里养的两只鹅也放了出来。出了一身汗，这才想着热水，洗下身子。刚打上肥皂，就听见板壁响了一下。田梦雨停下来，喊了一声：郑安奎？见外面没反应，便想着可能是风，或者是什么小动物，又涂抹着身体，甚至还哼出了歌。好久没这么放松了，她一只脚站在塑料盆里，一只脚横在椅子上，仔细地清洗。却听见板壁又是咚的一声。这回田梦雨确定了，不是风声，也不是小动物的响动，是人。她吓得跳起来，肥皂泡也没擦干净，就把衣服往头上套。衣服还没套好，又跑到门边看门闩好没有。

到了晚上，郑安奎也没回来。她想着，这孩子。怕是没脸见她吧。平日里两个人，也谈不上说什么话，突然一个人困在空荡荡的厂区，还是不习惯。睡不着，索性坐到了电脑转椅上。她时不时转一圈，等到一杯茶水喝完，她顺手按下了电脑电源开关。桌面上就有燕秀模具技术论坛的网页快捷方式，便点开了，一页一页地翻。她倒不是要看别人怎么做模具，那些专业的话，她看不懂。更多的时候，她是在找郑安奎的痕迹，开始每看到一处，她还有偶遇的兴奋，后来，她就有些心疼。郑安奎最喜欢在“模具人生”版块下留言。留言也总是相同的一句话：

“谢楼主分享人生经历，祝福魔界的兄弟们都能平安幸福。”

她想象着黑洞洞的夜里，电脑的屏幕不停闪烁，郑安奎一手支腮，一手点着鼠标，翻看别人的生活，和自己的遭遇一点一点比对。那么多的空闲，他既没有上网打游戏，也没有和人赌牌喝滥酒。甚至他要是堕落一点儿，和她见过的那些人一样，成天坑蒙拐骗，她也会好受一点儿。他是怎么做到现在这样的？

然后，她不知怎么就点开了收藏夹里的豆瓣网页，看了半天，她才意识到这个叫高山赟鹞的人就是她的老板郑安奎。

出门两年，过年回了趟家，才知道家里多了个妈。伯伯伯孃爷爷奶奶都让他叫妈，父亲一个人这些年多不容易，衣服没人洗，饭没人做，把他供出头了，才想着自己。父亲容不容易他想象不出来，既然老年人都让他体谅，叫一声妈也不掉斤少肉。那就叫吧。不光多了个妈，还多了个妹妹。父亲的劲头大得很，给他的人生都规划好了。打上几年工，一家人齐心合力，把妹妹供出头，再盖栋二层楼给他娶媳妇。他才十八呢，可没想过娶媳妇。正月十五都没过，就和人坐车去了番禺。进的是电子厂，在旧水坑，据说有十万人以上。看到这里，田梦雨好像熟悉了。她努力回想着在番禺的一切，但郑安奎眼中所看到的那一切，好像是有那么回事，只是回忆早被日子锉得凌乱，无从校正。厂子里女工多，墙上一边写着电脑培训、英语培训的广告，一边写着无痛人流的广告。周围的人天天想的是怎么占人便宜多弄钱，怎么搞个女人，吃喝嫖赌，什么都干。不光干，还成天说个没完。他想起那些快速人流的广告，是不是同宿舍去嫖娼的老乡造的孽。郑安奎虽然没有去嫖，宿舍里有人放黄色录像，还是忍不住要去看。干活也提不起劲，什么都不想，上完班，就是看电视，有时候别人不放了，他还要把光盘找出来一个人反反复复地看。

父亲打来电话，让他寄钱。之前不用父亲提醒，每个月给自己留点生活费，三百五百，全都寄给家里。等到父亲又娶了个老婆，他不知道哪里不对头，反正是没了心劲。父亲见他不寄钱，就骂，你个猪脑壳，怎么这么死脑筋，我给你娶个后妈为了啥你还不清楚？只要你多寄钱回来，姑娘将来念了书，难道还不懂得知恩图报？人心都是肉长的。郑安奎知道人心都是肉长的，但却和父亲理解的不一样。从父亲把母亲逼死的那一天起，父亲就不再是原来的那个父亲了。他可没想过和后妈的女儿结婚。他知道亲弟弟还在念书，要用钱的地方多，便把所有的钱都寄了回去。有两个月，他天天吃方便面，脸都吃肿了。

结果弟弟也不争气，高三都下学期了，却死活不愿意读了，说是即便考个二类三类大学，将来还是个出门打工。父亲也没勉强，让他跟着郑安奎去做模具。弟弟却嫌工厂辛苦，说他的同学在广西北海搞项目，轻轻松松一个月就是大几千。郑安奎说，你要文化没文化，要技术没技术，凭什么给你几千，小心别给人骗了。弟弟却固执得很。去了没两个月，还时不时给他打电话。他在电话里也没话说，就是问吃饭没，最近生意好不好，工作辛不辛苦。弟弟说，这才几点，在和老板喝茶呢。郑安奎听了就窝火，成天活儿也不干，就知道个喝茶，还是和老板一起喝茶，真把自己当成二五八万了。几个月过去，一打电话，弟弟还在和老板喝茶。好像去了趟北海，完全过开了另一种生活。郑安奎想不通，问，你们具体做什么业务？弟弟说，和你差不多，也跟模具有关，比你们的层次要高一些，你们是生产模具，我们呢，是把模具卖出去，教客户怎么维修。虽然弟弟说得特别像，郑安奎还是怀疑弟弟说不定是进了传销。说到后来，弟弟比他更生气，说，给你钱赚你还不想要，不来算了。后来是郑安奎服了软，想着总是自己的亲弟弟，能把他怎么样呢？

半夜到了北海，弟弟开着辆五菱之光来接他，车上还有两个人。郑安奎见弟弟果真穿得也利落，说话也稳重，谈吐更和从前认识的那个弟弟不一样，想着大公司果然能锻炼人。一高兴，就请他们吃了个宵夜。吃了宵夜，去他们住的地方，才看见连张床都没有。第二天，吃了饭，他们仨在那斗地主，郑安奎着急看他们的厂子，他们就说，是你的就是你的，着什么急呢，钱来了又跑不掉。等到十点钟，终于把他带到一栋废弃的别墅，里面的人都穿西装打领带，台上的人就讲怎么推销东西。郑安奎当时就想，完了完了，还是掉进了弟弟的圈套里。

试着跑了几回，也没成功。后来他就装作慢慢接受了。有一回给职高班主任打电话，正好有几个同学就在广州。坐上火车过来报了警，才把他捞出来。当时还谈了个女朋友，问他这些天跑到哪里去了。郑安奎没敢说实话，只说跟人谈了个项目。女朋友和他一样，也嫌工资低，成天想的就是东奔西跑，怎么发大财。听见男人开口闭口都是项目，跟着也激动。激动完了，还是骂他，说，下回你要再招呼也不打一声就消失，我就不要你了。骂到后来，两个人又忘了为什么要吵。

女朋友说，要不去北京吧。二十几岁的年轻人，对北京完全没什么概念。女朋友很快进了厂，郑安奎不想在流水线上坐牢，就买了辆三轮车，穿街入巷卖水果。一天也卖不了几块钱，有时候卖不掉，烂了，只能扔。倒贴钱也不是办法。女朋友吼他，嫌他不上进。郑安奎想着还是得做模具，只是在北京找了两个月，也没找下合适的，又干了两个月小工。女朋友说天津厂子多些，他就去了天津，面试了几家，最后进了家屠宰厂，车间主任和他是老乡，一个县的。虽然不是做模具，好在也不要什么技术。就是在流水线上剔骨头，看好肉，别让肉跑偏了。一个月说起来也有三四千，就是工作时间太长，不到六点就得上班，有时候加班加点，又到七八点。那段时间他就从来没看到过太阳。看不看得到太阳也没想象的那么重要，有空了，他不和人看录像，就在那里看《余纯顺孤身徒步走西藏》《壮士中华行》，有一段时间他甚至无聊到读开了《堂吉诃德》。

不是他多么喜欢读书，实在是一闲下来就爱和女朋友吵架。他和她谈不上多了解，认识没几天就住到了一起。一起没住几天，就又分开。好多时候她质问他，问他到底是怎么打算的。他说能怎么着，活一天算一天。他说的不过是实话，女人却觉得男人是得了便宜，不想负责任了，动不动就说，你真不像个男人。他呢，想见她见不着，又不知道该怎么办，也说她的不是。有一年多时间，他天天给她发信息。她从来不回。偶尔回一条，问他到底想怎样？他说他不想怎样！她说以后别联系了，但他就是控制不住，去北京的厂子找她，没找见，说是回家结婚去了。他就疯了。

再这么下去，怕是就完了。他坐火车去了广州，又跑到昆山，后来花七百块钱买了辆山地车，想着骑行318国道，一直骑到拉萨。起初，他还学别人，每到一个地方，都要找见当地邮局盖一个戳。开始驮了一百多斤东西，还做了面旗帜。骑到恍惚的时候，他就想，他的坐骑就是他的桑丘·潘沙。他是哪里便宜住哪里。一直骑，也不问，也不看，更是不和人说话。这是要做什么呢？他想的是一路上肯定要遇到不少困难，能解决一件，就是一件。就像唐僧去西天，历经八十一难，终于取得真经。他这么胡思乱想了一会儿，好像这样才会让自己的所作所为看起来不至于特别荒唐。有时候天黑了还在骑。本来就没做什么准备，在天津那两年得了支气管炎，这么一通折腾下来，身体就完全垮了。

五

走了两天，打电话，郑安奎也不接。田梦雨想，下回见了，要装作什么都不知道。

到了第七天，电话终于打通了。她也没管他说没说话，先喊了一通问他怎么出门这么些天，电话也不打一个。电话里传来的却不是郑安奎的声音。对方也不报名姓，直接问她是郑安奎的什么人，还让她闭嘴，先听他说。田梦雨愣了一下，想了想，自己算是他的什么人。田梦雨从没说过普通话，听见对方义正词严的，她嗯哈了两声，还是没想好该怎么回答。对方又说，郑安奎犯事了。去苏州那天也平平常常，怎么就犯了事？田梦雨没敢多问犯了什么事，终于说了一句，问能不能去看看。对方说，检察院马上就要下文，扰乱治安，寻衅滋事，要判刑的。田梦雨脑子一片空白，一急便讲开了方言，说，他婚还没结呢，这一判刑可怎么办？对方说，早干吗去了？也不好好管教管教。

到底打听到了地址。田梦雨做了郑安奎平时爱吃的大蒜炒腊肉，打了个车就往市区走。到了拘留所，看见深墙大院，也不知道该去问谁，就在门口站着。不一会儿出来个保安，见她畏畏缩缩地站着，问她干什么。田梦雨说，她不干什么，就是想看个人。保安问，预约好时间没有。田梦雨不知道什么叫预约时间，便说昨天和拘留所同志说了。保安问清姓名，又打了个电话。田梦雨见他严肃地说着啊啊啊啊明白明白，也不敢插嘴。挂了电话，保安说，郑安奎上午就无罪释放了。田梦雨顾不上打问前因后果，心惊胆战地掉头离开。

给郑安奎打过去电话，电话里嘈杂得很。问清他在哪里，田梦雨又往志愿者之家赶。不大的房间里坐满了人。郑安奎看见田梦雨，招了招手。台上的人神色激动，大声呼喊着什么。田梦雨和人吵个架都不敢高声，哪里听得人如此张牙舞爪。她把郑安奎叫出来，问到底是怎么啦。郑安奎说，合资企业里的老员工要求厂里给补缴社保，厂里不同意，把人给关了起来。工人们一愤怒，就想着去维权。结果一群人刚上了街，横幅还没拉开，领头的就给抓了起来。田梦雨说，你掺和进去干什么，你这不是拿鸡蛋碰石头？郑安奎说，大姐你不懂，这个时候要的就是人多力量大，要的就是团结，要是人人都只考虑到自己，那还能做成一点事？田梦雨听得似懂非懂，只是从布兜里拿出饭盒，说，还温着呢，趁热吃吧。郑安奎却依旧亢奋，边吃还边说个不停。田梦雨听得怪别扭的，想不通男人干吗大声和她说这些。是要她夸他有勇气，还是吼给别人听，他郑安奎确实不好惹？见他差点噎着，田梦雨又出去买了瓶矿泉水。

商量了半天，还是没有更好的结果。郑安奎因为热心，被推举成了召集人。田梦雨连忙拦住，说郑安奎身体不好，这种冲锋陷阵的事就不要为难他了，给他戴高帽子也不抵事。

出得门来，郑安奎还在不停数说他在黑屋子里的遭遇，说他就不信如今没有王法。田梦雨说，自古都说穷不和富斗，民不和官斗，你有啥呢？钱，钱没有，身体又这么差，怎么耗得过人家？郑安奎说，我承认这是别人的事，我是跟着起哄了，问题是把我莫名其妙关了这么多天，总得给我个说法吧。不说给多少赔偿，还不给补两个误工费？我也不是想要他们的钱，心里就是咽不下这口气。田梦雨说，好啦好啦，我好不容易进趟城，去逛逛吧。两个人又说了一阵子闲话，才往人民商场走去。

有商场里，田梦雨当时只顾搞价，打折下来具体多少钱也没看。回来后田梦雨拿起手机一算，当时说是三折，拼个单再打八五折，按标价重算了下，竟然多收了她二百多。发短信过去问，人说是当时看错了货号。算下来她还得给人补三十块钱。田梦雨就和郑安奎商量，该怎么办。本来上访维权窝了一肚子火，郑安奎说，不能听人说，她说看错了就看错？Excel表格上的价格和折扣还不是由着她们改？你也先别说给她补不补钱，免得打草惊蛇。明天咱直接去退。她要腻腻歪歪打马虎眼，我光脚还怕她穿鞋的不成？田梦雨本想着为几十块钱的事和人说上一通意思也不大。她倒认为卖衣服的姑娘看上去面善，不会有意欺负她，可听了郑安奎的话，又觉着现在的人都不好说。看起来是个几百块钱的事儿，经郑安奎一分析，感觉又不单是钱的事儿，是明显被人欺负了。明知道被欺负，打了你的左脸还把右脸伸过去，不是圣人就是真傻。絮絮叨叨说了半天，郑安奎说，处理这事我有经验，明天你等着看好戏就成。

第二天，到了店里，郑安奎也不说话，直接把衣服往服务员跟前一放。服务员说，你看我也不是有心给你算错，要不我也不要这差价了。郑安奎说，我也不想贪你的这点小便宜，给我退了吧。服务员在那里翻来翻去，又说，你这吊牌都撕了怎么退？郑安奎说你退不退？服务员忙着招呼客人，没怎么搭理。郑安奎突然吼起来：你是吃屎的，标牌也能看错？我们要不是找上门来，你是不是就想不起来看错了？

旁边的人议论纷纷，郑安奎说，别进来了，这就是家黑店，净宰人了。服务员说，你到底想干吗？郑安奎说，啥也不干，我不想占你的便宜，你也别给我添堵，给我利利索索把衣服退了。服务员说标牌都坏了。郑安奎说，标牌多少钱，你扣掉。路过的人本来还在悠闲地逛着，听见这头吵成一团，都转过了脖子，好像这个面色黧黑的男人还会表演出更有意思的桥段，好像那破罐子破摔的挣扎，可以让人暂时抽离这乏味平庸的日子。他们本想着好好看一场热闹，郑安奎也想着大闹一场，不曾想，琢磨了一肚子的词儿还没完全发泄出来，服务员说，扫一下微信，我给你转过去。还说标牌也不值几个钱，她少吃顿饭就出来了。

到了红绿灯口，田梦雨还说，她也不是老板，一个打工的，怕是真要扣工资了。郑安奎说，大姐你太心善，人善被人欺，马善被人骑，你不知道我们维权的艰辛，你就不能太软弱了。田梦雨说，道理是这么个道理，看见小姑娘也像个正派人，你说万一冤枉了好人岂不是不好。郑安奎说，那也比给自己添堵要强。又说，这服务员也太不会办事，要是当时你刚和她说，马上道歉，说差价也不用补了如何之类，咱也能体谅。结果她倒好，还要让你过来，好像当面解释，性质就不一样了。哪有这样办事情的？即便她说的是真的，也不想买这件衣服了。看着就来气。耍人也不是这么个耍法。田梦雨还在旁边附和，你不说我想不到这一层，我们也确实不能因为她事办得差劲就要给她交学费。郑安奎又上纲上线说了些别的，无外乎是别看这些事儿也算不上有多大，积累得多了，能量也不小。要是人人都讲规则，规规矩矩办事，世上就少了许多不良之风，所以我们一旦示弱，其实就是对恶人的纵容。

郑安奎越说越激动，咳得面红耳赤，捶打了半天胸口，说话仍是哧哧啦啦的，引得路人纷纷侧目。田梦雨连忙递过矿泉水，让喝一口。等郑安奎仰起脖子，田梦雨还说，你得去医院看一看，天天听你咳嗽，拖得时间长了，只怕成了肺炎。郑安奎喝了水，又说，没事，一激动，气走了岔道，咳嗽说明你身体的自我保护机能在起预警作用。田梦雨见郑安奎坚持，就没再劝说。倒是郑安奎说完一番话，却也心惊，枉费自己读了这么多《曾国藩家书》，怎么到最后竟然把维权失败的愤怒转嫁到一个服务员身上呢？到底还是自己懦弱无能。

六

中间有两年，郑安奎劲头大得很。

志愿者之家有什么事，他但凡知道，总要参与。田梦雨无事可做，只是帮着守厂房，提了几回说她不能在这里待下去了，郑安奎每次都说再坚持一段时间，再坚持几天，马上就有好消息。

这天，郑安奎回来，见田梦雨整理拉杆箱，问，这是打算去哪里。田梦雨说，也没熟悉的地方，本想着去佛昙刨板，只怕年纪大了，有没有人要是一回事，主要是自己干不动了。还是去旧水坑吧，干了多年了，熟悉。得知她之前在服装厂干过多年，每个月工资单还存着，郑安奎说，你这得让人给你买社保，将来老了也有一笔收入。田梦雨想着自己就是个农民，哪曾想过退休保障。眼见得郑安奎越说越没影，便没接话茬。

此后一段时日，郑安奎没再问她社保维护的事，田梦雨却上了心。这天，和姐姐田梦露打电话不知怎么说到钱上。田梦露说，你前些年放在我这里的十五万块钱，当时要是在镇上买块宅基地，现在怕是卖个一百万都不止，现在这点钱只怕买套商品房都困难。田梦露本来是说现在钱不值钱，不经用，田梦雨听了却慌了神。钱要是照这个速度贬值下去，她就是去刨板厂再如何辛苦捡板，去制衣厂再怎么钉扣锁眼，又怎么挽得回她的损失？

连续几夜睡不着觉，索性起来，也无目的，就是想着现在待的地方太憋气了，得离开。出门的时候天还是黑的。她本来怕走夜路，走了两回夜路，都是魂不守舍。走到天亮，到了太湖边上，两条腿都麻木了。一路上各种念头跳出来，好像马上就能想到解决办法，等到天亮了，却又想着到底是草率。

便给田梦露打电话，别的没提，就说用那点存款在镇上买套房子。大小不论，万一将来田子秀结婚，好赖也能用上。田梦雨说，那装修呢？田梦雨说，装修我还能管？我也给她打过电话，让她不要想着成天和人赌牌，那条路走不通，进个正经厂子，说不定也能交个男朋友。别的不敢打保票，至少房子不用她担心。妹妹彭子华都结了，她这个做姐姐的没点样子，真是不省心。田梦露说，现在的年轻人有几个愿意回来住？只怕你在这里买了房子，到头来也是空着。再说你给田子秀买了房，彭子华知道了会怎么想？田梦雨说，彭子华结婚时我也给了钱，再说她还有她爹管。什么都靠我，我能怎么办，在城里再买套房？也不等田梦露回答，又说，我哪里有那么多钱。再说，我也没身份证，什么都弄不成。田梦露说，上回田子秀还打电话，说是借人高利贷，不还钱就马上剁手。田梦雨说，你没给她借吧？这背时孩子，也真是不听话，先是和人做传销，说是只要入了股，就等着分红，把我的钱也弄进去好几万。一打电话问在干什么，说是在开会，后来打电话，说是在旅游。你说说这像是正经人干的事？谁没事就是成天开会、旅游？别人都是傻子？就她知道开会、旅游好玩？要是人人都在开会、旅游，谁会做具体的事？我还不能和她说，一说就吼我，说你懂个屁。她是越来越像她老子了，一个德行，不知道一个姑娘家要干啥。这下倒好，又想着赌博，指望一夜暴富。田梦雨说了半天，也不是生怕姐姐给女儿借钱，就是想着姐夫一家都有正式工作，吃财政饭，机会合适了能不能给田子秀点化一下。田梦露说，钱的事我给你操心着，你姐夫他们学校正在盖电梯房，我们也有指标，你如果想要，就给你买一套。其间，又说了些别的，田梦露问田梦雨身体怎么样，田梦雨说不怎么样，可能是早年结扎把身体弄坏了，走不得下坡路，一走大腿骨就生痛。身上还长了痔疮，浑身净毛病。田梦露说，年纪大了都是个这，慢慢调理吧。又问到工作，田梦雨说早不在刨板厂干了，现在给人看厂子，包吃包住，一个月给两千块钱。听见电话里有人喊奶奶奶奶，田梦雨问是不是孙子放学了。不等田梦露回答，又说，挂了吧，赶快给他弄点儿吃的，别把小孩子饿着了。

多次上访，郑安奎竟然也得了些好处，说是从二〇〇九年开始给他补缴社保。自己不过是在那厂里干了三年，补不补钱郑安奎也没多看重，就问是不是大家都有。领导就说，给你补就不错了，我劝你好自为之，见好就收吧。郑安奎当时就气得直咳嗽。回来和田梦雨说起来，还一肚子火：我见什么好了？拢共给了三五千，打发叫花子了？闹了半天，别人什么都没有，这不是故意陷我于不义吗？我也不想要多少，人人有份，一人发一块就行。田梦雨说，算了吧，都给你补了，别人是别人，你努力一场，总算没有白费。郑安奎说，这不是钱的事儿，这事关尊严，关系到公平。要不然让大家以后怎么看我？说我是个小人，自己得了利了，就把大家的事给忘了。田梦雨问，那还能怎么办呢？郑安奎说，怎么办？怎么办？我要告他们，我要和他们打官司。也是话赶话说到了这个份儿上，他根本不知道该去告谁。田梦雨说，快算了吧，法院、公安局、拘留所还能向着你？你成天上蹿下跳，没把你逮起来，都是祖坟冒青烟了，还去告他们。告他们啥啊？这把郑安奎问住了。

下回再去志愿者之家，又说到维权的事。正好来了个搞社会学调查的教授，听见郑安奎的苦恼，就说，有打官司的想法很好，要是信访回复答非所问，你就是天天去堵政府的门，也不是办法。你人都见不着，怎么解决问题。打官司就不一样了，你把相关负责人一告，大家平等站在法庭上面对面，在法律保护下，公平对话也是好办法。本来只是赌气一问，不曾想还得到了解决问题的方向，他终于找到了正途。对此，郑安奎惊奇得不行，又问了好些问题。

听起来法律是条正路，只是太费钱。为什么要请律师？律师就一定比自己更懂得事情的来龙去脉？一开始只是百度查一下，看些有关视频。不会写起诉书，就在网上找了一份，照着格式往里添内容。田梦雨见郑安奎闲下来既没有上燕秀模具技术论坛，也不看《曾国藩家书》，而是成天看些司考用书，越发担心。她也不知道害怕的是什么，就是认为这孩子不想着好好挣钱买房结婚，怎么净想着逞勇斗气，跟未知的庞然大物周旋，简直比田子秀梦想一夜暴富还不靠谱。只是见郑安奎看得如此认真，她也不好胡乱评价。

都有那么多正儿八经知名不知名的律师了，为什么还有郑安奎这样的人，以为自己用点功，就能比别人做得更好？匪夷所思。

“真是绝望。”田梦雨不知道他是说整个事件本身的发展走向超出了预期，还是因为学习法律知识让他这个法盲受到了刺激。

不管怎样，这个时候和他说一丝一毫灰心丧气的话都太不人道。甚至只要一动去广东这个念头好像都显得她太自私。学习计划就贴在厂房的墙上，这个星期完成了，就撕下来，又贴上下一个星期的。和田梦雨说话也不像从前，时不时就要蹦出来几句法律术语，得空了还要看《今日说法》，看《道德观察》。好多时候，他旁若无人地站在灰败的厂房中间，一个人滔滔不绝，好像周遭的一切都是陪审员，好像他正站在法庭上捍卫他的人权。

不过，田梦雨还是意识到，肯定是哪里出了问题，只是她脑子也僵僵的，说不出个所以然。现在，她只是想着，等过了年，就像他说的那样，等他司法考试过关，成了律师，她就可以彻底解脱。

七

新来的两个工人，聊起来也算是半个老乡。

田梦雨怕的就是人问她家情况，好在偌大一座武陵山，沟沟岔岔，哪里没立着几户人家？她大概说了下，对方也没有刨根问底的架势，总算松了口气。

“你说你弟弟也真是挺能干一个人，别人打工，打了十来年还是个打工的，他打了几年，撵走了老板，自己上了台。当上了老板不算，还想着替兄弟姐妹们伸张正义。仁义，好人。”

田梦雨听得心底一慌。倒不是因为别人暗示郑安奎卷走了老板的财产，而是认定她和他有某种血缘上的联系。或许是他平日里大姐大姐地叫，给了别人某种误导。田梦雨倒也不怕他人说三倒四，总比被人说成他和她有不正当男女关系要好。从前在广东在福建，只是觉着难熬，不知道什么时候是个尽头，现在没那么难熬了，跟着郑安奎，成天听他说些权利诉求、利益分配之类的事，平静的心又弄得七上八下。时不时还表现出那么多戾气，想着这辈子非要和人争个输赢。田梦雨本以为她早就心如死水，过一天算一天，现在经人提醒，才知道她的这个弟弟，和她认识的所有人都大不相同。到底哪里不同，她也说不出个一二三。好多时候，她只是认定他是个长不大的孩子，过于意气用事。想到他还是个孩子，她才反应过来，一晃几年，她肯定会变得更老，那个从渔川连夜飞奔而出的女人早就不见了。

甚至她都不担心别人说什么闲话，得空了，她会和郑安奎一起去志愿者之家。多数时候，也只是在那里待着，什么也不干。郑安奎看他的司考书，她呢，经常是戴着耳机看视频，要是困了，也会在院子里走一走，逗逗那些跑来跑去的孩子，说几句无关痛痒的话。如果不是听见郑安奎时不时喘不上气的咳嗽，她会误以为自己停留在一个巨大无比的梦境里。

这天，郑安奎没有看书，却是定定地看着她。田梦雨本是配合小孩子一惊一乍的情绪，隐隐感到一双眼睛盯着，抬头一看，见是郑安奎，便有些不自在。郑安奎说，大姐，你这么喜欢孩子，赶快让你女儿生一个。田梦雨像是听不得人说这话，声音突然高了，说，生一个？说得轻巧，和谁生？想不到田梦雨看上去如此绵善温吞，竟也有高声说话的时候。郑安奎像是吃了一惊。两人说是在苏州一起只待了几年，却也像是彼此心知肚明，故意回避似的，很少说到家里的事。田梦雨不问，是因为在网上大概看到了他从前的生活，再问一遍，显得更像是故意表演。郑安奎不问过往，却是他从小在外念书，书不念了，一直东奔西跑打工，没有家庭的概念。

郑安奎说，得空了还是要回去看看，亲人见一面就少一面。田梦雨问，那你怎么不回去呢？郑安奎说，我不一样。后妈不欢迎我，亲爹也未必希望我回去。田梦雨说，我又能好到哪里去？没法儿说，亲不亲人吧。我爹死的那年，当时没手机，后来得信了，人早就抬上了山。再回去意思也不大。这么多年，就亏欠孩子。问题是都是农村人，谁家不是个这？别人家比咱条件差的，也本本分分在做事，不说一年存多少钱，经年累月下来，也能攒几个。但凡她上进点，有心在镇上买屋结婚，我还能不帮她？你知道她怎么说，一说就和我动气，好像她亲娘是在害她，动不动就叫唤，谁会回到那地方去？说得好像她能在大城市站住脚似的。郑安奎说，年轻人有这想法也不错。反正我是死也不会回老家的。我要有了钱就给我妈在苏州买个墓园。田梦雨嫌他说得晦气，接着批评自己的女儿，她哪里有什么想法，天天想着赚大钱，一点儿也不务实，得一点儿钱就去赌博。没钱了还要找我要。郑安奎说，下回她打电话了，我说说她。田梦雨翻了翻桌子上的《曾国藩家书》，说，她要稍微争点气，我就会和她说，我已经花了十几万，给她在镇上买了房子。现在也不敢说，万一一说，别人听见了，还以为我挣下多少财产。看她本事了，要是能处下一个男朋友，他们自己装修去。郑安奎说，也是，还能事事都置办好，只怕更依赖你了。

闲话一通，彼此好像多少了解了些，田梦雨没说自己和丈夫的事，郑安奎也没问，好像他早就明白现在的成年男女是怎么回事。孩子在身边，还能一起搭伙过日子，要是没有孩子牵绊，又常年不在一起，结婚和不结婚又有什么两样？倒像是他对生活看得更通透，连顺便问一句都显得多余。

二〇一七年春天，郑安奎像是怀孕了似的，先是时不时干呕，过了些时日，整个人像是肿了一圈。那时厂子刚有起色，田梦雨听着模具机器的轰鸣，也不觉得再像从前那样让人烦躁。她甚至都没注意到郑安奎的变化。好几年了，郑安奎总是在咳嗽，要是哪一天没有听见他快要背过气的咳嗽，她还不习惯。直到其他的工人开起郑安奎的玩笑，田梦雨才意识到他肯定是病了。

你得为自己的事情上点心。万一小病拖成大病就麻烦了。田梦雨像是预感到了即将到来的灾难。郑安奎仍是满不在乎，说，打工的人谁没个三病两痛呢？谁不咳嗽？人有三样东西是无法隐瞒的，咳嗽、贫穷和爱。郑安奎边说边咳，好像自己讲出了什么了不得的秘密。

直到他晕倒在厕所边，田梦雨这才意识到问题大了。120救护车到来之前，郑安奎还想着开开玩笑。他嚅动着嘴唇，一直告别人，说，没事，没事。九年前我一路骑了上千公里，身体差成那样，不都坚持过来了，这点儿毛病还能算个病？我自己的身体我还能不清楚？叫什么120？钱多得没地方花吗？他试图用各种理由阻止她叫救护车。现在的人真是娇气得很，稍微有个头痛感冒，都恨不得跑到美国去找最好的医生。机器用得久了，都会有损耗，何况人还是血肉之躯。有点儿毛病怕什么呢？人要懂得和疾病共同生存。成天想着长生不老，争得的时间就是为了延续自己行尸走肉一般的生活，即便多活几年，又有什么意思？田梦雨说，你少说两句，你都虚弱成什么样了，你逞什么强啊你。你这样子不爱惜自己，你想做的事还怎么去完成？郑安奎呜呜还想说些什么，声音到底是越来越低了。

护士忙着给郑安奎输液。田梦雨见站着也帮不上忙，房间里有一股腐烂的味道，索性出了医院。起先也不知道该往哪里去。路口等红灯，见对面卖水果卖花篮的小店里人进进出出，她跟过去逛了一遭。买了两斤红富士，又往医院走。

志愿者之家的人听说郑安奎病了，都提着东西来看。田梦雨连忙起身让座。几个人挨着郑安奎坐了，说些无关紧要的话，好像生怕提起病情，更惹得他多心。郑安奎却说，都回吧，输两天液缓一缓，完了我也回啊。田梦雨认为他们和他接触更多，更了解他，便让他们劝一劝，让他给家里人打个电话，免得跟自己一样一辈子留下遗憾。生怕别人感受不到她说的重点，她又讲开了自己母亲的病死。当时没有电话，母亲都被抬上山了，才得信。这个时候，再回去，意思也不大。又过了两年，她做梦常梦到母亲，想着肯定是母亲在那边过得不如意了。老人活着的时候没享过一天福，过世了，连个碑也没有。生前她是常年漂在外面，没怎么尽过孝道，现在她有钱了，得给父母还有姥姥各打一个碑。她唯一的要求是，碑文上不要写田子秀他爹的名字。田梦露却说，不写他的名字写谁呢？难不成你一个人也能生出来孩子？等到将来你离婚了，改嫁了，再改正过来也来得及。当时她钻了牛角尖，一想到自己到底挣不脱他的控制，到死还得和这个男人绑在一起，心里就不痛快。事后，气消下来，想想石碑上一个多余的名字对她影响也没想象的那么大。重要的是给父母立碑了，至于她的名字和谁排在一起，谁会注意到呢？荒郊野外的村子，老的老，死的死，年轻些的都搬到了镇上或者更远点的县城。不可能还有谁无聊到闲话她的那点事情。田梦雨拿自己的故事说了半天，中心意思就一个，得趁早和家里联系，有什么事情还是要和家里人沟通，要不然到时候后悔就来不及了。

郑安奎嘴里答应了，却也一直没打电话。田梦雨想，每个人做事都有自己的安排，勉强不来的。再唠叨下去，只会惹他心烦。他也是三十来岁的人了。她像他这么大的时候，孩子都快十岁了。

许是输液确实起了作用，郑安奎睡着了。

护士进来，问谁是郑安奎的家属。田梦雨忙站起来。她起了身，却也没跟着往出走。看了眼病床上插满管子的郑安奎，又给掖了掖被子，这才拉门。出得门来，护士没说话，看了她一眼，又问，你是患者家属吧？田梦雨还没反应过来，护士又说，赶紧把住院通知书签一下，完了去办一下住院手续。田梦雨又问，手术得花多少钱？医生看了田梦雨一眼，问，是钱重要，还是命重要？田梦雨吓得没敢再多问。

看了半天，要查尿、血、肝功能、肾功能、电解质、ECG、肝胆胰肾及输尿管B超，还说都是常规检查。田梦雨一项项看下来，别的没记住，到底什么意思也没明白，只是一些标黑的字触目惊心，“已理解”“认识到”“同意”。田梦雨握着中性笔的手有些抖。窗口里的女人戴着口罩开始催了。在患者家属代表签字处，她心惊胆战签下了名字。与患者关系，有夫妻，有父子、父女，有母子、母女，有姐弟、姐妹、兄妹，还有其他。她来不及多想，在“其他”下画了个钩，写了个“大姐”，又感觉不合适，涂掉了。正好田梦露打来电话，便把这档子事说了。田梦露说，你傻啊，这能随便填？要负法律责任的。田梦雨说，我是看这孩子可怜。田梦露说，你倒是博爱，问题是谁来可怜你？要是欠下几十万，你拿什么给他还？田梦雨说，说得那么吓人，哪里有那么可怕。嘴上说是不怕，心里到底是虚了。她找护士重新要了一张，说是信息填错了。

八

接连下了十几天雨，仍没有放晴的迹象。

陪郑安奎去做CT，排队的人都到了楼梯口。前面的人说，都回吧，我这昨天的号都没排上，你们上午肯定轮不上。田梦雨还是不死心，又坚持等了会儿，一个人进去得三分钟，眼见得前面还有二三十号人，又扶着郑安奎往出走。

田梦雨大腿根疼痛，下楼时像是踩在棉花上。郑安奎见她走路都困难，挣开，说自己能行。一步一步扶着楼梯，下到一楼。出了门，田梦雨又搀着他的胳膊。说是在一个厂子待了几年，每天抬头不见低头见，却也很少这么近距离接触过。他的手瘦得全是骨头，腕上的青筋像冻僵的蚯蚓。

“动不动就拍片子，他们真是恨不得把五脏六腑全翻出来照一遍。”

郑安奎嘴唇咧开了，全是皮。雨点加重了。见院子中央有个亭子，两人忙走过去。田梦雨说，反正上午也来不及照CT了，我去买点儿吃的。郑安奎说他没有胃口，就想回家。

“回家？回到你老家能有这医疗条件？”

“不管是回哪里，反正我一刻都不想在这待了。除了不停花钱，狗屁作用也不起。他们连脉都不给我把。”

田梦雨知道他是在说气话，便让他等着。冒雨买了十来块钱的包子，又一人拿了瓶矿泉水。到了亭子下，田梦雨从怀里掏出包子，说，快趁热吃两个吧。郑安奎吃了半个，死活吞咽不下。田梦雨说，要不我再去端碗稀饭？郑安奎说，算了吧。我这病怕是没得救了。田梦雨呸呸几下，好像是尝到了什么不吉利的东西，说，净胡说八道。你能比医生还清楚？郑安奎说，生死的事我早看透了。还能再怎么样呢？田梦雨没说话。郑安奎却像是想起什么似的，说，在客运站碰见你之前，那个时候才是真的惨。要不是你的一番话，说不定我早卖了模具机器，把厂子盘给了别人。田梦雨还是没有接话。要说惨，现在又能比过去好得了多少？郑安奎说，说来说去，还是我运气太差。不过这时候怪罪命运也没意思。我不想成为别人的包袱，更不想成为你的。我都想好了，我这病真是不打算治了。有时间遭这罪，还不如去城里再转转，也不知道兄弟姐妹们养老金的事落实到哪一步了。田梦雨说，你少说几句，多吃一点儿东西，能吃东西，我们就不怕。

她说了句我们，好像她在和他共同承受着什么似的。

不知道是不是战胜了恐惧，还是回光返照，听见田梦雨主动提出要陪他回老家看看，郑安奎竟然精神了许多，躺在病床上也不睡，还把枕头垫在了腰下。

“好多年没去我妈坟上烧纸了。我妈肯定会骂我是个白眼狼。我跟你说过我妈的故事吧？她特别要强。我小时候，我爹常年在外，就我妈在家，又要给学生做饭，坡上的活路也都得她做，还养着一头牛，两头猪。可能是见不得我爷爷奶奶什么都帮衬着我叔，时不时就要说几句抱怨的话。抱怨起没起作用不说，反正是把我爷爷奶奶给得罪下了。我妈赌气，想着你们不帮我，我还不活人了？她开始和人换工。经常有男的在我家干活，喝酒。我爷爷就骂，说我妈不孝顺，一年也不见给他打一回酒，倒把好吃好喝的都给了外人。我奶奶也帮腔，说我妈一个妇道人家不守妇道。话赶话说到最后，我妈也急了，和我奶奶吵，说，你儿都没说什么，你倒着了急。你这么看不惯我，你来把我杀了，给你儿再娶一个孝顺媳妇，看是不是有愿意做牛做马的嫁到你们郑家。我奶奶气得发了疯，抄起钉耙先是抓大门，后来又去打神龛。我妈在一边看着，也不拦阻，还不停刺激，说，都打了吧，你把屋拆了才好了。我看到时候你儿住到哪里！你知道儿媳妇和婆婆处得好的本来就不多，何况还是在资源有限的村里。我爹是愚孝，别的不听，我妈受的委屈他也理解。我妈就是找了别的男人帮忙，给他们喝了酒，这事我爹也清楚。他就是见不得我妈做了这些还这么理直气壮。这不无法无天了吗？我爹也不和我妈说理，都没吵，按住我妈就是一顿暴打。当时我爷爷奶奶，我太爷爷太奶奶，我叔叔婶孃，都来了。来了也不劝，就坐在旁边看着我爹打我妈。要是只是两口子之间打闹几下，我妈可能也不会往心里去。但这回，当着那么多人的面，没头没脑地打，简直是往死里打，我妈受不了了。开始她还号，后来干脆一声不吭。我爹越打越来气，想着这么多人看着呢，你还跟我赌上气了，越发下了狠手。我现在都记得一屋子人坐在那里看着我爹打我妈的样子。真不知道他们怎么就忍心。从那之后，气得我妈跑到福建打了两年工才回来。我妈以为带回来几千块钱，可是给家里做了贡献，哪里知道我爹气不顺，嫌我妈一走几年不归屋，又把我妈摁在地上劈头盖脸一顿好打。我妈一时糊涂，就给喝了农药。我那时候十五六岁，不懂男女之间的事。只知道恨我爹。我是真的恨我爹，他这辈子没干过一件有出息的事，十里八乡落得的名声就是打女人手毒心狠。”

“现在呢?”

“我爹让我把钱寄回去，说是给我盖房子娶媳妇。你说可笑不可笑，他找了个后老婆。后老婆带了个闺女，还在念书。他说只要我出力，把她供出头，将来家里的东西都是我的。他说来说去，好像他结婚不是为他自己，倒是在为我的将来打基础。”

田梦雨虽然早看过郑安奎过去的故事，只是现在听到他亲口讲述，感觉还是不大一样。

“别看我爹平时一声不吭，一肚子主意。我还真信了。一发工资就寄钱。自己也舍不得。别人得几个钱，去唱歌，去喝啤酒，去找小姐，我从不接他们的茬。得寄钱啊，还有个亲弟弟在念书。说到我弟弟，我弟弟小时候学习真不错。我上初中那年，我妈让我给我爹写信，我当时净想着玩，写半天，涂涂画画，不成样子。气得我妈拿起烧火棍就往我身上打。我弟弟在旁边直喊妈妈别打了，妈妈别打哥哥了，我写还不行吗？他从小就比我学习好。我也想着他将来会有出息，结果读了个一本大学，你知道他去干啥了？他去搞传销，还把我骗进去了。原先他还是我的念想，一想到自己被最信任的亲人骗，我整个人就崩溃了。”

郑安奎的弟弟到厂里来过，来了也不干活，只是成天蹲在电脑跟前打游戏。郑安奎说了他几句，结果第二天就不见人了，也不知道是几时走的。他弟弟走了，郑安奎好像也不担心，反而自嘲，说他们一家子人，别的本事没有，就是气性子大。

“你说还能相信谁？那会儿骑自行车，一天骑百十来里，我也不和人说话。不说话主要是不信别人，再说了，即便和人说了，别人也未必理解你要说什么。所以那回在客运站，我本是发呆，看见你的样子和我娘有几分神似，不免多看了几眼。后来又多说了几句话，你说话也不像别人，动不动就是你应该怎么样怎么样。你一句多余话都没说，还顺着我的意思，说我娘年轻时候应该很漂亮。其实我都忘了我娘漂亮不漂亮。我一直都在愧疚中生活，要不是我读书花钱，我娘就不至于那么苦。就那个时候，我突然意识到我总是想着过去也不对，我得往前活才是。人怎么能一直活在过去？岂不是自己和自己过不去？要是看不惯的事我都记着都去恨，岂不得累死？”

田梦雨都快忘了当时失魂落魄时的样子。她甚至都没注意到他当时的心事。

郑安奎说这些的时候，邻床小孩时不时就要撕心裂肺地痛哭。

有那么一阵子，郑安奎还扭过头去逗小孩，问他几岁了，在哪里上学。听见已经上了二年级，郑安奎严肃了。他说，你都是小学生了，该懂事了，这么点痛怕什么呢？你看叔叔，屁股都打绿了，眉头都不皱一下。小孩说，你是大人，我怎么可以和你比？我要是像你这么大了，肯定也不哭。郑安奎说，你要是个男子汉，现在也不应该哭。到时你出院了，就可以和人说，旁边的叔叔都会喊疼，就你挺了过来。小孩说，我喊一喊，就感觉没先前疼。小孩爸妈还在旁边道歉，说是影响了他休息。郑安奎笑了笑，又说，要不这样吧，叔叔帮你转移注意力，我帮你复习功课好不好？

接下来的许多天，郑安奎都会比赛和小孩背唐诗。赶上江苏卫视播《一站到底》，两人还对着小小的手机屏幕抢答。好多时候小孩抢了先，郑安奎都会表现得特别佩服。他一副心服口服的口气，好像是照这么学习下去，小家伙肯定会成为天才。

不知为什么，见郑安奎既不操心自己的病痛，也不诉说过去的旧事，只是和小孩比赛，田梦雨反倒是看得更加难过。

这天，她从食堂打饭回来，刚进病房，小孩就跑到跟前说：“奶奶，奶奶，我看见叔叔又流鼻血了。他流了那么多鼻血，会不会死啊？”

田梦雨听得心里发抖，却见郑安奎嘴唇发乌，睡着了还在呼哧呼哧直喘，不知道梦里是在和谁比拼。

没忍住，还是拿过郑安奎的电话，想着得和他家人说一声。嘟了半天，终于接通。是个女人接的。问是谁。田梦雨说，我是谁不重要，你儿子现在病了，在住院呢。结果对方像是马上反应了过来，问：“你就是那个天天和安奎鬼混的老女人？你告诉郑安奎，他爹都快死了。”

田梦雨忙不迭挂了电话，半天没缓过神来。

又过了些时日，郑安奎的气色好了些。医生开了出院单，说是回家好好调养。田梦雨这才把他爹生病的事说了。

九

穿过一条逼窄巷道，就到了楼跟前。

田梦露说，旁边规划的是客运站，到时这些二层三层的房子都得拆。田梦露的意思是，别看现在进出道路不通，将来可是方便。田梦雨四处张望，好像是在想象将来车来车往的景象。不远处，一条广告语横在楼中间：两证齐全，首付五万，两房三房，随便挑选。说是电梯房，还是畲刀沟第一家，四年过去，仍没接好水电。田梦露的解释是，公家房子，教师公寓，总得考虑齐全，哪有那么简单。走楼梯爬到九层。进了门，只见毛墙毛地，正是秋天，水泥墙上渗着水汽。不到一百二十平方米的房子，前后付了三回钱，一回五万，这回拿到钥匙，又交了两万。田梦露说，这个户型好，南北通透，三间卧室，还有客厅、卫生间，间间都有窗户，随便看到哪里都是风景。田梦雨打开窗户，山还是从前的山，灰黄的土块补丁一般散落在山间。她五岁开始放牛，亲眼见过这土地怎样熬弯了父亲的腰。脑子里想到的全是人怎么忍耐都活得精疲力竭，完全体会不到田梦露嘴里的那份放松悠闲。民族中学的铃声急促响起，学生们跑出教室，原先空旷的操场填满了人。田梦露说，等你家田子秀和彭子华的孩子大了，住在这里，多方便，门口就是中学。小学也不远，从这边穿小路过去，三五分钟就到了。外孙女上学的事情，田梦雨还没考虑到。田梦雨说，快别把孩子给我。彭子华那边有四川婆婆帮着照看，不用我操什么心，就这个田子秀不省心，当时她结婚我就劝，她不听。牌桌上认识的男人能靠谱？说多了，她还嫌我烦。我也想着，只要两口子真心喜欢，也算。结果有了孩子，两个人天天吵，都好吃懒做。前两天还打电话，问我借钱，都是一家一业，他们也好意思。田梦雨倒不是讨厌小外孙女，这么个肉肉的小东西有什么错呢？嘴里说不管，又生怕两个年轻人不会带孩子，忙不迭地去邮局给他们汇钱。先前还只是为田子秀着急，快三十岁的人了，什么都没有。现在听了田梦露的话，原来姐姐早替她设想好了将来：再过几年，她就得回来帮着带孩子。多年没回来，田梦雨一直以为自己很平静，等到看见挨挨挤挤全是新盖的房子，年轻人穿着她不习惯的衣服从她眼前晃过去，她才有些庆幸，过去是错过了不少好时机，好在总算选择对了一回，再拖个两年，怕是连个只砖片瓦的落脚处都弄不下。

田梦露每进一处房间，都说该怎么怎么装，田梦雨听了越发心慌。打一堵墙，得多少钱，还有刮墙抹灰，铺地改水电，买家具更是一笔大开销。这哪里是住新家呢？简直是个无底洞。田梦雨说，房子我是买了，田子秀愿意住，自己来收拾。我是没那个能力了。她嘴里这么说，心里却也有期盼，想着田子秀有一天改运了，为她争口气。

下了楼来，她们又往田梦露家走。

田梦露家在镇政府跟前，十年前就起了四层楼。田梦露忙着到四楼做饭。田梦雨看了半天，也搭不上手，索性走了出来。酉水河向西流去，河坝里几个孩子正在高声尖叫。突然，一阵熟悉的乡音压过来："你们这算是哪门子民政？我残疾了二十几年，谁不知道？还要我去医院专门找人鉴定。你们就没长眼睛？我都这样了，还说我没资格领低保。我都没资格领，什么样的人才有资格？"

大概是工作人员正在解释，穿衣服的人声音又低了下去："开个裁缝铺倒成了我的错了。这么多年，我自力更生，找过谁麻烦？辛苦一辈子，连个贫困户都进不了。还说我有房子，我怎么不知道我有房子？我老婆买的？我老婆早跟人跑了，她还能算我老婆？"

田梦雨听得生气，人竟能无赖到这种程度，还有主动争取贫困户的，好像这是个莫大荣誉。田梦露在里屋接腔道，你不在村里，自然没你的份。现在人也是怕了，不闹，干脆没有，咬得狠一点儿，多少总给你一点儿。我是懒得和他们打那个麻烦。吵上半天，也发不了财？好事还能全让他们都占了？我不信他们能靠这个吃一辈子。走出来看了一眼，又扭头和妹妹说，你不认识啦？这个砍千刀的彭拐子，也是穷疯了，有空没空，隔几天就要来闹一回。

田梦雨脑子里乱成一片，没听清田梦露的话。

“好好好，既然你们政府都承认了，说我老婆在民族中学后边有房，那我今天倒要去看看。我就不信我老婆的房子我不能住，还能让谁住？难不成让她养的小白脸住？”

田梦露说：“真是不要脸。别人老婆跟人跑了，都知道丑，他倒好，生怕别人不知道他老婆跟人跑了，成天在这里叫唤。”

田梦雨别的没听见，独这句刺激到了她。她问：“什么叫跟人跑了？我跟谁跑了？”

田梦露说：“这么多年，你一个人在外面，别人怎么嚼舌根子，嘴长在他们身上，由他们嚼蛆。我是相信你的。难不成你还真等着和他拿了离婚证再盘算自己的生活？”

田梦雨说，我都这样了，月经来一天就没了，都快绝经了，谁还要？田梦露说，去看医生啊。肯定是当年刚结扎完被疯子吓了一回，又跑了半天，落下的病根。田梦雨说，你说一个疯子，谁也不撵，偏偏追着我打，是不是当时老天爷就看不下去了，在提醒我？田梦露说，哪里有什么老天爷，真有老天爷，早睁眼了。找个老伴吧，有个照应。田梦雨就笑，说，你说我长得又不漂亮，烂桃花还不少。我也不能说他们不三不四，只是做女人，总有男的来招惹你，真是烦躁。我真的不喜欢。太累人了。他们一旦搭讪我，我就想起彭坤明的怀疑，好像我真的成了他嘴里的那种货色。田梦露说，你这是心理出了问题。你越是怀疑自己，岂不显得你更没用，过了这么多年还被他精神控制？他能怎么样？他就是把你的户口簿身份证都霸占了又能怎么样？

半夜里，她一个人躺在黑暗中。那些压抑多年的想法又从黑洞洞的夜里跑出来，冷森森地刺激着她。迷迷糊糊中，听见鸡叫了头遍，她这才有了主意。儿孙自有儿孙福，她不可能为田子秀彭子华考虑一辈子了。至于谁住到畲刀沟这高层的房子里，也不重要。反正她是不会回来了。一想到接下来也没多少可操心的事情，这才一点一点伸直了脚。潮冷的被窝激起她一身的鸡皮疙瘩，浑身汗毛好像都竖了起来。

十

“小时候那个穷，还不只是缺钱，真是没法儿形容。那个时候，可能大家都没什么钱，也算不得特别突出，就是感觉饿，饿还不是最吓人的。一九八四年，我爹心脏和脑血管都出了问题，住进了县医院，一住就是两年，最严重的时候不能离开人。姐姐十七就嫁了人。我正上初三，一家四口人的生活重担，全部压到了我妈一个人身上。家里哪里有别的收入，光是送学生念书已经入不敷出，如今又多了一个病人，没了劳力不说，还得需要人照应。照顾完病人，还得下去干活。总共两亩多地，种点洋芋玉米。说是地不多，也够我妈一个人忙活。家里还喂的有牛，有猪。我是天天一放学就去打猪草。谁见了不心酸？看着母亲没日没夜操劳，不到四十岁背就驼着，我不想增添家里的负担，连马上到来的初中毕业考试都没有参加，直接就退学了。”

一九八四年冬天，邻村的黄丽萍想去深圳打工，没有伴，田梦雨知道了，却也没敢直接应承。黄丽萍县城都没去过几回，猛不丁就说要去深圳。深圳可不是个一般的地方，那是书本上描述的特区，每天按时上班，到月底了，还能像吃公家饭的干部一样领工资。别人的话打动了她。有了工资不就能帮母亲减轻负担吗？两人搭伴坐大巴车，黄丽萍一路上激动得没睡着，瞪着眼睛一直看外面，田梦雨晕车，苦胆汁都吐出来了。

下了车，黄丽萍还一直在描画一路上所看到的景致，田梦雨头昏脑涨，心想这特区真不是人来的地方。下了车，才知道大巴车不去特区，广州就是终点。起初想着广州应该也不错，好在当年也是通商口岸，和香港、澳门都离得挺近。找工作的人多到人踩人。她们又上了辆面包车，也不知道会被拉到哪里。厂子孤零零地立在那儿，离旁边的村子还有老远一截距离。厂子偏不说，环境也差。满地的炉灰，脏兮兮的就别提，那么一点儿大的宿舍，一个屋子就装了三十多个人。冬天空气还稍微好点，一到夏天，各种味道混在一起，真是不知道该怎么形容。过了两星期，她才搞清楚这里叫旧水坑。六月工资还没领到手，黄丽萍就嚷着要回老家，田梦雨想着就这么跑回去，也太丢人了。再说了，都出来了，还回渔川？她可不想回去再像母亲一样种地。

甚至连母亲催她回去结婚，招个男人来顶门立户，田梦雨也不愿意。她知道渔川有多穷，嫁到渔川，几十年的命运，她看得一清二楚。找个本地人，她不是没想过。之前认识个本地的，跟着去了男孩家，男方母亲给她水都没倒一杯就睡觉了。她这才知道自己是送上门去的，被人看得轻贱了。现在她也不指望找个条件多好的，能对她好就行。

出来玩，等了半天黄丽萍买水回来，人影也不见。田梦雨不免多说了几句。

男人接了话，说，我的情况，黄丽萍和你说过了吧？田梦雨这才意识到眼前这个男人，竟然是黄丽萍给他介绍的对象。田梦雨说，你的什么情况？你可别多想啊，我跟你们出来玩，还以为你和黄丽萍在搞对象。田梦雨心里窝着气。生气倒不是因为黄丽萍给他介绍了个对象，而是好像因为自己年龄大了，就得接受一个残疾人。她对残疾人也没什么偏见，只是一想到这辈子可能就得和这么个残疾人捆绑在一起，田梦雨就喘不上气来。

黄丽萍回来，看见田梦雨和他说得投机，就笑，远远这么看着，你们站在一起真是般配。田梦雨本没当回事，听见黄丽萍笑个不停，就多看了一眼男人。男人虽然走路有些瘸，个子倒是高高大大，长得也不难看。说话也温和。重要的是黄丽萍的补充：

“别看他腿不大好，人可是上进，还在自考，准备考中山大学。”

周围的人不过是在按部就班，终日在缝纫机上忙活，有谁还会想到提升自己？这么一比较，感觉他腿是瘸着，形象却要比一般人高大了不少。心里边转了半天，嘴里却说，我们不合适的，你去找别人吧。得到了答案，男人像是终于踏实了，说，其实我也没那么想结婚。我常拿书里的一句话安慰我自己，现在也送给你：

“永远，永远不要结婚，我的朋友。这是我对你的忠告。当你还不敢说你已经做到你能做的一切以前，当你还没有停止爱你所选择的女人，还没有把她看清以前，千万不要结婚。不然你就会大错特错，以致不可挽回了。等老的不中用的时候再结婚吧……不然你身上一切美好，高尚的东西都会被毁灭掉。一切都在琐碎中消磨掉了。”

田梦雨对男人说的话似懂非懂。她看着这个瘸腿的男人，比她大十来岁的男人，想，难道他以为现在自己还不到不中用的时候？这个念头也只是一下划过，并没有给她足够的警醒。她只是感觉他比她成熟，有自己的想法。当然，也有那么点书呆子气。她倒不讨厌书呆子。周遭的男的，面目大同小异，他的这点迂腐和固执好像反而为他添了层金色。原来他一直在看书，在努力，没有像她一样漫无目的，荒废自己。

像是生怕自己呆头呆脑的话吓着她，又说，你要是认识心肠好的姑娘，帮我介绍一个，年龄大一点儿也无所谓。田梦雨哦了一声。男人又说，你就打算打一辈子工，没想着报个服装学校什么的，去进修一下？田梦雨还是心不在焉地，半天才哦了一声。她对要干什么根本没规划。男人却跟她算开了账，说，你做学徒一天三十元，最多六十元。长年累月干，一辈子能有什么出息？我看报纸，广州服装学校招生，想不想报名？田梦雨说，学费那么贵，我就是念不起书才出来，又让我去念书，谁给我掏学费？男人说，这不一样，学到一门技术，再工作，起点就不一样。

田梦雨当时没再说什么。

回到宿舍，黄丽萍还问，怎么样？见田梦雨不说话，又说，他们家弟兄五个，家族大，谁嫁给他，能受人欺负？他结不了婚，也不单是脚的问题，是他眼高，不想一辈子窝在村里。年纪轻轻就这么有想法的人有几个？黄丽萍说，要不是和人定了亲，我自己就用了，哪里轮得上你？甚至连男人的腿不好也成了优点。黄丽萍说，现在的男人又有几个坐得住，动不动就往外跑。嫁个那样的男人还不把你操心死。而他呢，不光人耐烦，沉得住气，挣的工资也比别人多。

等男人再约田梦雨，也没去什么公园，直接去了中山大学。田梦雨从没进过大学，走在校园里本来还有些畏缩，看谁都是目光躲闪。田梦雨步子慢不下来，总比男人快大半步。后来见男人给她介绍学校的图书馆、食堂、音乐厅，田梦雨想，这以后就是他上学的地方啊，不免笃定了些，由着男人拖着步子走。走了半天，看见粉馆，两人走了进去。结账的时候，将近二十块，男人掏出钱包，根本没犹豫。他好像完全沉浸在马上要通过的自考当中，根本没把这几十块小钱当回事，还有说有笑的。田梦雨放松了，两个人吃完饭，又绕着学校走了好几圈。本来看过的场景，每走一回好像都能发现不一样的地方。等到想着要回旧水坑时，天色已经晚了。

男人说，要不就在学校附近开间房吧，明天赶早班车回厂里。田梦雨想着男人腿脚不便，人也温和，也没害怕，凑合一晚就凑合一晚吧。进了房间，男人一把薅住她，嘴就要往上凑。田梦雨本能扭住他的下巴，都忘了喊，只是喘着粗气。也不知这么斗争了多久，听见男人说，好梦雨，我不毛手毛脚了，你放开我行不行？她放开了他，却听见他在黑暗中脱衣服。她裹紧被子。他说，好梦雨，给我一点儿被子。她不松手。他一点一点抠进来。她从来没谈恋爱的经验，只感觉马上就要完蛋了，就狠命蹬了一脚。男人掉在水泥地上，发出一声沉闷声响。男人爬起来，半天没动静。她想，这下应该老实了。谁知过了会儿，他像是缓了过来，说，你人也打了，气也出了，我们也都这样了，迟早都要结婚，干吗不对我好一点儿？田梦雨急了，都哪样了？她憋着气，好像生怕一松劲，就被他攻破防线。他说，以后有我吃的，就有你花的。我出钱，供你去念服装学校。你想想，我们都有了学历，还怕在广州吃不开？

很难说是男人的话打动了她，还是一晚上的折腾消耗完了她的体力。她的双腿几近散架，浑身像截木头，由着他摆布，忙前忙后。

十一

田梦雨大着肚子参加广州服装贸易学校培训。学费花了一千多块，都是男人垫的。三个月后，她拿到了结业证。再去找工作，别人一个月还是一百来块钱，她可以挣到二百多了。

大着肚子终是不便，回到渔川养胎，捎带着典礼，请客。鞭炮放完，地上的纸屑还残留一点儿红色，男人又去了旧水坑。

男人每次来信，最后都要附带一句，问候我儿子。田梦雨本来常为孕吐痛苦，听男人说得次数多了，也恍惚，好像怀的真是个儿子。他想要个儿子，和他一般高大就行，重要的是健康。将来可以自由自在。当然，男人说得也委婉，“主要是帮你们田家有了后。”什么叫帮？说得好像和他没什么关系。田家在村里是势单，就是在田家湾本族，说话也没分量。生个儿子自然好。她倒没想过生个儿子，然后靠他来完成自己未遂的欲望，要是个儿子，将来行走在人世间，也要让她这个为娘的少操几分心。

清明前一天，她生了。

“是个女孩。”

过了两天，她缓过来，一边给哭闹的孩子喂奶，一边给男人写信。收到信后，男人都没回来，只是带回来一个名字，说，就叫田子秀吧。男人的意思是等孩子一岁断了奶，田梦雨就回服装厂上班。两个人上班，总比他一个人挣得多。再说，他供她念了一年书，总不能白花那份冤枉钱。什么叫他供她念书？田梦雨气不过，嫌他说话薄凉，没再回信。

到了年底，男人回来了，还带着铺盖，锅碗瓢盆。男人说，反正这两年年轻，先要孩子，他也可以安下心来准备自考复习。

田梦雨的肚子再次大起来。男人有时忙着看书，还要让田梦雨做家务。田梦雨骂他没良心。男人就说，你肯定你的肚子就那么争气，这回怀的一定是儿子？好像怀不上儿子倒成了她的短处。男人不知道从哪里听说县医院有种机器能照出来是否是男孩，时不时地鼓动田梦雨，说，咱们也去医院看看，要是儿子，皆大欢喜。要是个女的，就趁早流掉。现在计划生育抓得这么凶，到时候再是女儿，就完了。田梦雨不明白生个女儿怎么就完了。男人要是不讲得这么露骨，她兴许会配合去趟医院，现在听他的架势，她要怀不上个儿子，就得一直去医院打胎。她见过比她大不了几岁的堂姐打胎，先是吃药，沥沥拉拉流了一个月血，脸色差得像张金纸。后来挺不住，送到医院，仍是没抢救过来。这哪里是打胎呢？分明是要她的命。下回男人再说起，田梦雨装作听不见。

到了第六个月，男人坐不住了，说，去医院体检下吧。

看看孩子健不健康。两个人坐上拖拉机，一路上颠得田梦雨吐了好几回。到了畲刀沟，田梦雨死活不愿上公交车。男人说，都到了镇上，离县城也就十几公里，再忍忍。田梦雨吐完了浑身没劲，想骂也没力气，最后是被男人架到了县医院。

做完B超，医生说，现在的孩子真是会享受，你看这二郎腿跷得。男人怯怯地，问，是男孩吧？我就知道肯定是男孩，要是个女孩这么小就跷二郎腿，像个什么样子。医生说，都什么年代了？男孩女孩不一样？

见医生不说话，走了出去，男人说，肯定是个男孩，怀女孩肚子能有这么大。田梦雨说生个五六斤的孩子就好。男人说，得生个大的，十来斤。生不下来，把你阴道剪开。说完还哈哈狂笑。田梦雨脸色阴下来，说你是想我死？不生了，你爱找谁生找谁生。我好不容易来人世一遭，凭什么给你做生育机器？男人说，玩笑嘛，你还当真。我嘴贱，下回不说了。田梦雨说，你打心里就没把我当个人。我去结扎算了。男人的脸色变了，有那么半天男人没说话。他阴着脸一声不吭的样子也着实吓人。田梦雨不知道男人又在盘算什么，索性把头扭向窗外。

得知怀的是女孩，男人当着医生的面逼田梦雨打胎。男人急赤白脸。田梦雨平日没见男人如此激动过，头一回看见他面目竟如此凶恶，好像犯了神煞。田梦雨说，你要是不要，我就和她一起死。男人说，生了两个都是女孩，你让我以后怎么做人？两胎后就得结扎了，你是让我在你们田家从此绝后吗？田梦雨母亲当初看中他，也是想着他们家弟兄多，她和她娘，孤儿寡母，有个三长两短，好有个帮衬。难不成现在连母亲的希望也给毁了？一时情绪激动，田梦雨腹疼难忍，窝着胸蹲在地上，半天没吭声。医生听不下去了。

“胎儿都六个月了。第一胎就是剖宫产。如果打胎，万一生一半生不下来，还得刮宫。到那一步，大人命能不能保住还难说，你们倒好，都这个时候了，还为这个吵。”

男人不似先前凶狠。田梦雨满脸是泪，几乎是在哀求，说，只要答应这回不逼我打胎，我们以后去广州了再要。不管有多苦，我都给你生，直到给你生出来儿子。

好像也没更好的办法了。

生下彭子华，男人又去了广州。到了广州，几个月过去，男人没怎么寄钱。好不容易写封信回来，都是在说他们彭家谁又生了个儿子，还寄回来一瓶酱黑色药水，说是家传秘方，吃了就能生男孩。花了他大几百。只要坚持吃，只要能生儿子，花多少钱他都在所不惜。男人说得特别肯定，好像只要按他计划的来，一切都万无一失。男人的意思是，他现在在广州条件好了些，在厂子附近租了间房子，她来了安心调养身体，班都不用上。他在信里，提都没提田子秀、彭子华两姊妹。

男人把广州描述得天花乱坠，好像在他的努力下，又给她打造了一个适合生儿育儿的安乐窝。田梦雨听了，只觉凶险无比。万一怀的再是女孩，可怎么办？再去打胎？就是怀的是儿子，冲他现在的态度看，她和他的关系也好不到哪里去。田梦露本来还劝她机会合适了再要一个，田梦雨说：“再生一个？再生一个，我就真疯了。”

村妇联主任救了她。生了二胎，没钱交罚款，把老母亲的耕牛也给牵走了。

彭子华还没满月，田梦雨就老老实实跟着村妇联主任去医院结了扎。

等了几个月，见田梦雨还是没去广州的架势，男人问，现在形势这么好，你不想挣钱了？你不挣钱，两个孩子将来用钱谁来管？男人信里也没直接逼她去广州再怀儿子，口口声声，都是将来两个女儿的开销和他关系不大。她田梦雨得出门，为家里做贡献。要不然他当年供她进修的钱就打了水漂。

等到过年回来，得知田梦雨结扎了，男人气急败坏。也不管田梦雨产后虚弱，每天像个大爷，饭也不做，家务也不干，洗脚水还要田梦雨端。嘴里还说，就你会生？我就不信找不下个人给我生儿子。

田梦雨本来话就不多，听见男人满嘴疯话，更是沉默。碰见田梦露，才松了口气，直问，这辈子可是毁了，姐姐，我可该怎么办。太累了，这辈子要是不给他生个儿子，怕是永无宁日。成天找我的茬，这日子可怎么往下过？田梦露听了，跟着胀气，说，跟他离婚吧，都什么年代了。还由他一个上门郎作威作福。是欺负我们田家没人了吗？说完自己叹了口气，好像她这个做姐姐的出的是什么馊主意。

这天，男人喝了一碗酒，又说，你这人没用了，我得在外面找一个。

田梦雨说，你不用担心。只要我们离婚，你离婚了找几个都行。男人本来只是昏头说些气话，听见女人突然这么反常，疑心背后有人给她出主意，还这么有底气，说不定还是个男人。一想到他还在为生儿育女纠结，还在操心他们田家和彭家后代的事，谁知道这女人早和他有了二心。竟然要和她离婚。这不是反了天？再这样下去，还了得？他越想越不是滋味。本来自考多年，到底也没通过。耗到三十来岁结了婚，以为人生会不相同，不曾想更多精力被分散了。别人家的欢声笑语，更是刺激了他。要不是女人和他对着干，他会变成现在这样？越想越来气，忍到半夜，挥起拳头对着田梦雨就是一顿狂殴。

“我让你离婚，去死吧，去做梦吧。想和我离婚，我见你一回打你一回。我就是耗也要耗死你。当年我辛辛苦苦供你念书，那个时候你怎么没想到要和我离婚？把我的钱也花了，儿子也生不下，还想离婚。你离婚试试？我不光要打死你，还要打死你妈。”

田梦雨连夜跑出渔川，到了河边洗脸，才看见自己鼻青脸肿，人不像人，鬼不像鬼。

十二

腊月，田子秀打来电话，说是接她到漳州去过年。

去年，田子秀生女儿时，田梦雨去看过一回。一家三口挤在不到三十平方米的出租屋里，做饭还得把煤气灶搬到阳台上。还不如她当年在番禺旧水坑。田梦雨不想去，却又找不到合适借口。甚至好多时候，她匆匆忙忙地去，也不是真的有多想见面，而是在路上的折腾，拉长了那份悬而未决的等待。好像这样就能把热闹的节日蒙混过去。但这回，她好像累了，懒得折腾，只是说，你们来苏州吧，一家人来玩一玩，过年了，厂子里也没外人。

听说田梦雨女儿女婿一家人要来，郑安奎说，那得给他们接个风。

郑安奎像是怕人少太尴尬，又给志愿者之家的几个朋友打电话。听说郑安奎病情好转，又能吃吃喝喝了，都来庆贺郑安奎康复。

一群人在厂子里做饭。吃了饭，郑安奎还在感慨。

郑安奎说，紧赶慢赶，回老家看了老父亲最后一眼。要不是别人说他是我爹，我都快认不出来，脸皮薄得像层纸，牙齿也龇在外面。见了我，他话也说不出来，半天从眼角滚出一颗泪。也不知道他是痛苦，还是后悔当年那么待我妈和我。反正那一刻，我不再恨他了。不恨他不是说我原谅了他。他待在那样的环境，做出那样的事情也不奇怪。我难过的是，他可能到死了，还是没活明白。见人都不说话，又说，我是真高兴呢。我怎么尽说自己那点事呢。我都想好了，等厂子效益好了，大家一起在这附近买房子，大的买不起，就买小公寓，到时候，我们就像亲戚一样，随时走串。

田梦雨听了郑安奎的话，不好当场打断。她从没想过在这地方停留这么久。她甚至都忘了怎么就到了这里。现在她患了糖尿病，又有甲亢，眼睛也越来越差了。她可不想成为别人的负担。

有人说，大家一起去魔方唱歌吧，高兴高兴。去了点的都是田梦雨熟悉的老歌，有《水手》《鸿雁》《望乡》《铁窗泪》。歌是悲情了些，不过大家兴致高涨。灯光摇来晃去，不唱的人也没坐，跟着光影扭着，转着。

再也没有人谈论过去，那些抗议，愤怒，似乎都被音乐化解了。郑安奎唱着《朋友》，脸上一直带着笑。时不时地还咳嗽几声，好像因为自己想到了这么一个好点子实在激动。

田梦雨一直想着该怎么告诉郑安奎。她不是因为他病了，就急着离开。也不是害怕别人知道了她的落脚处找上门来。她是不能容忍自己败坏他的名誉。他还那么年轻，比她的孩子也大不了几岁。

从KTV出来，田梦雨一家几口也没跟着郑安奎往厂子的方向走。她说，人多，先去找个旅舍好好洗个澡。

先是在街上漫无目的地走，突然听见前面一阵叫唤。田子秀两口子还没反应过来，田梦雨却抱着小家伙冲过去了。只听田梦雨说，你给我放开。什么世道啊，还有没有王法了？田子秀这才看清，一个年轻男人正在拖拽一个女孩。男的说，关你什么事，这是我老婆。田梦雨说，这时候知道她是你老婆了？她是你老婆，又不是你的奴隶，一个女人经得起你这么打？男的像是才反应过来，说，你谁啊，碍你什么事了？女孩还在地下尖叫，一手护着被男人拽着的头发。田梦雨说，看把你能的，打女人是不是很了不起？男的还想再吵，田梦雨的声音越发高起来，说，有什么话你不能好好说？你打了她，感情就能更好？你一个男人，你打了人，就是你不对。对一个路人都不能这样，何况还是你老婆。男的见旁边围的人越来越多，先前还理直气壮，这会儿声音低了下去，手也松开了。女孩站起来要走，男的又想伸手拉，被女孩一巴掌打开了。女孩浑身上下都是土。

田子秀和田梦雨说，妈，下回可不敢了，你还抱着小孩呢。要是那男的冲过来打你怎么办？田梦雨说，可能是喝了半杯酒，壮了怂人胆了。当时就是看见小姑娘被打，气不过。放平时，你们要不在身边，我怕是也不敢。田子秀说，以后可不敢。万一这人手里掏出刀子，你一个妇道人家，赤手空拳怎么和人打。几句话说得田梦雨脊背发凉。田子秀仍是说说笑笑，继续往宾馆走。田梦雨好像还没从酒劲中缓过神来。她从没想到自己会这么勇敢。还是为一个素不相识的人。跟鬼上身了似的，都不像自己了。

开了房，女婿迫不及待打开电脑。田子秀抱着女儿到田梦雨的房间。田梦雨问，他呢？田子秀说，真是走火入魔了，一闲下来就买六合彩。田梦雨叹了口气。当年她就不赞成女儿跟牌桌上认识的男人结婚，不过也是一说。说到最后，她自己都没了底气。她这个当妈的都没做好榜样，又凭什么要求女儿做贤妻良母？她不会给女儿提建议了。甚至她都不期待女儿再按这部规范剧本循规蹈矩地表演下去。

田子秀说，妈，和你商量件事。田梦雨问，怎么又没钱了？田子秀说，不是。我想着孩子也大了，我带着，什么也做不成。你年纪也大了，能不能帮我带带孩子。好像怕田梦雨拒绝，又说，不是白带，我们会给奶粉钱的。他也答应了，一个月给一千五百块。田梦雨说，带孩子还能算个事？说到求人办事，我也有一件事要求你，你能不能回趟渔川，从你爹那里给我把身份证偷出来？说完了，田梦雨似乎意识到去偷也不合适，就说，你回去找找，他不是藏在床底下，就是放到了米缸里。田子秀说，这么多年你就没用过身份证？田梦雨说，开始用的你大姨的。这不都换二代了嘛。怕不顶事了。田子秀说，那倒是，万一哪天带着小家伙去坐高铁，赶个飞机，没身份证，岂不麻烦？田梦雨从没想过还要那么招摇地去坐高铁，赶飞机。她早习惯东躲西藏的生活了。田梦雨说，你们好好睡一觉，我先和小东西睡一晚，看看她闹不闹。

浴缸放满了水。先是给小东西擦背。小东西在浴缸里玩得兴起，小胳膊小短腿兴奋得直扑腾。话还说不圆，嗯嗯啊啊地，笑个不停。田梦雨见小东西游得自在，索性也脱了衣服。等到热气腾腾的水漫过身体，感觉毛孔都像是受到了清洗。小东西玩累了，趴在她的胸口，发出轻微的鼾声。她看着洁白的瓷砖。玻璃房外。玫红色的地毯。还有窗外的灯光。她突然意识到没有拉窗帘。先还有些紧张，还把身体往水里沉了沉。小东西嘟了嘟嘴，找了个更舒服的姿势，小手攀在她的脖子上。她怕弄醒小家伙，没敢再动。

半夜醒来，房间里灯光亮着，晃得眼花。好久没做梦了。梦里好像被一条长蛇缠得脱不开身。她有些脸红，好像一把年纪了还做这样的梦，真是不要脸了。梦境混乱，还有人喊救命。挣扎的人长什么模样，却也没看清。消防车尖厉的声音隐隐渗进来，马路上时不时还有轮胎划过的声响。她拉紧窗帘，也不关灯，和小东西一样，蜷成一团，面对面躺着。即便是女儿丢下小东西不管了，也得努力存钱，给她和小东西找条后路。她就这么混乱地想着，那些日常生活的乏味，恐怖，还有嘈杂混乱的一切，似乎都被她远远地甩到了身后。她的心劲是那么大，好像只要现在睡个安稳觉，就有足够的体力应对接下来的一切。

空中花园

KONG ZHONG HUA YUAN

一

麦子的香味满嘴串来串去，刚烤出来的面包，简直无法形容。蘸上去年冬天腌的山楂酱，他又塞了满嘴。扭头喊王翠枝。阳台传来念经声。王翠枝撬开铁罐，舀了两勺高地红茶倒进豆青碗里，捡起面包，细细嚼着。不知怎么说到曹开田。王翠枝说，要不去崇善寺点盏灯。又讲起厂里的老刘从庙里请回一尊花瓶，没过仨月，就招了女婿上门。正说着，电话响起来。王翠枝捂着手机，说，晚上开田回来。曹贤旺说，回来吧，饭菜不都给他备好了？王翠枝说，不是他一个人。曹贤旺抬头看了一眼，等王翠枝接下来的话。过了会儿才问，又搞了一个？王翠枝听不下去了，脸色一沉，说，来来来，你自己和他讲。曹贤旺说，讲什么讲，今天轮我值夜班。曹开田在那头叫唤，好好好，你也忙，爸也走不开，要不，算了。曹贤旺说，去你妈那里不一样？先前谈了几个，都不中王翠枝的意。曹贤旺的意思是，只要王翠枝点头，他看不看吧。好像他民主得很。

等到李平下班，两人在好利来蛋糕店吃了点心，又沿着北中环走了一截。有那么一阵子，两个人都没有道别的意思。曹开田说，要不去见见我妈？话题突然转到这里，李平一时没反应过来。李平说，合适吗？这都快八点了。曹开田说，正好路过。好像不过是顺便打个招呼。曹开田说他爸给他妈在轧钢宾馆上头弄了间房，专门念佛。李平听了，先是想到曹开田他爸有能耐，继而又意识到他妈是念佛之人，脑中现出一位慈眉善目的老太太。种种念头交替碰撞，有些火花在黑暗中擦亮了什么，李平也就没再多话。李平说得去买点水果。曹开田笑道，我妈没那么讲究。这话说的，他妈不讲究，她就可以随便？李平净想着见面时如何应答，忘了截男人的话头。说到他的婚姻，曹开田话特别多。谈一回二回，家里都不满意，到了后来，曹开田跟王翠枝约法三章，三章看起来内容不少，也可以总结成一句话，他的事不用他们搅和。既然曹开田说了三点，王翠枝也写了三条：一是叫吃饭，只喊一遍；二是说话和气，不要每天摆臭脸；三是一个人也要回家过年。那时他人在北京，想的是怎么眼不见心不烦。

李平听了，还想他妈也有意思，明显吃亏了。这样的婆婆应该好相处吧？心里头竟然冒出个婆婆，李平心口荡了一下。好在曹开田仍是自顾说话，没注意到她的反应。说到激动处，顺嘴控诉了一番前女友如何变态，查他的过往，翻他的上网记录，害他差不多有了强迫症，每天别的记不住，回家前总要删掉所有信息。李平听了，也没拦住重点，还以为曹开田把这么私密的话题暴露出来，明显是在信任她，于是也讲起有段时间怎么痛苦，和单位的人闹别扭，对象也找不下，工作、婚姻，都看不到任何希望，觉也睡不好，成日恍惚。什么是行尸走肉？说到那段黑暗，她仍免不了激动。曹开田呢，只是瞪着双眼，像是配合他的情绪，也讲了他和同事的斗争，与家人的相处，还用了个特别书面化的词——远交近攻。那些黑暗里的施虐和受虐、懦弱、可怜人的痛恨，两人小心不去触及，这个时候只是想到，她和他，都是同病相怜的人了。

不知怎么又说到她妈念佛的位置，曹开田还在介绍，说是轧钢厂，其实只是个办事处，首钢一部分也并到了这边。李平本来只是看着路边商店，听见曹开田絮絮地说起这些事，挺了挺腰，歪过头来，像是要听他继续往下讲。

谁知道曹开田他妈的佛堂根本不在轧钢宾馆上边。准确点说，是在轧钢宾馆的边上。从一片低矮的石棉瓦棚走进去，时不时见有人推着电动车、自行车进来，一个女人坐在窗口。李平还没反应过来，曹开田说是到了。骤然站在门房的白炽灯下，黑夜里看得不太确切的东西渐渐清楚了。门背后挂着一张发皱的观音菩萨像，几张心经、佛经口诀挡在窗户上方，渗着污渍的墙面贴着劝人向善孝敬父母之类的招贴画。李平眼皮直跳，也顾不上细看。房间太窄了，她踮着脚尖左移右挪，像是找个合适的安放处。曹开田见她不自在，问她。李平说想上厕所。曹开田笑说，那我领你回家。去他家就为上趟厕所？这不是自投罗网嘛，她才不上当。再说，话还没开始谈，就跑，也不仁义。王翠枝倒是热情，把凳子上的蒲团移开，连声喊李平坐。姑娘长得高高壮壮，说话声音也亮，王翠枝上上下下又看了一遍，眉宇间掩不住喜色，说，你俩年纪都不小了，好好发展发展。曹开田也学他妈的话，说，发展，还战略规划呢。李平听得恍惚，具体都聊了些什么，一句也没记清。

从车棚里出来，李平长吁了口气。曹开田一直送她到红绿灯口，还说下回一定要到家里吃饭，说他爸曹贤旺做得一手好菜。李平突然笑了一下，你爸名字有意思，跟玻璃大王曹德旺就差一个字。说完，也不等曹开田接话，又说，你知道曹德旺准备离婚时做过什么吗？他调查了一百对特点各异的夫妻，发现幸福的家庭各有各的幸福，不幸的家庭千篇一律。有了这个统计数据，他不再纠结婚姻，转而把所有的心思都用到了事业上。曹开田扭头看了一下，好像在琢磨李平话里是不是还藏着别的意思。曹开田说，你现在不再挑拣了，也是受他的启发？李平没接话。

路灯昏黄的光打在两人身上，衬得曹开田更是矮了一截。

二

有那么两个月，李平没和曹开田联系。

曹开田倒是固执得很，每天都发信息问候她。她也看，顺手就和那些垃圾信息一起删了。要不是周秀兰来到麦城，李平都快忘了还有曹开田这一茬。到底是亲妈，看出了姑娘的苦恼。问最近怎么样。天天都打着电话，李平好与不好，周秀兰应该也清楚。李平说，不怎么样。周秀兰就急了，之前不是说和个麦城家在搞对象？李平说，没劲。周秀兰就问，怎么他又把你甩了？李平说，什么啊，每天跟强迫症似的，到点就发条信息，都不知道换个词。周秀兰就笑，这男的有耐心。说罢又给姑娘算了一笔账，曹家家境普通，但毕竟是麦城人，他家院子现在看起来破破烂烂，谁知道什么时候会不会被开发，不是说地铁七号线还是八号线就要路过他们家？李平听了就笑，说，什么地铁？网上流传的图片也能信？规划的一号线二〇二〇年才通。他家说是在八号线边上，等到开始修八号线，还不到牛年马月？想到都等不及拆，说不定就嗝屁了，李平又急促地笑了一下。周秀兰就说，那也不一样。即便你享受不到，你儿子，你孙子，不也能有福气？将来改运的事可说不来。总归是你铺好了路。李平从来没从这些方面考虑过。经周秀兰这么一分析，李平又豁然开朗，仿佛她所有的选择和等待也不是那么一无是处，甚至为了造福子孙后代，她还挺有远见。只是说到曹开田的工作，周秀兰叹了口气。一个年轻人，干点什么不好，非要去殡仪馆。李平说，谁不生老病死啊，有本事你以后别去那地方。周秀兰见李平还维护着曹开田，像是为自己打气似的，又说了一句，再怎么着，人家也是事业单位，旱涝保收不是？周秀兰李建安两口子都是工人，九十年代被一刀切了，如今回到柏叶底一心种大棚，好像还没走出当年阴影。李平见母亲和自己说的不是一回事，便没再说话。

下回再收到曹开田信息，李平接了一句，你不累啊？曹开田说，累？发个短信算什么？开始那会儿，我天天去找你，和你说话到半夜十一二点，完了还要骑自行车回家，有劲得很。李平这才想起来，没见曹开田他妈之前，她和他也像是真的恋爱，每晚曹开田都要过来，先是请她吃饭，吃饭也舍得，门口的鸽师傅、江湖菜，回回都要花个二三百。吃完了，还要在她租住的小区散步。走了一圈又一圈，混杂在这里生活多年的老夫妻中间，根本看不出他和她还是一对新手。偶尔，等到周围安静下来，曹开田像是终于等到了他的主场，不屈不挠地把她往小花园里拖。她和他在阴影里一点点搏斗，浑身是汗。李平说，天天跑也累。曹开田说，你什么意思，你都把我这样了，难道还有别的想法？我可不想给别人留下什么缝隙。曹开田说起这些话，痞痞的，却也像是很认真，甚至有那么些绝望。她想起过去的某些时候，自己是怎样费劲等候那个喜欢的男人。李平笑了笑，说，我妈来了，她想见见你。曹开田好像有些意外。李平又来了一句，说，怎么你不想再发展发展了？

要过好些年，李平才像开玩笑似的提起，头一回看见曹开田，她妈失望得很。长得矮胖矮胖不说，走路还有点外八字，又黑。最后怎么还是同意了呢？可能也是两人年纪都大了，或者真的像曹德旺说的那样，再换一个人真的就大不相同？李平不敢细想。这一年，她都二十九了。

带着李平回家的那天，曹贤旺早早就去菜市场买鱼。算起来有七八个菜。家里的折叠桌摆不下，曹贤旺又从邻居家搬来一张大桌子。客厅太挤了，把餐桌挪到了曹开田的卧室。电脑桌上方摆着一个花瓶，瓶子两边，立着几个低眉敛目的菩萨造型。跟前插着三炷香，燃了半截。见李平看得认真，曹开田就说，我爸我妈为我结婚的事，真是操碎了心，年前还跑到五台山求神拜佛，找人算卦，说是得在堂屋中间供个花瓶，换换风水。还真别说，不到俩月，就认识了你。李平说，谁知道这花瓶里换过多少回水，插过多少枝花了。曹开田干笑两声，拍了李平屁股一下，啪的一声，在空荡的房间里还有回音。低低的念佛声音从阳台上渗出来。她走到阳台上，看见角落里一块红布下裹着观音像，佛脚下一台念佛机，烟盒大小。窗外，一棵老杨树怕是几个人合抱都抱不下，可惜干枯了，只剩下些枝枝丫丫，黑黢黢的，还在尽力刺向天空。曹开田走过来，顺手搭在她的腰上，说，我妈找人算了，说是这棵树影响风水，迟早得锯掉。只是树虽然长在他家院子里，要砍掉，还得到园林局审批。他们也来看了一回，算了下砍树成本，王翠枝又说再等等。现在，曹开田既然都搞下了对象，树砍不砍，好像也没那么着急。李平长看了看树底下堆着的杂物和缝隙里长出来的几棵美人蕉，说，你家在这里住了多年吧？曹开田就笑，说院子之前一直空着，自从曹贤旺干上物业，就把这快废弃的院子拾掇了出来。不知哪年，文物局来人看了看，又给挂了块历史民居的牌子。院门口也被王翠枝利用上了，先是种了些土豆，后来又不知从哪里移来两棵山楂树。嫌进出大门檩椽露出来难看，又栽了株紫藤。一到夏天，满院子都凉沁沁的。夹在周边五六十年代修起来的苏联专家楼中间，更显得曹贤旺的院子有些意思。就是下雨天不好住，墙皮也沤了。好在每年维修不用自己花钱，都是以单位名义向文物局打报告。李平听了个大概，也没再追问。念佛机的声音直往耳朵里钻。

王翠枝去洗碗，李平不好意思，也站起来收拾。曹开田说，快别，我妈最怕别人洗不掉油污。刚刚炒菜你没看见吧？连炒菜，肉的，素的，都得分个先后。她还没闹清楚状况，曹贤旺已经说到婚房了。根本不容李平多想。王翠枝从厨房出来，说，咱们去崇善寺转转吧。

到了狄梁公街，却不进寺里，拐向一边的百顺堂。王翠枝进门就喊刘大师。灰旧木桌子后面竖起一个光头男人。两人像是早就熟悉。王翠枝问了李平的生辰八字，刘大师从抽屉里拿出张白纸，写写画画。沉吟半晌，才抬起头，起首一句话就是，哟，两人都不小了。李平低头并了并脚尖，像是为自己年龄这么大了还要给人添麻烦，实在惭愧。第二句话是，赶紧结吧，宜早不宜迟，上半年没几个日子了，不行就下半年。说完，又写出两个数字。李平看见曹开田、王翠枝和刘大师聊得起劲，半天没回过神来。

三

更着急的是曹贤旺。

日子刘大师都测算好了，婚房还没准备好。总不能让一对新人跟着他们老两口住在旧院里。不说里面堆满东西，半夜起来摸黑上个厕所会不会撞倒，问题是还得去街上。快塌的门口，全是做铝合金门窗的，成天都是切割机刺耳的声响。这样的环境，怎么孕育祖国栋梁？就连觉都睡不安生。

二〇一〇年，赛马场这一带也没什么新楼盘，倒也有几处房子在卖，挖土机，塔吊，都进驻到了工地，外面用蓝色板子挡着，猛一看，也是热火朝天的景象。只是好几年了，也只挖了个坑，再无动静，荒草长得齐腰高。这天，曹贤旺骑着自行车满街转。路过幸福花园，售楼处立的净是罗马柱子，沿街一溜还种了些竹子，编成篱墙，几个保安一身蓝黑色礼服立在门口。不曾想，又冒出个姑娘，大冷天的两条长腿露在外面，胳膊下夹着一摞广告，没头没脑地，喊了一声大爷。曹贤旺心慌了一下，叉住腿，抖着手看着广告，余光还是扫到小闺女，旗袍开衩都快到了大腿根。小闺女说，大爷，有样板房了，上楼看看吧。

正是冬天，进到地暖管子还裸露在外的毛坯房里，一下暖和起来。站在九楼，看了看窗外，天空是灰的，树是灰的，街上的人看似穿着鲜亮衣服，也垮塌在满是阴影的背景里，显不出来。北沙河沿岸那一片平房，好几户屋顶不知从哪弄来的广告布盖着，上面的宣传依稀可见：河畔阔景，户户朝阳。他心里涌起一阵不知是怜悯还是羞愧的感慨。这些房子，和他脚下的楼房如此不同，简直像这座城市的一处处补丁，不，更像流浪汉满是污垢的双手。过去看见老太太从发黑的河沟里提水浇沟边的菜，他还羡慕。几乎是突然就决定了，他要买顶楼。得空运点土上楼，弄个菜园。想吃什么就种什么。他在毛坯房里进进出出，像是把每一寸地方都要估摸个够。小闺女指着不远处说，那一片，知道吗？马上就要修东中环。还有那一片，政府规划的是植物园。

从电梯里出来，小闺女指着四楼光秃秃的水泥板，说，这里要修空中花园，住户不下楼就能逛公园。拉水泥沙子上楼的，搬运家具的，电钻声音不断。卖房子的小姑娘说，总共没几套了。眼前所见，加上小闺女话外的意思，似乎都在暗示，再优柔寡断，只怕要错过最后的机会。曹贤旺再次跟进售楼部，领了五斤鸡蛋。出门就给王翠枝打电话，说是现在交一万顶两万。王翠枝正摸着珠子默诵南无阿弥陀佛，听见曹贤旺没和她商量就动了棺材本，脱口就是一句，你妈个逼的。你不会是被骗了吧？本来被小闺女大爷长大爷短喊了半天，脑子还有些懵，王翠枝这么一提醒，曹贤旺还真疑心上了当。问题是手里领着人家的鸡蛋。再退回去？他丢不起那个人。

好多年后，曹开田会把曹贤旺买房的事当成段子讲给人听，小闺女送了十三个鸡蛋，他爸就乖乖掏了两万块钱。

说起房子，曹开田还有一句口头禅：兄弟当年也差点在北京置办下房产。大学刚毕业他就去了北京。他是打算在那里扎根的。周围买房子的人不在少数。但凡他提起北京的房价如何如何，曹贤旺总是沉默。都说人争一口气，佛争一炉香，单位的子女一个比一个努力，不是出国，就是进大学，只有他家曹开田，说是也在北京工作，开口闭口，都是房子，好像他在北京站不稳脚跟，所有的症结就是因为没有房子。他总是和曹开田说，能不能，也得闯。现在，只要你胆大，就啥都不愁。他鼓励着曹开田。有些话还用细讲？明眼人不都看得明明白白？话是这么说，其实还是手头没钱。平日和王翠枝抠抠搜搜节俭出来的几个钱，都放在了朋友的养猪场。曹贤旺讲了半天大道理，意思无外乎他都还在奋斗，曹开田一个年轻人竟然想着坐享其成，只知道买个小房子过安生日子。

要过好些年，曹贤旺才会后悔。

问题是，谁的后脑勺上会长眼睛？从前后悔的事多了。曹贤旺都到轧钢厂当了工人，一个月工资实打实到手二十五块，结果赶上越南挑衅。正是热血青年，说去就去了。当了五年兵，运气也好也不好。服役五年，在当兵的中间算是长的。他稳坐不动，就是想熬上几年，提个干。那时候，风气好不好，他不清楚，只是一想到要给人送礼，他就脸红。现在他懂了，当年但凡活套点，拿出津贴给连长买条烟，报上去，还不是连长一句话？事要真能成，转业下来就是干部，一个月能领五十二块钱。一九八几年那时候，大学毕业生也就这个工资。他呢，太死心眼了，总想着人心都是肉长的，平日训练也积极，考核成绩也不错，迟早会被连长看到眼里。可惜人算不如天算，没熬到连长看见他的努力，倒赶上百万大裁军。最后，又回到了轧钢厂。书记说，都是给国家立过功的人，发挥专长吧。去哪里呢？保卫科。比起一线工人，保卫科收入低不少。时日一长，曹贤旺也乐得自在，毕竟工人挣得多，但天天吞吃粉尘，说到底也是拿命搏换。不曾想，轧钢厂效益一路下滑，地被老板卖了，他们一干工人还不知情。都到了上有老下有小的年纪，再思谋别的，他也没了心劲。就到物业找了个干的。眼见别人都在挣钱，到底不死心，又去承包果园，和人在郊区搞大棚种植。几年下来也就蒙混了个肚不饥。前两年，有朋友搞养殖，问愿不愿意入股。不用他天天提潲水桶，和猪成天厮混，到时候等着收钱就行。起初也是小打小闹，一年到头，也分不下几个钱。去年狠下心，把多少年攒下来的钱都投了进去，规模是上来了，结果撞上非洲猪瘟。照曹开田的话说是，有那几个钱，随便在哪里买套房子，怕都赚了。当年的二十万投资到北京，虽然只够个小户型首付，顶不住首都房价涨得快啊。当年北京三环房价，一平方米也就是个一万二三。现在呢？曹贤旺还是老思维，认为做实业才是投资，买房置地，不成了投机倒把吗？真的等到儿子想通了准备结婚，曹贤旺才转过弯来。许是在家念叨得多，曹开田听得多了，说起他爹的时候，连表情语气都神似：国家政策是好，可惜咱的命不行，老也赶不上趟。前二年，退役军人六十岁就能拿个低保。有人问我，你够吗？我才五十八，不够。不够那就等两年。结果等我满六十岁，说从这一年起又不给了。咱是一辈子都在赶，不能说咱没费劲，但凡老天开眼，只怕什么精都成了。没赶上，只能说是命不好，要不你怎么看。我现在也还好。因为当过五年兵，好赖一个月给你三十五，一年也有四百二。养老保险一个月一百多，一年小一千。当年在轧钢厂干过，多少也有补贴。三份下来，一年也有三千出头，正好够脱贫啦。这也是说笑。你要和有的人比，他们连这个都还没有。曹开田讲完，还不忘再补上一刀，听听这就是我爹。得亏当过兵，生死都见过的人，心理素质就是不一般好。要搁现在的人身上，只怕早抑郁了。

这些经历，鸡零狗碎，感觉上不了台面，只是经过曹开田一番拼接错置，曹贤旺却也不像李平素日看到的那副样子。那些曲曲折折的故事里，似乎藏着一个男人不甘心的疲惫梦想，只要她愿意裁剪，总能扭结成对她脾气的画幅。

四

新房起初买在二十六层。刚交钱那会儿，曹开田像是为了表达真心，还带李平来看过一回。房子大小，李平没发表看法，只提了句，说格局有些奇怪，客厅又窄又长，像什么，像什么？她诱导着曹开田。曹开田笑了笑，你是说像墓地，还是像口棺材？李平听了哈哈直笑。曹贤旺连呸三下，嘴里好似沾染了什么不洁之物。曹开田说，爸你还是党员，就不能唯物主义一点儿？小两口嘻嘻哈哈，好像这房子跟他俩完全没有关系。见两人兴致不在这上头，曹贤旺说，怎么，那我把这处房子退了？李平仍是没说话。曹开田说，你要是看不上，就再等等看。李平扭头看了男人一眼，像是在琢磨他话里的意思。

她心里头高兴，只是没好意思表现得太明显。先前在中医药大学住了五年集体宿舍，毕业后又在学校家属院小二楼上和人合租，她做梦都想有间自己的房子。别人托关系找门路，是想着事业上能更进一步，她呢，和人搭揽，总是想着能给她介绍个合适的男人。相亲相到最后，不光她疲惫，她爹李建安大棚也种得懒兴，工作队问起来，满腔心事不知从哪里讲起，每日气得走进走出，脑袋昂着，像只乍翅儿的公鸡，说，这个也不行，那个也不行？你到底怎么想的？李平心里也急，只是表露得不明显。早先有人问她，她能说个一二三，房子，车子，个子，都有个杠杠。几年下来，连最小的表妹都有了孩子，亲戚们聚会，也不像先前打听她搞没搞下对象，只是谈些孩子喂养的事。好多时候，她想参与，却也找不到共同话题。偶尔聊到结婚事上，亲朋们还得挑选用词，生怕话过头，刺激到她。逢人再问她，她只是囫囵说句随缘。这样模棱两可，毫无原则的话，让人怎么应答？别人不再多事问她，她自己也提不起劲了。身边有的是一地鸡毛的婚姻。有什么意思呢？意思也不大。熬过多少失眠的夜晚啊，不知什么时候开始，连她自己也懒怠。有一天从单位出来，看见门口不远处有人卖房子，说是交一万抵两万，她先进去刷了信用卡。订金付了，才给她妈打电话。周秀兰说，一个姑娘家，买什么房？真到结婚那一天，给你贴辆车就行。李平不听。有什么办法？周秀兰李建安顾不上在大棚里收拾，跑到平阳卖了厂里分的经济适用房，总算凑齐首付。那回曹开田说起他爹曹贤旺买房差不多算是被骗，李平听了却特别能理解。她甚至不知怎么联想，觉得曹贤旺能有这样的觉悟，曹开田应该也差不到哪里去。

定过神来，见曹贤旺看着她，像是在等她一句话，李平又说，不行问问我同学，他在房管局上班，看他认不认识这个开发商。

从黢黑的电梯间出来，到了四楼平台，曹贤旺指着眼前一片水泥地，说，这地方将来要建空中花园的。曹贤旺像销售员一样介绍，说平台到时会做成花园，建个凉亭，种点爬山虎、紫藤，夏天一地凉荫，满架紫花。李平跟着想象了一回，嘴里也哼，你的爱写在西元前。曹开田却说，要土没土，要水没水，种多大紫藤？满架凉荫，从森林里移植吗？曹贤旺被问得目瞪口呆，没再探讨植树造林问题，只是尽量重复销售员的话。临到后来，曹贤旺才说到重点：等有了孙子，交给我和你妈，你们该逛逛，该玩玩。

曹贤旺话说得有些急，嘴角都抖动了几下，仿佛只要想到可以和孙子在这空中花园信步游逛，就满足得不行。又说，这地方好，周围人上不来，就这小区的人，不至于太乱。李平看了看光秃秃的平台，想象不出来这个空中花园到底是什么样子，也就没有接茬。时不时能听见楼上刺耳的电钻声。平台上坐着不少人，和着一两岁小孩子的尖叫，显得这片工地也是生气无限。

曹贤旺还要去物业值班，先回了。等到父亲离开，曹开田又恢复了原形，说，等到咱孩子长大，大红本差不多也能下来，到时候就可以就近上小学。听男人的意思，在这儿买房的年轻人都是因为开发商承诺有大红本，将来上附近的育红小学方便。李平嘴角露出一点儿笑意。别看曹开田平日轻浮，这回总算说了句正经话。她甚至幻想了一阵自己孩子在这平台上跑来跑去的样子。她说了句，你婚都没求，还孩子？曹开田说，我们年纪都不小了，得抓紧。这话李平不爱听，说得倒像是她拉了后腿。虽然不爱听，两个人还是在孩子们的尖叫声中绕着平台走了几圈。

等到夜色一点点把周遭的一切吞没，李平才跟着曹开田到五龙口海鲜市场吃烧烤。

五

先前她说什么就是什么，不知哪天起，曹开田态度变了。

说好蜜月要出国，是去日本还是巴厘岛，李平没想好。曹开田却说，去新疆就不赖。好像他早就谋划好了，根本没有商量的余地。谁蜜月去新疆？跑去风吹日晒吃沙子吗？男人仿佛看懂了她的心思，又说，中国地大物博，有些地方可不真是你想象的那样。她想象成哪样了？她甚至学会了他的说话方式，回道，你不是天天赤身裸体在阳台跟前背疯狂英语吗？怎么，就不想走出国门验证一下你到底英语几级水平？曹开田只是一笑，完全听不出来她话里的讽刺，说，新疆怎么啦？你不是爱国吗？为什么不把钱消费在祖国？

李平两眼一黑。

头一回见面，李平就意识到有问题，现在总算是明白出在哪里了。头一回见面聊了些什么呢？是说了很多话，也不外乎生活和工作。曹开田问，平时都干吗？我是说除了每天在医院里查房、安慰病人，还有什么娱乐？那天在星巴克坐了半天，他还坚持送她去车站。在丁字路口等红绿灯的时候，曹开田这么问了一句。她怎么回答的呢？她说不怎么出去。声音压得很低，好像让他知道她平时的生活如此无聊，实在吓人。曹开田却不死心，问，一年单位也会组织一两次旅游吧？李平压了压被风卷起来的裙子，说，除了查房，还要管理几十号护士，不定什么时候还要加班。好不容易歇下啦，能睡个安生觉，都得谢天谢地。曹开田拍了她的肩一下，说，你是说你从来就不出去？一年到头就在麦城待着？李平说，你这么一总结，感觉太绝望了。我倒是想，问题是一个人走到哪里，都会提醒你，你是孤独终老的一个人。她自嘲了几句，想着赶快结束话题。又问，你呢？得知男人从前在北京，周五坐一夜绿皮火车到繁峙沙河，两天大朝台，走得腿肚子酸，周一照常高兴上班。要么租上帕杰罗去库布奇，沙漠里睡袋一裹，蒙头就是一夜。就是现在回到了麦城，只要得空，要么海南环岛骑行，要么到锡兰感受光明富饶的乐土。他所有的乐趣似乎就是甩开现在的生活。她更不想让他知道，她现在的生活多么乏味。让人窝火的是，男人炫耀完他的越野生活，竟然神经质地开始攻击她的职业，说，一个中医有什么好忙的呢？他见不得她把中医描述得如此有意义。他说，知道为什么从前中国人人均寿命只有三十五岁，一九四九年后到现在，增长到七十七岁了吗？是因为科学。他还拿出一套数据。三四百年前，钱大昕、戴震、王念孙这帮人还在搞古史辨伪，训诂，校勘，考证，金石，欧洲的伽利略已经发明了望远镜，罗伯特·胡克发明了显微镜，笛卡儿搞出了解析几何。中医说到底不过是纸上的学问，说是系统调理，要算计准确，真不行。见男人说得如此确凿，一时也不知从何处反驳，只是隐隐有种被碾压的痛苦。她虽然学的中医，对中医也并不是一味维护。不过，见曹开田那么一副口气，她免不了带些情绪，说，就你说得都对，那为什么新闻联播都在宣讲中医？她说这话的意思是天底下不可能人人都眼瞎，就他曹开田一个是明白人。话赶话说到最后，李平又补了一句，你小时候不都是吃草药，才用几天西药，就开始假洋鬼子了。李平越说，越是心烦意乱。幸好在大街上，还可以东看西看，不用一味地听他胡说八道。后来的事就说不清了，两人但凡说不通，曹开田都有本事说到她的职业，由中医又说到爱国，由爱国又开始攻击人品，平常话题，被曹开田这么上纲上线一讲，反倒显得李平和正常人不一样。这些涉及三观的原则性问题，被两人糅杂在平日的拌嘴中，仿佛这样的生活，也跟大多数人胶着的恋爱相差无几。当时肯定是她占了上风，她也误以为把男人说服了。

不曾想，隔了几个月，男人还有这么一句话等着。男人的话温吞吞的，看不清深浅起伏，李平像挨了一记闷棍，半天没还过阳来。

说李平对曹开田没有一点儿好感也不确切。在习惯性屈服之前，她也有过幻想。记不清什么时候，曹开田讲过一件事。那时他还在北京，新换了家公司搞团建，上午集体学习，下午自由活动，找人聊天喝酒搞关系，他也懒得去，于是一个人沿着北三环走到宜家。别人挑挑选选，他走了一圈，对那些简易方便携带的东西毫无感觉，最后买回来一个铸铁电饭煲。提着铸铁锅，他一路上歇了三回。当时只觉得自己神经出了差错，等到坚持找曹贤旺要钱买房时，他才意识到从那时候开始，他好像突然把握住了什么。兴许就是从那一天起，他特别渴望稳定下来。为什么还是拖了这么多年才结婚？他也想不明白。现在那个铸铁电饭煲又笨又沉，谁也用不习惯，早不知道放到了哪里。李平听得直笑，她想起爷爷在车间车出来的不锈钢勺子，父亲用了几十年，到她大学毕业，租房子的时候，还专门带了一把在身边，给人感觉那些塞满了回忆的物件也象征着甜美的负担。这么一想，眼前这个矮矮壮壮的男人也并非一无是处，至少对那些沉重铁锅的偏好也可以推断出他和她有着差不多的追求。她没敢说品质生活。他应该也是曾热爱生活的年轻人。

曹贤旺忙着收拾新家，根本没意识到这对年轻人在闹别扭。期间，曹贤旺去过一回售楼处，说他在房管局有认识的人，原来还想找找关系换一套，现在根本不想要了。售楼处的姑娘仍是客气得很，一口一个大爷，倒把曹贤旺叫得不好意思。过了些天，给他两斤鸡蛋的小闺女打来电话，说是换到了二十三层，小区最好的户型。曹贤旺去看了，果然比先前那户要周正，又把户型图传给曹开田。曹开田说，你喜欢就好。等到听说曹贤旺准备自己装修，曹开田说，你可别逞能，现在的房子可不比你那土坯院，随便搭几根檩椽拉几根线，凑合着搭建起来就行。曹贤旺又给李平打电话，他没说自己要装修，只问她想不想再看看房子怎么设计。李平见曹贤旺还是那么热情，先前存有的那点对曹开田的恨也松动了，说，叔，您看着办吧。儿子说话不中听，当老子的却正常得很。她想起自己那套房子从设计到材料入户，也是自个儿亲力亲为，不由对曹贤旺又多了份亲切。

“要是什么都自己干，真是能省不少工钱。”

这话曹贤旺爱听。是个过日子的人。几十年前，垒墙平院都是自己动手。装修还要找人？街头那些泥瓦匠谁还专门培训过，不也是凭经验？王翠枝见他拿着卷尺一走就是一天，问起来，也是鼻子里哼一声。楼下就有人在装修，怎么开槽铺电线，他早就看会了。房子又不大，要开槽的地方没多少，他拿根錾子大半天倒敲了个七七八八。电线铺好，曹贤旺又满院子翻找，竟然寻见了抹泥刀。等到水泥沙子上楼，他找好水平，开始铺砖。好像生怕回家浪费时间，干脆抱了床褥子过去。王翠枝每天做好饭，完了也给曹贤旺搭把手。就是拐弯抹角地方不好处理。好在他早就和楼下装修的一起抽了几回烟，量好尺寸，又搬上瓷砖找他们借切割工具。王翠枝呢，时不时买个西瓜给楼下的工人，不明底细的，还以为他们就是一支工程队。

到底是李平没沉住气，给曹开田打了电话，说我们得谈一谈。曹开田说，你国都不爱，有什么好谈的？李平这回没有陷在男人的话语沼泽里，而是直接问，你是不是认为自己反正便宜也占了，无所谓？曹开田说，你说彩礼多少就是多少，你说婚纱照得去海南拍咱们也去了，认识你也快一年了，你说什么就是什么，我有没有说过一个不字？我就一个要求，想着带自己喜欢的人去新疆走一走，还被你嘲笑。你说你有意思吗你？几句话倒说得李平一时不知该从哪里接起。她没想到自己在男人眼里如此蛮横。她咬着嘴唇，控制着发抖的身体。李平说，那你就这么悄无声息，几个月也不放个屁？曹开田说，那会儿我天天放屁给你，也没见你回应个屁啊。等到男人说完粗话，李平像是放心了，笑起来，说，曹开田，你他妈真不是个东西，你还像个男人吗你？心眼怎么这么小。曹开田说，我妈把日子也算了，请帖也给人发了，你还动不动就给我玩消失。李平说，我玩消失？是你没联系我好不好？曹开田说，你反正那么喜欢做决定，什么都是你定，我这不在等着你决定联系不联系我嘛。你说吧，就给句痛快话，婚礼办还是不办。李平不说办也没说不办，只问，刘大师靠谱不？戴那么粗的金链子，还有手腕上的玫瑰金苹果手表。她说来说去，似乎一个注重物质欲望的人，怎么看都和潜心修道的高人搭不上边。曹开田却有另外一种解释，他能穿戴成那样的行头，说明什么？收入不错。那么多人都找他算命，也间接证明了人家的水平。两人混说半天，李平才问最近有什么电影上映。

六

新房装好那天，曹贤旺把每间房子都拍了照片，发给正在南疆的李平。隔了一天，李平才回过来几句微信语音。听语气，李平冷淡得很。曹贤旺却没顾上琢磨李平的话，还以为是这对年轻人新婚大吉长途奔袭实在耗费体力。

两口子回来，王翠枝还没问蜜月玩得怎么样，曹开田却坐在那里一声哀叹，说，快别提，在新疆我就想着要离婚。原来到了新疆，李平玩得比曹开田还疯，这里也看，那里也瞧，碰见当地人，还一个劲地搭话，从肉苁蓉到天山雪莲，仿佛她不是随便乱看，全程都是来考察调研新疆中草药的，曹开田倒像个跟班，不远不近晾在后边。李平说，光说结果，怎么不提你不帮我拿包了？曹开田还待辩解，王翠枝说，少说几句吧你，可是长了一张嘴。曹贤旺问，要不去看看新房？下一步就是找木工打柜子。还让他们自己抽空去黎氏阁看看家具。

到了幸福花园，曹开田这里敲敲，那里按一按，好像不信这是他老子做出来的事。倒是李平一口一个惊叹。曹贤旺只是笑，还解释，说就是没啥设计。李平说，这么大点房子，就是找人设计也翻不出什么花样。讲完又意识到口气硬了些，忙问曹贤旺的腰怎么了。王翠枝说，你爸真是魔怔了，贴瓷砖那几天，白天黑夜都睡在这里，肯定是着了凉。曹贤旺双手按在后腰上，直笑着说没事。这还值得专门说？曹开田说，爸你这退休了可以去开辟个第二职业。曹贤旺说，还真别说，我是没早转行，当年要真舍得那几百块钱的工资，指不定早挣上钱了。曹开田说，那样的话，你的猪怎么办？曹开田毫无征兆地笑起来，笑声在空荡荡的家里还有回音，听得人心惊肉跳。李平看了眼曹开田，这有什么好笑的？她想不明白。曹贤旺先前还满面红光，这时候脸上像是落了一层灰。

平日家里有人，大门总是敞开，吹吹风，散散装修气味。曹贤旺掀起衣服擦了把汗，又走到门边，说，这里到时候请人做木工，打个柜子，放鞋归整杂物，利用好了，也能节省不少空间。曹开田说，那是走廊，占了别人没有意见？李平说，这个角落靠近咱家呢，再说总有个先来后到。

这天，王翠枝正往门口柜子里放东西，售楼处的姑娘领着人来看房，见了就说，阿姨，这是公共空间，不能占用的。曹贤旺听见，出来忙说，只要邻居没意见，我们共用，共用。

等到小两口住进幸福花园，王翠枝偶尔过来转转，见装电卡的地方下面空着，便把堆在客厅的几个花盆移了过来。听说李平爱吃泡菜，又说到时候买两个坛子，腌上菜了放在水表间，想吃的时候，捞上几筷子，也方便。曹开田说，李平都是租房子那几年养成的习惯，什么都图省事。马上要孩子，天天吃泡菜，净亚硝酸盐。我得买两本菜谱好好学做饭。

像是生怕曹开田李平两口子吃不上，王翠枝隔三差五就要给幸福花园这边囤些东西。有那么一段时间，他们坐在一起，就是不停感叹，总算是逮住了一回机会，要不然这房价噌噌往上涨，当初那点钱，别说买房子，只怕买个车位都不够。连李平也说，幸福花园吵是吵了些，环境还真不错，楼下就有超市，出门就有公交，离肿瘤医院也就四五百米，上高速也就一脚油的事情。她说得那么亢奋，好像随时不是在准备去医院，就是要到高速路上跑一回似的。曹贤旺听得也激动起来，说，你们没关注市政规划吗？据说还要修一条快速路，规划的还有一个植物园，规模和文瀛公园不相上下。他说得那么大声，也不等人回应，又端起茶杯咕嘟喝了一大口。

小区里老人很多，有时候曹贤旺来了，也不上楼，提个水桶，手握地书笔在四楼平台写字。字谈不上好看，前面洇干，了无痕迹，他也不在意，又从头写起。偌大平台好似一张白纸，可以由着他挥毫。内容是《陋室铭》，每天总要写一遍。有人问起来，他说也没有特别目的，就是从小记住了，写起来痛快。别人都夸说，这样修身养性，适合老年人。他没说在这里写字是一方面，主要还是现场监视工程进度。起初售楼处的姑娘给他介绍，说四楼要建一个空中花园，他的房子都装修了，平台还是没有动静。他不免有些着急，感觉像是被骗了。有一回写完字上到十八楼，见隔壁装修，问多少钱买的，得知他们花的价钱要比他贵十几万，这才放下心来。

又过了一个冬天，四楼平台上有工人在划线，铺了防水层，又开始堆土。曹贤旺意识到，空中花园到底是动工了。晚上回去，他和王翠枝说个不停，吃完饭，碗也不洗，还拿着手机搜网上的消息，微信群里有人发出链接，说是规划中的快速路已经上了常委会。

春节前，王翠枝给李平打电话，问对联买了没有。又让曹贤旺多买几副，顺便把几个家的都贴上。晚上曹开田回来，感应灯亮起，正掏钥匙，却见门上一道横批：六畜兴旺。进门曹开田就笑，说他爸是不是魔怔了，怎么还想着养殖的事。王翠枝听了，开门就要去撕扯，却被李平拦住，说，不过是要个大红颜色，沾点喜庆。再说，一般谁注意春联内容？

确实，周边几户不知是卖不掉，还是没装修，平日进进出出的都只有曹开田一家人。这楼一层说是十来户，倒跟一梯两户南北通透的楼差不了多少。据说楼下美特好超市要进驻。挨着马路的门面，先是交通银行摆了几台自动存取款机，没过两个月，工商银行也在楼下挂了招牌。有天晚上，曹贤旺和王翠枝沿着北河湾遛狗，看着尘土飞扬的工地突然来了一句，这地方迟早会发展起来。

七

转眼，曹梓轩到了上学年龄。

李平就没想过要让孩子待在赛马场，她买的房子那边对口九一小学。只是幸福花园的房子家具家电都是新的，租出去万一被人糟践，委实可惜。再说，当初房子都是曹贤旺一手收拾出来，也有感情。李平让曹贤旺和王翠枝搬过来，好赖也享受享受。至于敦化路的院子，反正那一片都被铝合金门窗的占据了，索性租了出去。

住上高层，曹贤旺每天都顾不上在家里待，四个单元上上下下都转了一圈，碰见面熟的，还要递烟。这天，听说物业在退装修保证金，就前去打问。一个穿着青布西装的女的在整理账簿，时不时还嗑着瓜子、玩着手机，头都没抬，只问，房子结构没动吧？曹贤旺说，结构？这破房子还有结构？没动，没动。女的又朝走廊那头喊。

过来两人，跟着曹贤旺上了楼。还没进门，就问，这柜子谁打的？曹贤旺一听，觉出对方语气不对，忙说他的理由。物业经理却不听他解释，说是当初卖房时合同就写得明明白白，谁要是都这么讲条件，小区不就成了赶大集，还有没有秩序？给出的方案是，要么把柜子拆了，退他三千块，要不，就别再提这一茬。自己的钱就这么不明不白被侵吞了，感觉还像是占了对方便宜。曹贤旺不服气，却也找不到辩驳的理由。听物业经理的意思，就这，还是给他行了方便。要不然到时候其他业主投诉，还得强拆。说完，又见电表间、水表间堆满杂物，说，为什么咱们的大红本迟迟下不来，就是因为你们这样的住户。别说到时候消防检查过不了关，就这，你们自己不怕？物业经理留了半句话，简直处处都在指戳曹贤旺怎么弄下了这么个烂摊子。

曹贤旺黑着脸进门，看了半天中央四台，不说一句话。

王翠枝在阳台上说，声音就不能小一点儿。见曹贤旺不理，走过来，顺手就把电视关了。王翠枝说，谁又招惹你了，要杀人似的。曹贤旺就说，说好的大红本，这都几年了，还不兑现？王翠枝说，谁让你看见小闺女的几颗鸡蛋就挪不动腿了？老不要脸。

和王翠枝说不通道理，中央四台又不让看，索性牵上狗下了楼。

不知是谁提起大红本的事，曹贤旺听了一阵，才凑上前，说，咱们得闹，不能任凭人捏着脖子。四楼平台上净是老头老太太，打牌的、打麻将的、下棋的，摆了四五桌，看的人也不少。曹贤旺激得脸红脖子粗，在那里诉说大红本的重要。曹贤旺的话先还吸引人，说到后来，也有些空。围了半天，见曹贤旺除了一肚子气，也没什么切实可行办法，听的人就开始说笑。原来只有一个主题，慢慢就吵成一团，谁也听不见谁说话。曹贤旺也去看人下棋。见人举棋不定，不免着急，嘴里不停，你都翻不清账，怎么杀马，靠什么杀马？一只手背在身后，抖个不停，一只手上前捉棋。

这天业主群里有人倡议，晚上八点半到四楼平台选举业主委员会。

出门时候，王翠枝还让曹贤旺少说几句，自古枪打出头鸟，别把物业得罪个遍，到时候怎么好待下去。来的人不少，开始大家也只是混说一气。到后来，曹贤旺不知怎么就爬到栏杆上喊，这么下去，还是个乌合之师，咱们一个一个表达。说完，他又下来，和身边几个人讲了一大堆话。他跑到房管局也打听了，他们住的房子不合法。开发商不是承诺五证齐全吗？当初他们买房子，也是冲着售楼处挂的证书，市规划委员会、市建委、市国土资源和房屋管理局核发的大红印章，盖得尤其醒目。结果节能、消防、人防都过了验收，规划却超了红线。临河湾那一片，规划中是要修快速路的，却被开发商占了一部分盖超市。当初李平来幸福花园，还就喜欢楼下这个超市，平日在四楼平台带孩子走走，想起来了顺腿就下了一楼。连周秀兰过来看孩子，也不停说这地方得劲，热闹，买什么都方便。没想到开发商在其中捣鬼，活生生把他们的房子变成了非法。

围观的人见曹贤旺不光热心，还说得有理有据，都说他应该带着大家出头。曹贤旺先还谦让几句。有人就喊，对付无赖，就不能和他们讲道理，得用比他们更无赖的办法。几句话把曹贤旺说激动了。

那些在心里滚来辗去多少回的话，终于形成了思路。像说施政纲领一般，一五一十讲了个清白。免不了又说起物业管理的混乱，以及他当上业委会主任的设想。几条意见，条条都说到了大家心底。众人一致鼓掌通过。

和他搭班子的，是几个不上班的中年女人。等到人群散去，天色早就黑定了。曹贤旺还和小张小李小王说，这事不能等，号召业主们跟着冲也可以，咱们既然挑起了这副担子，就得负起责任来。他早就想了，幸福是等不来的，得自己去跑。怎么跑市建委，跑房管局，具体要找谁，曹贤旺又说了一大篇。

回到家里，曹贤旺还有些亢奋，简直像领受了什么新任务，要带兵打仗一样，睡衣也不换，穿着一身洗得发白的迷彩服走进走出。一会儿一个想法。王翠枝本来低坐在阳台上打坐，见他说得那么理直气壮，也顾不上念佛，两口子你一句我一句批判了半天人心不古。业主群里人们给业委会排队点赞。曹贤旺顾不上一一回复，倒是又把自己的想法重申了一遍。群里再没人说话。不知道是因为有了些权力，还是由于大敌当前，曹贤旺脖子上的青筋都鼓了起来，好像忍气吞声一辈子，总算是找到了用武之地。

八

家门口堆放的杂物确实有碍观瞻，也不给王翠枝从容整顿的机会，自个儿清了个底朝天。等到泛亮的地板砖露出来，水表间、电表间规规矩矩，又一鼓作气把通往二十四层的楼道清理了半截。有人比王翠枝更过分，竟然在楼梯口养了两只鸡。鸡关在笼子里，不知道是无聊打架相互啄的，还是营养不良，屁股也秃了出来，难看得很。鸡笼周边还有股酸臭鸡屎味。这成了啥了？他想着既然自己炸了这个粪坑，就得收拾到底。在楼道里走了半天，想找见主人。临到头来，还是打电话给业委会的干事，让拟个通知，大意是给大家一个星期时间，清空楼道杂物，要不物业就得动手。

有几天，曹贤旺还拿着个小铲子帮人清理门口小广告，又和物业建议，得把监控用起来，不能让身份不明的人随意进出小区。为了显示某种决心，曹贤旺不光穿起了一身崭新迷彩服，还把搁置多年的解放鞋找了出来。过了六十岁，肚子虽然憋不回去，身子却仍是挺得笔直。

成天只是收拾小区，业主们并不买账。他们交的有物业费，他曹贤旺倒成天拉着个平板车在四楼平台忙活，还养着物业这帮人干什么？这不更惯下毛病了嘛。他们想要的可不是什么改善居住环境，而是心心念念了多年的大红本。

没成立业委会前，业主们就自发拦过马路，也是不了了之。这回业委会的小张又建议去堵马路，要么去上访，总之是想用非常手段倒逼，让政府部门解决问题。曹贤旺不同意。他是军人出身，还是党员，不能因为别人非法，他也不懂规矩。分析来分析去，症结还在开发商身上。业委会在四楼平台召集业主开了几次会，最终商量，先堵楼下超市。超市一天不营业，开发商就要受到连带损失。

这天一大早，超市照例早早开门，有些不明真相的老头老太太早早排队，准备时间一到就去领搞活动送的鸡蛋。过了这么多年，开发商还在用这一招蒙骗诱引人来花钱，不知怎么想到当初的自己，曹贤旺更添一层愤怒。曹贤旺领着一群男女老少，拿着白布直接把大门堵了。白布展开，上面几十个大字：黑心幸福花园开发商、骗子孟占全，还我血汗钱，还我大红本。曹贤旺本来写得一笔好字，这回情绪激动，写得歪七竖八，墨汁飞溅，看上去就有点触目惊心。他站在台阶上大声说话，意思是要和开发商血战到底，耗子躲进了老鼠洞，咱们就添几把火，浇上水，浇上油，把这个坑蒙拐骗的老耗子逼出来。

他们正举着拳头喊口号，几个穿着保安制服的人就冲了过来。说话也冲，直问青天白日是哪个王八操的在扰乱社会秩序？曹贤旺听得无名火起，扬起手指就要骂人。保安是个胖子，个子比曹贤旺要高一头。胖保安说，你再指指试试？曹贤旺当年在前线和人血拼都没后退过半步，几个歪戴着帽子的伪军他能放在眼里？他再次举起了中指。胖保安看上去一身横肉，反应倒快，直接就把曹贤旺的手掰住了，嘴里还直喊，你到底想要干什么。其他的业主见曹贤旺受了制，都往过涌，想要帮忙。一团混乱中，胖保安还是身手利索地把曹贤旺按到了身下，并且用自己的大肚子牢牢压住了还在挣扎的曹贤旺。他眼睛四处张望，嘴里也没闲着，直问，还有谁不服气？曹贤旺虽说也过了六十，到底是上过前线的老兵，哪里肯轻易就范，趁胖保安嚣张四处叫唤，猛一甩头，一口咬住了胖保安的鼻子，死活再没松口。

九

当时副厂长分管行政，想给职工谋点福利，别的也不好弄，就开了家理发店。门面由厂里提供，水费、电费分文不收，凡职工去剃头，一半减价，本来就不贵，减半才一毛五分钱。过了一年，换了个厂长。不光换了厂长，还碰上改革开放。新厂长上任，马不停蹄调研，每天就在厂里东走西看。几天下来，他发现了问题。澡堂子旁边居然多出个理发店。掏租金了吗？财务账上查不到。一听说白占厂里的房子不算，水费电费也不掏，直问这怎么行？国有资产就是这么白白流失的啊。新厂长痛心疾首。国家的钱就不是钱？出了事情谁负责？厂长把副厂长和行政科长叫来，算了一笔账，前前后后租金加起来快两千块。还撂下狠话，说，你们要再不把钱给我追回来，损失就从你们工资里扣。行政科长着了急，逼理发店的人出钱。理发的绞一个头两毛，全厂职工加起来，也才两百来人，天天理头，也凑不够，何况平日挣个几块也早花了，一时去哪里凑这几千？行政科长管不了那么多，也是着了急，一天上门两三次。催了一回催二回。理发师瞅个月黑风高之夜，卷上工具跑了。行政科长害怕自己担责任，又找新厂长反映。新厂长直接交给了保卫科，说是让把这个案子破一破。当时麦城东西南北也就几条街。一找没有。曹贤旺再一打听，原来这人和副厂长有瓜葛，俩人都是长子县的。长子就剃头的多。去长子县，也没寻见。下回新厂长再问起，副厂长还训斥，说曹贤旺他们都是些吃干饭的，这么个小案子都破不了。曹贤旺当年在老山前线也是冲在前面的。他能力不行？你给我上前线冲锋一回试试。平日看上去没什么尿性的曹贤旺，这回气得眼睛都红了，站起来就说，你知道不知道情况，这叫个什么案？你去公安局打听打听，是不是我没能耐。行政科长你不批评，倒摊上我的不是了。这算什么案？曹贤旺瞪着副厂长，委实想不明白，怎么天底下还有这么不要脸的人。第二天开大会，新厂长来了气，还拍桌子，说某些人一点儿政治规矩都不懂，怎么党委还领导不了你们啦？他一拍桌子，曹贤旺比他拍得更厉害，说，老哥，你干什么，毛主席说，以其昏昏，使人昭昭，你一个工农兵出身，自己不懂，净讲些外行话，怎么领导别人。理发师不偷不抢，也没犯什么法，曹贤旺没理由替个人卖命。他双眼一翻，说他不是狗腿子，嗅骚的事干不来。过去有句话，宁给好汉当马童，不给赖汉当祖宗。曹贤旺不干了。

曹贤旺脸上裹着纱布，看不出什么表情。在曹开田的叙述中，曹贤旺经此一役，在幸福花园也算是一战成名。微信群里不少人在问曹师傅怎么样，小张小李小王几个业委会的，还准备来医院看望。其他人也在后面跟帖，内容都是复制，举着一个个卡通小拳头，情绪却热烈得很，好像在幸福花园住了这么多年，从来没有这般扬眉吐气过。话题聊到后来，曹贤旺咬掉的就不单是胖保安的大半个鼻子，而是沉重打击了开发商的嚣张气焰。正好小区里有位业主就在报社上班，说要好好采访采访曹师傅。曹开田不停划拉手机，还对躺在病床上的曹贤旺说，这时候，有人在报纸上给你们呼吁呼吁，可比自个儿上街起作用。领导没时间天天到街头管你们打架斗殴，媒体上的宣传，他们喝茶间隙还是要看的。曹贤旺嗷了一声，好像他一个上过前线杀过敌人的老兵，临到头来，却是和他差不多的人搏斗，甚至谈不上搏斗，不过是他一时气急咬了对方的鼻子。简直是奇耻大辱。怎么说得出口。有那么一段时间，曹贤旺和谁也不说话。曹开田时不时地抖搂些父亲的历史，给人一副印象：他这个做儿子的也还处在某种震惊中，必须得混说一气，才能缓解。

曹贤旺突然竖起来，吼道，操你妈的，能不能不要讲了？一屋子人先还听曹开田闲侃，有说有笑，见曹贤旺如此躁狂，都安静了下来。王翠枝说，你出什么洋相呢你。可是长本事了。曹贤旺不等她说完就背过身去。曹开田指了指自己的脑袋，双手一摊，说了句，完了完了。李平捣了曹开田背上一拳，说，就知道在这里说些没油没盐的话。曹开田说，怎么，我也去跟那个保安拼命？李平说，行啦行啦。曹开田又低下头看手机。医生领着一帮护士进来，问了曹贤旺几句。又转过头来，问谁是家属。意思是曹贤旺的耳朵问题不大。不过要恢复原状也有难度，还得做两回整形手术。曹贤旺说，这把年龄，整什么形，到时候一把火烧了，谁还知道你耳朵歪不歪。见曹贤旺动不动就提到生死，李平心下一沉，涌起一阵悲哀。

等医生走了，曹开田说，我爸还真是视死如归，这会儿就说到烧不烧了。王翠枝说，都是自找的，六七百户，就你爸能，出这个风头。什么正义感！这回被人咬了耳朵，下回人家指不定怎样下黑手。她像是被接下来要发生的事吓着了，嘴里不停，希望曹贤旺多少回应一句，随便说点儿什么都行。至少别让时间空着。曹贤旺呢，不知道是不是受了莫大屈辱，还是平日被王翠枝训斥惯了，缩在一边，再不言语。王翠枝说，自从住进这房子，你爸就躁狂得不行。是不是撞了哪路邪神。李平读过一点儿心理学，躁狂之类词语形容曹贤旺也不大合适。人都是有血性的。她理解曹贤旺的愤怒。

一群人抱着几束花围过来。曹开田李平忙往旁边让了让。李平头一回在医院见这么多满脸喜色的人，忍不住又多看了两眼。人群消失在电梯里，要不是下午的阳光透过厚重的帘子打进来，还真以为刚刚看到的一切都是幻影。

十

出了医院，曹开田有半天没说话。

李平喂了一声，曹开田问怎么了。李平说，你怎么了？曹开田说，你以为我平时和你胡说，这回全看见了吧，我爸我妈就是个这。看起来也和大多数人没多大区别，不吵也不闹，不吵不闹并不等于没有矛盾，这不，一旦说开，天王老子在跟前都不顾。曹开田又叹了口气，好像王翠枝对曹贤旺的几句怒吼暴露了他们家隐藏的秘密。李平说，谁家不吵？

牙齿还咬舌头呢。曹开田说，不一样的。我爸我妈两人早不吵架了。一是该吵的吵完了，二是被虐习惯了。后来发现，我爸我妈的分歧不是因为具体问题，而是思维方式大不相同。比方说，当年我妈好不容易去探亲，每回临走，我爸都要给她包里放一本红宝书。指望我妈能读读，辩证地看问题，或者说提升提升自己，两个人将来好沟通。没想到每回都被我妈扔出来。有一天我妈问他，你是不是有强迫症。我爸说了他的苦心。我妈就说，曹贤旺，你是故意和我装，还是真不知道？我生气的不是你每回和我想的不同，而是痛恨你洋洋得意的态度，世上就你掌握了宇宙真理。曹开田当时也就几岁，大人的争吵他顾不上琢磨，每年想的都是能坐几十个小时的绿皮火车，好像只要火车咣当咣当往前开，就够了。李平也不接话，只是偏着耳朵听。后来怎么又慢慢不吵了呢，一来是我出生了，光伺候我吃喝拉撒就消耗大半精力，我妈哪还顾得上找我爸撕扯。二来，我妈可能也意识到比起那些成天吃喝嫖赌抽的男人，我爸也有可爱处，多年来，尽管老是送同样一本红宝书，简直像是敷衍人，不过回头细想，我爸总归还在想着要解决问题。有那个态度在。李平见曹开田嘴巴直动，听得恍惚。

从幼儿园接上曹梓轩回家，曹开田又说了一阵他爸他妈的事。李平不太理解男人说起这一切置身事外的样子。都怕家丑外扬，曹开田倒好，也不知道是没心没肺，还是真受了什么刺激，讲起他爸他妈，口齿那叫一个伶俐。李平说，你爸被人打成这样，你不想去讨要个说法？业主群里好多人都在为曹贤旺打抱不平。李平说，还是你自己的爹，帮你的房子声讨，你都不敢站在群里替你爹说几句。李平像是实在看不过去，抢过曹开田的手机，用他的微信说了几句话。不曾想，等李平炒好菜出来，却见曹开田把发送的消息又给撤了回来。李平本来没那么生气，看到曹开田这么做，还是没忍住。她说，谁都像你，自己的利益不知道争取，别人说出真话了，替你发声了，你还不敢附和，到时候哪天把你欺负死了，你看谁帮你说话。曹开田说，有什么用呢？就是站出来，说了，也不过是几句牢骚。李平说，曹开田，我真是看透你了。你到底是不是你爹亲生的？两个人争到这个份上，不像是讲道理，倒像是在骂人。

曹开田却像是完全没往心里去，给曹梓轩夹菜，见李平脸仍板着，就叹了口气，放下筷子后，没忍住，又说了些他爹的糗事。不知道他迫不及待说下去，是为了显示他的坦荡真诚，还是缓解无能为力的焦虑。

吃完饭，曹开田又端上煲好的排骨去医院接替王翠枝。曹贤旺意思他又不是得的什么大病，医院也有护士，不用这么多人耗在旁边守着，曹开田却不听，靠在床头一直看手机。期间，李平打过来电话，说曹梓轩憋了几天，终于屙了出来，还不干不稀。两人聊了会儿孩子的屎，李平像忘了先前的不痛快，又问他爸吃饭没有，胃口好不好，下回她来医院买点黑芝麻糊。曹开田问曹贤旺，想不想看看曹梓轩。

等到王翠枝送早饭过来，曹开田交代几句，回到翡翠兰庭，进门就和李平说网上的新闻。一个四十来岁的男人领养了十四岁的姑娘，说是做女儿，结果却把她诱奸了。他好像发现了什么，兴奋得，说话也是颠三倒四。李平认真看了男人一眼，说，这是典型的PUA。曹开田说，男女相处，动不动就说对方PUA，人和人之间还有什么意思？本来情感关系中就不可能平等。再说了，热恋中的男女，说点情话，甚至自己都不信的鬼话，不都是正常反应？怎么事后追究都成了罪了？李平说，你就是狡辩。你说说最初和我，你敢说就没有PUA的动机？老想着控制人。曹开田不知是什么脑回路，突然问道，按你的理论，那你说我爸我妈到底是谁PUA了谁？曹开田还待说些什么，李平声音渐高，嘴里仍是停不住，说，跟前还有孩子在，说话就没个把门的，老没老的样子。曹梓轩却在那里盯着手机看《机器人总动员》，根本顾不上听大人在理论什么。

十一

曹贤旺蹲在卫生间看《我穿越疯狂的旅程》，正到紧要处，灯却灭了。又听曹梓轩在客厅嚷嚷。忙提着裤子出来。《玩具总动员》才看了个开头，小家伙在沙发上上蹿下跳。厨房里王翠枝正用电饼铛压饼子，飘出一股葱煳味。他开门啊了一声，楼道感应灯亮了。他拿上电卡，拖鞋都没顾上换，转身就往外走。

等了半个小时，物业才来了个女的开门。放以前，曹贤旺还会客套两句，今天也不多话，只是说，买电。女人摘下表，又去扎头发，说，买电都是周四周六，今天会计没来。曹贤旺却不听解释，说，你卖不卖？说话间，往前靠了一步。又进来个男的，看了眼曹贤旺，俯身到女的耳跟前说了两句。女的这才抬起头来，好像被曹贤旺耷拉的耳朵吓着了，下意识地往旁边站了站。女的忙去掏钥匙，不过嘴里还是说，就怕你们业主平常没空，所以我们周六还来值班，结果还是有人不守规矩。曹贤旺脑子里净是王翠枝煎得半生不熟的饼子，眉头倒竖，恨不得吃人。

到电表间插上电卡，听见家里电器有了动静，曹贤旺这才进门。吃饭时候，王翠枝说以后得多充一点儿，要不梓轩周末来一趟，连饭都吃不好。曹贤旺鼻子哼了一下，意思是卖多卖少物业早定好了，就是靠卖电卡业主的脖子。王翠枝说，这些人都是和开发商一伙的，狗仗人势。得知曹贤旺发了火才买上电，王翠枝又说，就不能对他们太客气。曹贤旺说，行啦行啦，人家也不过是搞后勤服务，挣点工资。

再到四楼平台闲转，也有认识的业主和他打招呼，喊他曹师傅，朝他竖大拇指。曹贤旺别扭得不行，像是什么耻辱的地方被人撕开了。那天，见一堆人在平台上打牌，他像往常一样准备走过去看两眼。却听见人说，这个老曹也不是个东西，干吗咬一个小保安的鼻子？按那人的意思，古代的人，相互有个矛盾冲突，都会讲求点规矩，动嘴咬，这不成了畜生嘛。旁边几个人也说，别看老曹平常不哼不哈，下起嘴来也歹毒。又说那个小保安也可怜，替主子干了一仗，医药费还是自己负担。为啥？警察过来讯问打架缘由，开发商根本不承认，说只和保安公司对接。保安公司也不认账，说他是临时工，都没签合同。曹贤旺听不下去了，连忙退到电梯旁边。

进门就找帽子。王翠枝正和曹梓轩看《玩具总动员》，见曹贤旺戴顶帽子从房间出来，问，这大热天的，发什么神经？曹贤旺也不说话，还站到穿衣镜跟前看了半天。他把帽子捂得那么紧，好像是生怕接下来的生活，他残余的生命，将不得不在人们的窃窃私语中度过。他把帽檐压得很低，没人看得见他的眼睛，仿佛这样别人也见不到他。

上面不知道出于何种考虑，社区又派了几个人来调解。曹贤旺小张小李小王几个业委会成员表达了自己的诉求。开发商孟占全破例来了四楼平台，还给大家散烟。曹贤旺摆了摆手，意思是不抽，却也没禁住孟占全硬劝，还是接了一根，别在耳后。座谈半天，协商结果是，开发商和物业坚决支持业委会的工作。物业还出钱，专门把四楼平台除花园部分一两千平方米全部打上隔断，业委会分得三间，一间用作业主休闲活动室，还给配上棋牌麻将桌，一间用作业委会办公用。剩下的，是做公益图书馆还是另做用途，大家群策群力，都想想办法。一句话，业委会督促物业共同建设和谐小区。至于大红本，孟占全也表了态，说要努力配合。在社区工作人员的鼓动下，还让曹贤旺加上了孟占全的微信，以后有什么诉求，直接沟通，不要上街添乱。曹贤旺见人也不像是完全不通情理，先前僵着的一口气似乎也有所松动。

会议结束，曹贤旺还把调解结果发到了群里。有人问大红本到底走到了哪一步。曹贤旺把自己和孟占全的聊天记录截屏发给大家，大意是开发商最近财务困难，不过正在积极想办法筹集。在群里虽然有人哀叹，说想拿大红本，不知要得等到猴年马月。又有人说是从老家园子里摘了些苹果，价钱便宜。曹贤旺说群里不要发广告，大家还是要拧成一股绳，劲往一处使。发广告的连说不好意思，下不为例。

等到周一曹梓轩去了学校，曹贤旺突然发现家里太空了。打印的材料装订成厚厚一摞，和曹梓轩的《民国经典启蒙读物》放在一起。本来只是翻了翻，做了那么多工作，到头来还是使不上劲。可怕的是，他一个受害者竟然同情开了开发商。他拍了拍脑袋，像是在痛恨自己怎么就犯开了糊涂。

眼看时间还早，他拿上老年卡，还有搜集的材料，披衣出门。王翠枝问中午回不回来吃饭，他也没有搭理。等到王翠枝声音高起来，曹贤旺却嫌她说话声音太小。曹贤旺说吃饭吃饭，成天就知道个吃饭。

十二

那段时间，曹贤旺老做类似的梦。

不知是在老院子里还是新房里，空空荡荡，胸口像是压了石头一样，急得他直喊，曹开田曹开田。还有两回，明明睡在孙子旁边，却发现孙子不见了。房子也不知道是谁的房子，梦里躺着的地方像窑洞，砌着青砖，阴森森的。过了好久，才意识到是在坟墓里。醒来后，神经似乎还被锯来锯去，半天缓不过来，免不了和王翠枝念叨过几句。王翠枝说，你这是走火入魔，成了心病了。曹贤旺本来把争取大红本当成了一件正经事做，平时该去房管局去房管局，该跑市政府跑市政府，情绪谈不上多么激动。偶尔和人说起来，别人见他声气高，脸色通红，还劝他要小心身体。他也满不在乎。他们怎么可能理解他？曹贤旺说，感觉自己活了大半辈子，完全就是经历一场噩梦。噩梦里还套着噩梦。几句话说得大家都沉重。李平担心，给他买过一块苹果手表，说是监测心率。曹贤旺戴了几天，嫌干活不方便。李平还问过他，为什么不戴了。曹贤旺还没说话，王翠枝却说开了，意思是她爸命贱，就享不了这福。人活多少天，老天爷早就算好了的。阎王爷要真来收你，不会让你躲过五更。曹开田本来在殡仪馆上班，成天面对的就是生死。王翠枝也常说佛道轮回。这一家子人谈论起生死，也和别人家问候今天吃了没有一样，谈不上有多奇怪。李平见公婆对生死看得这么达观，也就没再反复强调。

这天周末，曹开田李平带着曹梓轩回来，不知怎么又说到身体。王翠枝便把曹贤旺最近的异常说了。曹开田听了说，做噩梦正常，谁不做噩梦？我现在还时不时地梦见明儿高考，然后就开始着急，这么多年没摸过试卷，去了咋考呀。结果醒了知道是做梦，才长舒一口气。李平说，你常做的噩梦不是摆脱不了前女友？曹开田脸色一正，道，少来。你以为我是你，一会儿天津的，一会儿山东的，一会儿副矿长，一会儿医院精神科大夫？王翠枝见两人又拌开嘴，便插了句，说，李平你是学医的，给分析分析。李平问，爸是不是有什么心事？李平那时想考心理咨询师，什么事都能从童年阴影、心理创伤上找到根据。

正好曹贤旺穿着一身迷彩服进门。王翠枝说，李平问你呢，是不是背着我做了什么事。曹贤旺听了一愣。见王翠枝准备审曹贤旺，曹梓轩奶声奶气帮开了忙，把他妈的原话复述了出来。他有什么心事呢？好多死去的人老在他梦里来来去去。他担心自己怕是时日无多，只是这话晦气，也没好多说。曹开田说，是不是你这段时间药吃多了，才出现幻觉。曹贤旺说，我就说嘛，从来没吃过这么多药。上回看医生，我说颈椎病就不要开药，平时做做大雁飞就好。李平说，爸，你这药真不算多。你要是感觉不舒服，那就先停几天养血清脑丸，光吃长春胺缓释胶囊和瑞舒伐他汀钙。

等到曹贤旺去卧室吃药，曹开田低声说，我爸这脑梗毛病都是买房子气的。干什么都着急上火，动不动就是宁肯给好汉当马童，不给赖人做祖宗。但凡稍微看开一点儿，也不至于。这楼上，买了这房子，吃了亏的，也有六七百户，又有几个像他？今天上访明天堵路，急了还咬人鼻子。李平说，你少说几句吧。人人都像你，一个小区没一个愿意出头的，你以为人物业、开发商就能事事替你设想得周全。后来不知道怎么说到曹贤旺咬人鼻子的旧事，李平又举了身边一个例子。也是多年邻居，平日倒是知道他脾气火暴，他女人挨过不少打。有一年要闹离婚，还回了娘家，铁定心思，死也不愿意回去。结果男人跑来，问她愿不愿意回，说不回就死给她看。说完朝着自个儿大腿就是几刀。女的见男的拿出了凶器，更是吓得半死。男的这时候还不忘高喊，你不回，你不回，下回我捅的就不是自己，我要杀你全家。一个人连自个儿命都不打算要了，这种人你能有什么办法。全家人一顿劝，又把女人推到了火坑里。曹开田看了眼李平，说，你讲这一大篇什么意思？李平说，没什么意思。我就是说人上一百，形形色色。你爸做的事也不算多出格。

曹贤旺换上家居服出来，却似没听见曹开田李平的言论，还给曹开田看一则信息。政府规划中的北沙河路有了动静，背靠的黑臭水沟到处立上了蓝色围挡。据说修好后，东达系舟山，西去滨河湿地，北上慕云山，一路没有红绿灯。闲说几句，不知怎么又聊到变暖的全球气候，好像身边正在变好的环境也并不能完全缓解心底的折磨。

十三

曹梓轩半趴在沙发上看动画片，曹贤旺怕孩子离电视太近，也就在旁边坐着。不知什么时候睡着的，又梦见几个认识的人和他说话。具体说了些什么，他也记不起来。梦里头，他还在暗暗骇异，人都死了，怎么还拽着他说个没完？醒来，曹梓轩早挪到茶几旁边，四仰八叉躺着，头倒向电视。曹贤旺说，这样翻着看，眼睛迟早是个坏，快好好坐起来，要不我就关电视。曹梓轩说，没劲，这是什么破地方，连个好玩的都没有，看个动画片也不安生。曹贤旺说，过来，爷爷给你讲故事。讲的什么呢？他讲他怎么上的战场。说到打仗，曹梓轩来了兴致问，爷爷你就不害怕？曹贤旺讲得兴起，笑着说道，害怕，怎么不害怕？子弹也打完了，看见人冲上来，咱没办法，先把头埋到死人堆里，屁股直撅朝天都顾不上管了。尿一裤子。曹梓轩听得哈哈直笑。曹贤旺也跟着笑，只要能让孙子感觉有意思，再怎么编派自己也没什么。等到曹梓轩玩开游戏，不再厮闹，又慢慢想起刚刚做过的梦。他疑心是不是鬼缠身了。进到卧室，又和王翠枝说了一遍。王翠枝说，不会是因为听见外面打雷吧？见曹贤旺脱衣服，又说，不行看哪天曹开田有空，去五爷庙烧个香。开田结婚那年就说要去还愿的，结果一拖再拖，可能菩萨惦记上了。曹贤旺没再多话，换好迷彩服，又往外走。

雨水过后，平台到处都是开败的花，还有倒伏的枝叶。曹贤旺换上皮裤，到喷泉池子里捞塑料袋和枯枝败叶。收拾完池子，又到月季园扶起倒伏的月季。有人路过，对着他拍照，和他打招呼，还问这月季是什么品种，从四月开到了八月，花骨朵怎么还不败。雨这来大，也没见折多少。曹贤旺抬头看了一眼。他平日里也种花，还专门从杨家峪花卉市场买，具体是什么品种，还真没留意，买的时候，他只想着，各种颜色都来一点儿，红的粉的白的紫的穿插开，团在一起，也好看。曹贤旺还没回复，另一个人就说，拿个形色识物app扫一扫。见两人去研究花，曹贤旺又拿上园艺剪刀去裁剪路边冒出来的枝叶。他一刀一刀削着，看着灌木篱墙，慢慢有了样子，这才慢下来。不远处有人在遛狗，几个十来岁孩子拿着玩具枪跑进跑出。起先还听见周围一片喧哗，慢慢就安静下来。

有人喊，老曹，老曹。亭子里有人朝他招手。曹贤旺先只是感觉飘着雨丝，也没当回事。等到听见几个人在亭子里朝他喊，这才意识到雨大了。忙放下剪刀，往凉亭走。一阵风吹来，差点把他吹倒，幸好他一把薅住了柱子。天愈发暗了，紧接着就是几通炸雷。唱戏的人不再哼戏。两人看着雨瓢泼一样浇下来，还夹着冰雹。曹贤旺说，完了完了，好好的花。老汉却像是听不见他的话，紧了紧衣服，拿着两个纸箱子想冲回楼里去，往前迈了一步，还是退了回来。老汉哼着《逼上梁山》，像是遇到了什么高兴事。

曹贤旺拿起手机。业主群里不知是谁拍了张照片，说曹师傅真是辛苦，早上六点出门，曹师傅就在给花浇水，中午两点回来，曹师傅还在雨里忙活。有人接话，说，老革命就是老革命，精力不是一般的好。曹贤旺笑了笑。这些在他看来不过是锻炼身体，和别人踢毽子、打太极，一个道理。要真说有什么不一样，也不过是他不喜欢太刻意。有具体的事情做，他就不会去乱想。再说，他也喜欢做这些事情。他想怎么回复一句，还是拿起手机，拨通了小张电话，商量明天几点钟去中院。

挂了电话，才见老汉定定地看着他。曹贤旺抹了把脸。老汉说，就这么点园子，又不是多着急的事。见曹贤旺不接茬，又说，公家的事还能做完？曹贤旺说，公家？我不做，也没人帮忙。老汉说，物业的人呢？我们交了那么多钱，就是给我们提供这服务？曹贤旺这才知道别人把他当成物业聘请的人了。本想解释一句，到后来想着一时半会儿说不清楚，也就没再多话。老汉又说，那也不能不要命了。曹贤旺笑了笑，说，我就是想透透气。

十四

这天周末，王翠枝正在阳台打坐冥思，却听见门捶得山响，还以为是曹贤旺最近耳背，敲门不知轻重。开门正待说教几句，曹梓轩一头撞将进来。曹梓轩进门就问爷爷呢，王翠枝说，爷爷出去了。曹梓轩还满屋子找。王翠枝这才看见曹开田手里拿着几袋子东西，说，净乱花钱，上次回来拿的几包吃食还原地放着。梓轩大了，出趟门就是几百块钱的花销，将来有的是花钱时候，可得省着点。曹开田说，一辈子能过几回，别的可以节俭，这能省？曹开田问他爸去哪儿了。王翠枝说，能去哪儿？四楼快成他第二个家了。

曹贤旺到家已快中午一点。见人都等着，便说，你们先吃，干吗等我。说完就要拿刀切蛋糕。曹梓轩却叫喊着，说程序还没走完，得先许愿。曹贤旺闭目想了一番，一个愿望也没想起来，只想着，时间过得真快啊，他都满六十九了。等曹贤旺吹了蜡烛，王翠枝嘴里仍是说个没完。曹梓轩问，爷爷你的愿望是什么？王翠枝说，你爷爷还有什么出息，肯定想的是房子的大红本。曹贤旺看了王翠枝一眼，不知是被猜中了心思，还是为她满不在乎的态度难过。这样的念头一下就滑过去了。他只是暗暗心惊，刚刚脑子转了半天念头，他一个愿望也没想起来。

吃开蛋糕，曹贤旺又问曹开田抖音上怎么加文字说明，红黑粗字，越醒目越好。曹开田看了一眼，一时没反应过来。王翠枝嘁了一声，说，快七十岁的人了，眼都花了，打个字都抖半天，还抖音？啥也想学，你是想成龙，还是想变佛？曹梓轩却在沙发上跳上跳下，说，你也相信抖音？都是编出来的。你要相信现实生活。小家伙奶声奶气的几句话说得人都笑了。曹贤旺尤其不好意思。原来幸福花园业委会在楼上挂了几条横幅，好多人拍了照片，就在群里接龙，自己给自己打气。曹贤旺想，就在自家门口抗议，效果不大。几个人一商量，认为得把这些视频和照片发出来。又琢磨着怎么做成抖音，往媒体上发一发，越多人知道，动静闹得越大越好。说着，又递给他看一段话，要他转到自己的朋友圈。曹开田却像是碰到了什么诡异的事，笑了出来。

等下回李平过来，曹贤旺又和儿媳说，小区好多小志愿者排了一出节目，你看看能不能往朋友圈发一下。李平先是夸孩子可爱，等到看完内容，才知道主题，马上就要开学，可惜大人买的房子没有大红本，落不了户，祖国栋梁和花骨朵都成了炮灰。一群孩子天真烂漫地念着大白话，李平看得鼻子泛酸。曹开田笑了笑，说，爸，说你们这群大老粗没文化吧，你们还懂得怎么发扬传统。曹贤旺没问，知道接下来就没有好话。果不然，曹开田又说，你们的搞法，我想起老早时候，男人怂，就鼓动女人冲在前头，还说有法术，刀枪不入。实在不行了，让她们赤身裸体站在城墙上，说是这样一来就能用污秽破掉洋人的坚船利炮。我也不是批评你们，何苦把这么小的孩子绑架上。曹贤旺听得百般不是滋味。曹贤旺说，就你什么都懂，那你给说道说道，怎么做合适。曹开田说，别在这里住了，大不了低价卖掉拉倒。曹贤旺说，你这不是废话？我就问你你发不发？曹开田没说发也没说不发，只是问李平，家里有没有西瓜霜？李平问怎么了，曹开田说是口腔溃疡。李平像是终于回过神来，喊了一声，你不是不信中医吗？曹开田也不言语，只是埋头在抽屉里稀里哗啦乱翻。

曹贤旺听得眼皮直跳，索性走到阳台。打开抖音，正准备录一段四楼花园景致，却见楼下靠近河岸处，园林部门前段时间才整修好的绿化带，又被翻了过来，黄色泥土裸露在外，钢筋建材堆了一地。下楼一打听，工人说是超市准备建一个停车场。大红本就是因为超了红线迟迟下不来，现在他们竟然敢毁公共绿地。还有没有王法？管事的认出曹贤旺，给他递烟，说都是为方便业主进出。曹贤旺也不接烟，只是拿着手机录。现在他制作抖音顺手得很，知道哪些素材适合镜头。他不光拍下照片，登录政府网站举报，还往龙城业主联系群发短视频，希望大家帮忙扩散，呼吁。

十五

刚到业委会办公室，物业经理掀帘子进来。说了半天，意思是，既然业委会阻拦物业建设停车场，这么好一块地方空着也可惜，索性交由业委会打理。前期投入由物业垫资，等有了效益再谈分成。起先曹贤旺还怕背上骂名，后来一想，业委会有了收入，出门办事也不至于缩手缩脚，便签了协议。

为省钱，曹贤旺领上小张小李小王，自己平整场地。

沿河院墙堆砌，也不雇人。前后忙了一个多月，停车场开始营业。又找来一辆废弃帝豪放在门边，权当值班室。业委会几个人轮流值守，坚持了一段时间，又装了智能停车场管理系统。

没事时，曹贤旺就在满是荒草的河道里遛狗。好多时候，他躺在河边的乱石滩上，看着不远处的高楼，听着孩子们的吵闹声，要不是身边带着电话，他情愿这么一动不动地一直坐下去。他干脆把上衣脱了，裸背瘫在石面上，掏出手机刷了会儿抖音。有人在西藏骑行，有人在荒岛抓鱼，也有人什么都不干，坐在院子里看云。一下午就这么过去了。荒唐啊。他掏出手机试着拍了一段视频。

就是那个时候，他看见了河边的青草。停车场靠院墙位置都是空地，为什么不把地平整出来，种点黄瓜豆角？他也顾不上拍抖音，着急忙慌回老院子找锄头。

等到六月份，他的菜园已经初具规模。

出门之前，曹贤旺还拐到停车场摘了几根黄瓜。小王拍了个视频，镜头里曹贤旺大踏步向前。小王还配音，说，我们正在维权的路上。曹贤旺还扭头笑了一下，哎呀，几年了，还是在维权路上。他说完话，又咔嚓咔嚓啃黄瓜。群里有人点赞，也有人说，业委会辛苦，这么大热天，买瓶水吧，现在黄瓜都打的生长素。小王说，人家曹主任自个儿种的呢。又有人说，有什么需要，我们一呼百应，积极响应。小王说，前天刚去了两个部门，今天在中院，咨询关于咱们和开发商查封房的解封问题。只要法律上查封房和咱们业主房子脱离关系解封，才能走一下步程序。过一会儿，又发了几张照片，曹贤旺脸色发黑，坐在地上。好像为了堵住说得上话的领导，什么都顾不上了。小王说，又到了不动产中心，还在等人家领导开完会。他们几个半天进不到领导办公室，只是在线上直播，好像这样就能缓解找不见人的焦躁。

坐了一阵，曹贤旺嫌走廊憋气，走到尽头上了个卫生间。出来见旁边办公室门开着，几个年轻人在笑着说话。曹贤旺敲了敲门。他还没自报家门，一个年轻人像是认识他，直喊，大爷来了？里面坐，还给他倒上茶水。年轻人说得那么亲热，简直像是没有把他当外人。曹贤旺本憋着劲，想借机嚷上一番，见人如此热情，反倒不知从何说起。他笑了笑，说，没事没事，你们忙，我们在外面等你们领导。年轻人说，这历史遗留问题不单是你们小区，涉及全市几百个小区。一天两天也解决不好，先喝水，先喝水。坐公交来这里等上半天就只为喝口水？曹贤旺掏出几根黄瓜，给他们一人分了一根，说是自个儿种的，有真正的黄瓜味。几个年轻人都说不用。曹贤旺放下黄瓜，又掏出一根吃起来。办公室几人都端坐在电脑跟前，也没人说话，只听得见他嚼吞声响。吃完黄瓜，曹贤旺生怕影响人上班，又慢慢溜到外面。

刚出门口，小张打来电话。曹贤旺说马上。见了小张，曹贤旺说起大红本的事，遇见办公室的谁，和他怎么讲的，说了个大概。小张问大红本到底到了什么进度。曹贤旺笑了笑，失去了解释的兴趣，或者说，他对接下来的一切该如何应对也毫无规划。动不动就和人说在维权，问题是，真的有人关心我们的诉求吗？曹贤旺差点就把自己的恐慌说了出来。只是这时候他是带头的人，怎么能说丧气的话？他看了眼小王，说，不怕，我们怕什么？有的是时间。来这里督促，就是我们的工作。我还就不信了我。

十六

王翠枝做好饭，端菜出来。曹开田难得陪曹贤旺喝了杯白酒。酒精弥散开，曹贤旺舌头大起来。他说他当兵的时候，只要一声令下，不管前面是什么，都要往前冲。不管敌人藏在暗处还是占据有利地形，拼的就是一股胆量。他知道他们在那里。尽管当了几年兵，就上了那么一回战场，他也明白了这个道理。现在呢，明明知道自己受了欺负，也清楚是开发商骗了他，想尽办法，人家不跟你对决，再怎么冲锋，完全无用。曹贤旺喝多了，看着曹梓轩说，你爷爷无用。曹开田说，没人埋怨你，房子多少，在不在你名下，这些都无用。有的人努力一辈子，倒是占用不少财产，临到头来，还不是抬到我们单位一把火烧了？曹贤旺听得一愣，放下筷子，说，那你说说，人这一辈子，做什么有用？你说，你说说。李平见曹贤旺言语颠倒，怕受到什么刺激，忙给曹开田递眼色。谁知曹开田的二杆子劲上来了，说，我怎么知道？我要是想明白了，还成天在那里烧人？有病啊我。我就是想不明白，才窝窝囊囊缩在那里成天和死人打交道。曹贤旺哈哈哈笑起来，连说了几个好，好像终于听到儿子讲了句实话。一杯见底，又开始问另外一个话题，当年没帮他凑钱在北京买房后不后悔。王翠枝说，又来了。她叫上李平，牵上曹梓轩，说，让他们俩继续喝烂酒，咱们去楼下逛逛。

眼看快四点，李平给曹开田打电话。曹开田说，不行了，走到四楼就走不动了。李平上四楼一看，曹开田坐在凉亭里正和人起劲说着什么。曹贤旺呢，背着锄草机站在草坪中间，齐腰高的杂草不断倒下，修剪的声音嗡嗡直响。李平看了眼，说，你爸真是闲不住，喝那么多酒，也不知道好好歇歇。曹开田这才扭过来，看了眼杂草中的父亲。挂着“玫瑰园”木牌子的花圃长得蓊蓊郁郁，间杂几株蜀葵开得正旺。时不时有业主扔完垃圾，扭身看见开得正好的玫瑰花，又掏出手机照相。坐在垃圾桶附近的老人，蹒跚着过去翻纸箱。几只鸽子俯冲下来和麻雀争抢地上的小米粒。曹开田说，我爸可逗了，每天早上下来都要抓一把小米。李平听着麻雀飞上飞下啁啾不停，晴空中隐约还有猫头鹰的叫声，脑海里一下浮现出鸟语花香这个词。阵阵凉风吹来，不远处的东山上，似乎还能看到云卷云舒的景况。如果闭上眼睛，不去细想遥遥无期的大红本，不想早晚上下班高峰期拥挤的电梯，待在平静的四楼平台，空间也足够宽阔。甚至仔细观察不远处的凉亭，爬在上面的紫藤，带喷泉的小池塘，横平竖直的万年青，在风里摇曳开败了的桃花，一切都是那么自在。李平过去没怎么注意到这个平台，这回安安静静坐了半天，突然意识到，别看就是这么一小块地方，也不是天生就是如此有秩序，得有人去努力，去维护。

李平蹬着健身器材，又看了眼正在割草的曹贤旺。一个老太太提着个纸箱子，也不扔，站在曹贤旺附近看着，等他调整机器的间隙，两个人还说了几句话。李平说，最近看一本书，和你爸特像。曹开田偏过头，还是没说话。李平说，《种树的人》，一个法国人写的。看了第一段，不知怎么就想起你爸。曹开田说，怎么世上还有像我爸这么轴的人？见李平没接话，又说，你对我爸那么感兴趣，应该找个时间好好和他聊聊。

捡垃圾的老汉过去想捡纸箱子，半道却被另一个女人截走了。他黑着脸走过来，突然和曹开田说，大兄弟，你做甚呢？曹开田回过头，说，我不上班。老头说，自己单干啊？不错不错。说句难听的话，我在塑料厂上了四十年班，到了五十岁，一刀切断。现在厂子早就倒闭。别看我现在捡烂纸箱子，也就卖个五毛一块，到楼下超市买口酒喝。人这一辈子就是个这。媳妇不让喝酒，怎么办？活人还能让尿憋死，捡捡垃圾，顺手的事。够了。曹开田没说话。老头又说，看见那人没？不是个东西，还好主持个公道。前两天，我在这捡了个手机，起码值四千。老太太带着孙女出来，到处找手机。我说还不给我买瓶酒，买盒烟？也不是多好的酒，多好的烟，十来八块钱的事。老太太不给。那人出来，让我先把手机还人家。这都多少天了，人见了我，装作根本不认识。

曹开田看了看平台上，也没别人。曹贤旺在和老太太说话。曹开田说，是那个老太太吗？捡垃圾的老头说，不是。是那个种花的。可是把自己当回事了。你看他屁颠屁颠的，每天跟在物业经理背后，不知道的人，以为他为业主做了多少服务，其实呢，他和物业都是一伙的。亏得咱们业主还口口声声叫他什么主任。还别说，他越来越像个主任了。每天背着手走来走去，好像这是他一个人的花园，根本不把别人看在眼里。李平说，话可不能这么说。我看他挺负责任的。听说都是义务劳动。捡垃圾的老汉说，义务？千里当官，为的吃穿。老农民的话，人见财亲，狗见屎亲。一个月给我两千块，我也能把责任负起来。他要领了钱，甚也不干，那才是羞先人。他铁定是被物业被开发商收买了。要不他傻呀，白搭上时间成天忙活这。种花能当菜还是能下饭？

王翠枝上来，李平说起这一曲，还鄙视曹开田，做儿子的也真是有出息，旁外人如此恶意诽谤，都不知道帮老子辩护两句。

十七

新砌的照壁怕是有三四米高，一溜横在大门前，跟座假山似的。曹贤旺都走过门口，又折回来，还以为来错了地方。门口的保安问他找谁，曹贤旺却也不说，先递过去一根烟，问，怎么你们又换人了？老李呢？保安接过烟，捻了捻，说，老李？眼见曹贤旺似乎也算是熟人，客气了两句。

到了政务大厅，碰见另外几个小区的业主。大家不知道怎么得到了信息，说是新换了市长，为了解决不动产遗留问题，把好几个局联合到一起，成立了一个处遗办。全市类似的小区有几百个，涉及十几万户。过去他简直想不明白孟占全这样的奸商怎么能公然在社会主义法治天空下坑蒙拐骗，还不会受到法律制裁。现在，他平和多了，偶尔加一下抒情的词语，倒也不像是为了发泄压抑多年的愤怒，只是感慨，这么庞大的政府，这么多机构，有那么多事情要办，他怎么好意思光讲他的痛苦呢？谁当个家长都会焦头烂额。他看到了那张登记表，幸福花园虽然没有排在前面，也不在后面，在中间靠前的位置。

快出单位大门，曹贤旺也没着急走，在院子里站了站。他看了眼手里的牛皮纸袋，靠近指头的地方，渗出了汗迹。照壁附近的玉兰花开了，一朵连着一朵。曹贤旺掏出手机拍了几张，挑了张露出房管局牌子的照片，发到了业主群。还写了一句话，又到房管局催问处遗情况。有业主竖了三个大拇指，紧接着人们就像排队一样，给他点赞。曹贤旺说，下回，下回咱们来上级部门，还是要团结一心，人多力量大，有空的，都来听一听政策。有人说了句话，大意是说他辛苦。其他的人仍然是复制同样的话，还有的跟着举拳头。曹贤旺说，辛苦不辛苦，也就那么一回事，只要大家齐心协力，共同监督，让他们节奏加快一点儿，咱们也好早日歇心。然后有人发红包，一副要庆贺的意思。

进了门，曹贤旺说起下午去房管局遇见了谁，哪个处长还让他在大办公室坐着，顺手给倒了杯茶。一切都和先前不同了。果然是新换了市长，还成立了房产办证遗留问题协调领导小组办公室，新市长亲自任小组长。王翠枝看见曹贤旺说得嘴角泛白沫，说，省点劲吧，别兴奋过了头，几十岁的人了，血管可经不住这么强的血流。

正说话呢，手机响了，是上坊城业主代表老赵。刚刚在房管局，老赵加了他的微信，发来信息，意思是他有斗争经验，能不能抽空去上坊城给讲一讲。王翠枝说，你可别到处放炮，屎没吃着，倒惹一身骚。曹贤旺没说话。王翠枝说，你一个人去也不合适，把你们业委会的小张小李小王都叫上，有个事，一起也好有商有量。

这天，小张小李小王还画了口红，披挂上围巾。到了上坊城，老赵和几个人迎出来，一一握手。没有专门地方开会，座谈就在老赵家里进行。小张小李小王客气，让曹贤旺先讲。曹贤旺推让不过，就简单讲了下和开发商磨合的过程，虽然大红本还没有结果，好在给业主争取到两间活动室，业委会也有一间办公室。只是开发商鸡贼，原先四楼平台全空着，小区人活动空间大。现在打了隔断，业主却只得其中两间，剩下的又被物业租了出去。所谓的公益图书馆，也被开发商的老乡办成了辅导班。成天不知道哪些小区的孩子来补课，平台更乱了不说，上下电梯也是拥挤不堪。只是这话曹贤旺也没讲。说出来岂不是承认他们斗争失败了？老赵就说下回一定要去幸福花园取经。曹贤旺又细碎说了一大篇话。老赵去厨房洗上小西红柿，端给大家尝。小张又夸了曹贤旺如何勇敢，却被曹贤旺及时打断。过去的那些事有什么好说的？只要有人的地方，冲突就在所难免。曹贤旺说他也是头一回买商品房，考虑欠周全。这都没什么，吃一堑，长一智，亏是吃了，但不能任凭开发商处置，以为咱们业主就是大傻子，随便欺负。上坊城的几位业主听了也连连点头。他们说先前也不知道该走什么程序，去闹吧，又怕违法，不闹，又不甘心，现在听了曹贤旺一番话，感觉又找到了头绪。像是为了活跃气氛，他又扯了半天因为没有大红本的苦处。说到一半，小张又把曹贤旺与开发商血拼差点咬掉人鼻子的事讲了出来。听得人突然哄堂大笑。曹贤旺起先还听得津津有味。活了大半辈子，他干过的事情也不少，被人讲来讲去的，也只有买房争取大红本这件事。他倒也不怕这些被周围人熟悉的当成段子讲。只是听着听着，他感觉有些不是味道。他要当了真，还以为自己真做了什么了不得的壮举。听到后来，自己也不免感觉荒唐，也确实疯狂。讲来讲去，给人一副他成天正事不干，就是反反复复和人诉苦老百姓有套称心如意的房子如何困难。这些能不能证明这个世界操蛋不好说，倒是听的人都知道，老曹毁在了买房这件事上。

有那么片刻，曹贤旺想打断小张的话，见小张说得激动，也没好意思插嘴。等到大家都不再多话，小李说，来来来，大家坐得近一点儿，一起合照留个纪念。小王把合照发到幸福花园的业主群，说是曹主任领上张主任李主任到上坊城交流经验，形成了共同意向，下一步要团结更多小区，向上面表达我们的诉求。照片里，曹贤旺举着手侃侃而谈。小王还在群里介绍，说曹主任讲得如何好。曹贤旺喝水间隙，看了眼微信，他完全想不起来刚刚说了些什么。他看着自己眉飞色舞的样子，好像完全忘了曾经受过的苦头。

十八

老院子这一片，没下水，上厕所还得去街上，过红绿灯，到鸿沟路对面。平房高低参差，租房的尽是南方人，有炒瓜子的，做重庆米线的，最多的是做铝合金门窗的。临街一片，市政改造，先是立起三四米高的绿色围挡，屋顶长草的院子不见了。屋顶也做了些造型，远远看去，也是青砖灰瓦的样子。起初，曹贤旺还想着这回力度大，说不定真要有什么变化。

浇完花，曹贤旺才往回走。路过敦化路海鲜市场，过去靠迎春街一溜小平房，有卖花盆的、卖羊汤的、做旅游的、卖二手房的、做裁缝的，铺面不少。他完全没注意到去年因为评全国文明城市，到处规划封堵，这一溜靠街铺面大门全用水泥封了。有的搬到附近重租房子。这家开裁缝店的，为了招揽顾客，弄了个小喇叭，垂在狭窄的窗口，天天播放：裁缝布艺窗帘店，正常营业。是一个小姑娘稚嫩的声音。这回路过，曹贤旺不知怎么突然心里一动，这个被城管堵上的门，还有窄窗户上那个喇叭不屈不挠的叫喊，也有一种动人的力量在。怎么正常呢？各种不方便，各种为难。他停下来，听了会儿，又对着没有门面的街道照了张相，糊了许久的水泥墙似乎还在渗着水渍。他先还有兔死狗烹的悲哀，继而突然一下反应过来，既然精神文明都创建到了这里，那么幸福花园门口的便压器迁移迟早也会提上日程。

第二天早早到了社区，社区主任建议他直接向电管局打报告。曹贤旺怕夜长梦多，找李平再次润色了意见书，又领上人去电管局陈述厉害。斗争到了这个时候，曹贤旺纯粹是凭着惯性诉苦，也没抱多少指望。不曾想，过了十来天，电业局果真派人来到现场。曹贤旺下楼晚了些，只见物业经理跟在旁边，不停点头。

微信上跳过来信息，是孟占全。孟占全抬头就是一句不好意思，又说是好久没联系，又问他最近忙不忙。曹贤旺心里还盘算了一下，想是不是自己领人上访的事有人告给孟占全了。想到问题的症结都在孟占全身上，这些年李逵不找，天天去抓李鬼，曹贤旺暗骂自己怎么就没找对斗争方向。一念及此，曹贤旺心里不痛快，说，能忙什么？小老百姓一个，哪像你们大老板。孟占全说，不忙就好。正想着修幸福花园的门楼子，找不下个合适人选。曹贤旺心里压着一腔不痛快，听到这一句，又忍不住问，这门楼都说修了多少年了，你们大老板总算仁义了一回。

曹贤旺先到马道坡菜市场买了些葡萄，又称了半斤瓜子，这才折转回到四楼业委会办公室。小张小李小王正在算停车场的收入支出，曹贤旺就把孟占全准备出资修门楼的事说了，又递过瓜子，小张小李小王听了都高兴，说是几年维权，大红本没拿下来的不止他们这一个小区，能把门楼子竖起来，也是功德一桩。他们热烈地说着话。小区住了几年，进进出出，头上各种电线电缆缠成一坨，悬挂在门口正上方。起初人还嫌不美观，也有人提过影响风水，时日一长，进出的人也注意不到了。他们业委会都没指望过还要修门楼，没想到开发商却替他们想到了。曹贤旺见人还听着，不自觉就替孟占全多说了几句，意思是好事有了开头，接下来，也好和业主们交账。小王就把曹贤旺争取到开发商支持，如何修门楼的事到业主群里说了，时不时地有人出来鼓掌，都说曹主任辛苦。

晚上曹贤旺喝了二两酒，免不了又说起这一节。曹开田说，这开发商也够鸡贼的，闹一回，给你们一间办公室，再斗争一回，给你们一个停车场，兴许他们的策略就是慢慢消磨你们的斗志。明明就是天经地义的事，结果搞得好像反倒是你们占了便宜，还要对那帮龟孙子感恩戴德。曹贤旺大着舌头，仍是诉说着过去自己如何天天跑这个局那个局，话里话外都是，事情能有如今局面他也在其中起了不少推动作用。曹开田就说，几个月后的事，保不齐又出什么幺蛾子。到时候李平生了老二，你还有心思管什么门楼子，先给我们看孩子哇。

没过几天，电业局的人开上车，带着绳梯过来。前后看了半天，意思是高压线影响到周边几个小区一两万人日常生活，暂时不好更换，变压器老旧，倒可以先拆。曹贤旺虽然有些失望，想着能往前走一步算一步，也就没再坚持。虽然电线杆子还在，原先那一片杂乱地方，却也清爽不少。曹贤旺又和物业一帮人移除垃圾、狗屎，铲掉杂草，平整路面。物业经理也来了，还和曹贤旺商量，等到时移除高压电线杆，来年一开春，就动工。一定要弄得漂漂亮亮的。

十九

照看了几个月孙子，再回到幸福花园，又碰见小王。说起修门楼的事，曹贤旺还替孟占全解释，说是赶上疫情，所有工作都停工，他现在也是银行债务缠身，有心搞建设，却是无力分身。不过他还是带来了好消息，说孟占全虽然承诺的门楼不修了，却答应给四楼入口修个照壁。修照壁当然也是曹贤旺提出来的。几年跑下来，大红本的影子都没看到，王翠枝就说，你们应该去找个大师算一算。曹贤旺先还不听，直喊我信他的邪。眼见得正常程序走不通，身体又毛病不断，他还是跟着女人到百顺堂求了回刘大师。大师不等曹贤旺说完，就说，那楼我知道，前无挡后无靠，是个孤楼。曹贤旺说，什么孤楼？背后就是肿瘤医院。刘大师就笑，说，你扯得再远一些，咋不说背靠咱麦城人的人生后花园极乐净土？聊了一回，大师给出的化解之法也简单：修个照壁，遮挡一下。

曹贤旺在四楼业委会办公室坐了一阵子。他一边抹灰，一边看着窗外，大人小孩站满平台。要是不细究他们这些年的遭遇，猛一看，周遭的一切也谈得上安居乐业。他坐在黑暗中喝了一阵子茶，又算了下修照壁的费用。如果不雇人，也就是点水泥和砖钱。倡议书在业主群里发出来，还有人捐钱。曹贤旺把捐钱捐物的人名字都写在红纸上，抄了四份，挂在每个单元的电梯口。

为哪天动工，曹贤旺又包了个红包找刘大师测了个黄道吉日。垒墙是他自己上手，之前装修家，买的那一堆工具都还在老院子里放着。就是垛砖不似往昔，手生了些，一块砖总要敲打几回，才放到合适位置。业委会其他几个人都来帮忙。偶尔有年老的住户在旁边看着他们干得有模有样，竖大拇指，还不忘拍照。曹贤旺也配合，满脸黑灰，一笑露出红色牙龈。

等到瓷砖贴好，效果出来了，上面写着“美好家园”四个大字，黄山迎客松旁边就是黄果树大瀑布，水塘里九尾鲤鱼飞跃而出，十来只仙鹤或飞或站，荷花、芍药、梅花各占一角。几只猴子在山石上嬉戏。各色景致把照壁填得满坑满谷。又同小张小王去小商品批发市场买了两株棕榈树立在门口，虽然是塑料的，但猛一看，也和照壁挺般配。定神看一回，仿佛也是林下水声喧语笑，岩间树色隐房栊，自成一方净土。

这天下午起来，他照例在四楼平台边走边看，却听见几个打扑克的在议论，说那天我们几个领着孙子在凉亭里打扑克，物业上一女的跑过来说，别以为人家曹贤旺就是一门心思为大家，光一个照壁花了六七万，钱去了哪里你们不知道？还以为人就那么好心？曹贤旺挤进去直问，说，谁讲的？你告我谁讲的？老太太见曹贤旺耷拉的耳朵似乎要竖起来，忙说，物业上那些人净挑事情，爱说些闲话。我们都是相信你的。成天为大家付出那么多，你就是给自己腰包里装上几个，也总比物业那些成天只知道收钱挺尸要强。曹贤旺说，问题是我一个子儿没装。曹贤旺看着这些眼珠泛黄一身腐败气味的老人，一句话也不想说了。

前前后后，为省钱，抹灰垒墙，都是他亲自上手，倒被人说成假公济私。坐在办公室，听着外面欢声笑语，曹贤旺越想越气，就在业主群里说，修照壁的事，过几天给大家一个交代，具体花费多少，到时候都会给大家交账。他说话是带着气的，想的是如果有人跳出来找茬，他一定要再说几句狠话劈头盖脸抡回去。但凡有人再说他不积极上访争取大红本，他马上给他一个好看。他脑子里像是飞着成百上千架轰炸机，因为找不到投弹目标，乱成一团。群里平时爱给大家普及法律的一位业主接过话茬，说，别讲那么多没用的，曹师傅辛苦大家都能看见，具体业委会花费多少钱，去物业经理那里把明细单子要来，自然清者自清，浊者自浊。

曹贤旺先还飙着劲。不过到最后，还是怕业主不明真相，被人煽动起来闹事，便索性花了两小时从头算起，写明具体花费，与开发商孟占全的聊天记录也截屏发了上来。只是在曹贤旺的备注里，就简单的两个字：占全。给人感觉两人关系挺亲近。确也是，占全对曹贤旺说，老曹，注意安全。在曹贤旺展示的截屏里，并不能完全证明他们的清白，倒是暗示出曹贤旺和开发商非同一般的过往。

二十

马上十月，又恰逢中秋，赶上塑胶跑道铺完，新修的亭子建好。曹贤旺一时高兴，还写了副对联：有志人生常进取，无私天地总酬勤。横批：春色满园。当下想贴到亭子两侧，有人就说，不年不节的，贴什么对联。还是想着怎么给亭子取个名字吧。有提议叫万花楼的，也有叫陶然亭的，最后还是曹贤旺拍板，取名清风亭。又让小王去做了横幅，说是业委会全体祝业主双节快乐。亭子取了名字，先用红布蒙着，也学电视上搞个剪彩。为图闹热，还从群众艺术馆请来几位老师唱了一天戏。太阳照着，四楼平台两个亭子，一前一后，一新一旧，和着尚未开尽的波斯菊，几丛长了半年才有一星半点花骨朵的美人蕉，谁能想到这里也曾是群情激愤的斗争现场？临时搭就的台子上，小区老年妇女自发组织，上台扭了两曲广场舞，衣服颜色也喜庆。旁边的人见曹贤旺抱手站着，喊他坐。曹贤旺摆摆手，他还有事情，开场节目暖场完了，他还得主持，还要揭牌。等他讲完话回来，台子上梆子戏已经开了腔。台下稀稀拉拉没坐几个人。到了十点多，好些人买菜回来，过来看了一回。

晚上李平推门进来直说，这才多少天啊，梓辕胆子又大了些，下楼拽着我就朝照壁走，指着仙鹤，发出哦哦哦的声音。曹贤旺就笑，说，每回我到四楼都要带他看仙鹤呢，小家伙肯定记住了。曹梓辕像是听见大家在夸他，拿起刚脱的外套又去拍门，嘴里哦哦不停，一家人都笑。曹梓轩也在沙发上爬上爬下，只听他奶声奶气喊，爷爷，月亮月亮。月亮大家也见过无数回，平日多不注意。这回看见蛋黄色月亮贴在窗前，心境也大不相同。家里突然安静，楼下老头吹笛子的声音也清亮起来。过去李平辅导孩子作业，老头从早到晚，笛声不停，呕哑。当时她还抱怨，嫌人素质低下，光顾自己过嘴瘾，不知道打扰了别人休息。这回配着十五的月色，好像也是天空地静。连曹开田也歪过头去听了一阵。风吹起窗帘，王翠枝忙去关窗，说是怕吹着曹梓辕。曹贤旺换上运动鞋，问曹梓轩想不想到空中花园玩一会儿。

在四楼平台碰见小王，小王说东中环马上就要动工了。

公示都挂到了网上。曹贤旺一激动，就把信息发到了业主群里了。幸福花园的业主都满脸含笑，仿佛政府推出的这个大工程，马上就能让他们脱离困境。出入敦化坊，得穿过铁道，涵洞老旧，又窄，上下班高峰时段，一堵就是半天。大家都说，东中环一通，幸福花园就活了。到那时候，即便大红本下不来，好赖也方便出租。

曹贤旺还怕是传言，一直在手机上搜索，企图看到官方消息，好歇心。知道男人拿上手机一坐半天就是为了核实这个消息，王翠枝还笑话，说他但凡过去干什么能有今天一半认真，只怕事情也成了。曹贤旺也不恼，他把相近的信息摘出来，抄在本子上，前后哗哗翻着比对，好像他盼望的不是什么民生工程，而是在数钱。

这天，正端着身子在阳台上抄抄写写呢，天黑得跟铁桶似的。曹贤旺担心空中花园里才种的美人蕉，想找些塑料袋捆扎起来。突然电闪雷鸣，王翠枝拿着盆去接窗户前飘进来的雨水。收拾到一半，直喊我的天。曹贤旺走到阳台一看，平日只是洇着点污水的河道暴涨起来。他什么都算到了，就是没有想到东山上会暴发山洪。曹贤旺站在二十三楼，眼睁睁看着黄色的水流漫过河道，停车场的围墙全塌了。下去检视一圈，好在靠墙位置没有车辆。一辆速腾运气差了些，车门被一堆乱砖堵住。

周秀兰李建安来给曹梓辕过周岁生日这天，曹开田提议去外面吃饭，将近十来个人，家里做饭不好施展，周秀兰就说在家里卫生，绿色环保，刚刚带的菜都是咱柏叶底大棚里种的。曹开田就说，再绿色，有我爸自家菜地绿色？可惜那一停车场的菜了。见周秀兰李建安听得糊涂，王翠枝就把那天怎么涨大水，形容了一大篇。李平也说，前些时候，我也做梦，动不动就是楼下发大水，几百上千官兵在河沟里抗洪，把我急得，直担心房子塌了可怎么办。前两天还和妈说，梦见涨水，妈还给我解梦，说是不是有什么意外之财。谁知应到爸的菜园子上。几句说得人又笑起来。曹贤旺也不和人争，他开垦的只是一片菜园吗？好多事情他和人说不清楚，他只是感觉在烈日下暴晒，汗水从脊柱里顺流而下，就能切实感受到他和土地还有联系，不是像住在二十三楼，有那么几年，来来回回，就为一张虚无缥缈的证明上火。电视里，联合国发言人正在警告全球有可能发生粮食危机。曹贤旺眼睛瞪得溜圆，好像他是先知先觉的带头人。李建安说，亲家这么喜欢种地，跟我们回柏叶底啊，村里正招商引资，大搞开发扶贫。你们是不知道，自从来了工作队，搞开大棚，山上全面开花，打造的就是高寒特色。等到河南那边七八月份的香菇过季了，我们那才开始往市场送。受欢迎得很。周秀兰就说，就是，回来你和老李就住到大棚里，满山由着你种，想怎么来怎么来。比耗在这里和人成天置气不知强多少倍。几个人讲了半天村里的故事，好像人生突然开阔不少思路。曹贤旺却是紧闭双唇，不再多说一句话。

手机响起，曹贤旺看了一眼，直说，不会吧，老赵没了？曹开田问哪个老赵。曹贤旺说，前两个月，我们还去他们小区交流的。说完把手机递给曹开田看。龙城业主维权群里有人发信息，说是上坊城四期业主代表领头人为小区事情奔波过程中，因病不幸逝世。曹贤旺说，老赵看上去比我年纪还小，上回见他还精神得很，怎么说走就走了呢？曹贤旺脸上有些发灰，内心有种兔死狐悲的凄苦。他在微信群里说了句，愿天堂居者有其屋，都有大红本。还有人跟评，说，好人一路走好，人都走了，都没有看到自己的大红本。紧跟着发了几张哭脸。放下手机，曹贤旺仍是没缓过来，又说，他和我也算是战友，我们一起开过会的，都以为能盼到拿到大红本的一天。曹开田就说，爸，你可别跟着着急上火，因小失大，为这几十万，把自己搭进去。曹贤旺鼻子哼了一声。李平说，爸还是把那个手表戴上，能帮你平时监测身体，哪里不舒服，也有记录，万一要去医院，也好和医生讲。曹贤旺没说话，只是看着手机，好像他什么都顾不上了。周秀兰又说起柏叶底的人和事，好多人死的死，熟悉的都没几个了。曹贤旺说，可不是，我现在不能做梦，一做梦全是过去那些死人。梦里都知道他们是死人，可我在梦里还一本正经和他们说个没完。周秀兰说，亲家，你这是火眼低，逢年过节多烧点纸钱，找个人算一算。几个人又感慨了一番，这才往楼下饭店走。

曹开田李平送李建安周秀兰回来，见曹贤旺扶住厨房门半天不动，便问怎么了。曹贤旺说是头晕。李平说，要不去我们医院做个心电图，反正不出片子，也不用花钱。曹开田说，不是省钱的事，现在做核磁，又快又准。说了半天，王翠枝曹贤旺还是嫌花钱。王翠枝说，何必麻烦，放放血，要不用白酒按摩按摩。便找来白酒，给曹贤旺压背，揉头。还拿针挑开了曹贤旺的额头。这么些年，两口子有个三病两疼，都是相互这么给对方治疗。王翠枝不停搓曹贤旺的背，后担心白酒凉，又用打火机点了下，她学着电视还是电影里看到的镜头，把燃着的酒精抹在曹贤旺背上。到底手脚不如年轻时候利索，火苗溅到沙发上，把曹贤旺眉毛烧了一截。

二十一

到了五爷庙，烧完香，又坐在门口吃了一阵水果，才往回返。走到半路，曹梓轩看见路边标牌写着卫星发射中心，问卫星是什么。曹开田说了半天，曹梓轩更加糊涂。到了服务区，李平说，我查了下，明天正好要发射卫星，要不去看看？曹开田还没说话，曹梓轩已经跳起来，直喊看卫星看卫星。

开车走着走着，入村的路就断了，不是堆着几块大石头，要么是一辆破车堵着。好在有导航，绕了一截路，离目的地越来越近。快到山顶，路彻底断了。曹开田说，看导航，翻过山就是，咱们爬山吧。曹梓轩已经兴奋地叫起来了。

曹开田背着曹梓辕，还不忘跟曹梓轩解释人类探索星空的历史，说到那个疯子马斯克的龙飞船，话题像烟火噼里啪啦炸开。虽然不怎么听得分明两人说的话，曹贤旺也听到了“唯一家园”之类字眼。曹梓轩说起了大卫·爱登堡主演的纪录片《地球上的一段生命旅程》，之前他们一家子围在一起看过。在太空看地球，小小的一个蓝色圆点，周围是无尽的黑暗。当时曹开田还感慨，就是在这么一个地方，多少人，多少欲望纠缠。可怕的是，人懂得怎么控制疾病，好像只要活着，只要活下去，其他都不成问题。

不知道是不是错觉，这才出门几天啊，山里的一切怎么看都看不够，曹贤旺还像个年轻人似的，不管看到什么，都要拿出手机拍上一通。还让曹梓轩在同一个地方摆出不同造型。曹开田说，这地方有什么好拍的，满山净是光伏板子，蓝瓦瓦的，不自然，快往前走吧。曹开田左右看了看，才提腿往前。李平就笑，谁让你给你爸买了个好手机。你没看他在家族群里还发抖音呢。连曹梓轩也说，爷爷怎么跟个孩子似的，我转了半天，没看出什么意思啊。曹贤旺这时才笑了笑，说，你不觉得这里很安静？满山满野都是绿色，快要把人淹没了。有几句话他没说，没退休前，他也有过规划，看孙子自然是捎带，他想的却是另一番天地。买一辆Jeep，自驾，随便走，想停下来就停下，不想停，就继续走，信马由缰。谁能想到这么些年被囚在了赛马场，成天过着屁滚尿流的牢狱生活？

他把照片往业主群里发了几张。有人在回复，问曹师傅这是去哪里耍了。曹贤旺说岢岚。问的人，又发了些小区的照片。和无人收拾的野景比起来，小区花园到底格局小了些。不过业主会用词：紫藤、玫瑰满园飘香，姹紫嫣开，争妍斗奇。接着，有业主竖大拇指，应和的人稀稀拉拉，不过都在说，感谢曹主任的辛苦付出。小王又发了个视频，不知道是哪个小区，把幸福花园四楼平台修塑胶跑道、清风亭、管理停车场的照片发了出来，还配上大红加粗的文字，说这是东山上一个小区业委会的自治成绩。小王说，下一步，他们要请曹主任到兄弟小区介绍业委会自治经验。群里又是一片排队鼓掌。

他还没来得及得意，一个业主开玩笑说，曹师傅玩得这来开心，不会不回来吧。群里一个没注明门牌号的人接道，那谁带头帮我们去闹大红本？闲闲散散的，大家在群里说着话。曹贤旺感觉好久没谈论过房子的事了，好多时候和王翠枝说起来还有些颠倒。偶尔曹开田开玩笑似的说起曹贤旺过去的经历，曹贤旺也听得津津有味。只是听完了也就完了，跟听别人故事似的。曹开田问，你不记得了？曹贤旺说，记得，怎么不记得。曹贤旺记得一些，却不像曹开田记得那么确切。他更愿意和曹梓轩讲他年轻时候当兵的事：部队的番号、入伍第一天就在宿舍门口磨砖、半夜里去火灾现场、抢修道路差点被巨石砸中，是苦，不过听他一讲，好像也是挥斥方遒的架势。可惜曹梓轩更喜欢刺激的故事，制造欢乐的表演，对于曹贤旺的唠叨根本没有耐心。这些家常细碎的事填塞在他七十岁左右的生活里。要不是今天在群里又有人问起大红本的事，他还真想不起来，过去他曾是那么偏执的一个人。细想想，他确实偏执。有时候听见李平说曹开田偏执，曹贤旺还眼皮直跳。但今天，行走在天高地远的山野，他陡然明白，承认一些事实也没有什么好丢人的。

曹贤旺抖着手掏背包。李平问怎么啦？王翠枝说你爸该吃药了。李平说，可别再硬扛了。我有同学在一院做护士，那里的神经科是全国重点，不管好赖，先去看一看。曹贤旺没说话，吃了药，又翻看手机。他在群里说，没注明门牌号的，赶快备注上，要不就踢出群。他像过去那样重复着规矩，也不管有没有人听。

曹开田在远处喊，出来玩就好好放松放松，成天就是抱着个手机。曹贤旺也不答话，仍是抖着手，在手机屏上写字。等到额头变凉，浑身松快，这才站起来。曹梓轩在不远处催他。曹贤旺说，你们先走，爷爷给你压阵，断后。